集英社オレンジ文庫

小説

金魚妻

夏目　陶
原作／黒澤R

本書は書き下ろしです。

小説 金魚妻

夏目陶

原作 黒澤R

7
金魚妻
平賀さくら・24歳　専業主婦
あの日、私は金魚が欲しかった——。

77
出前妻
岡崎杏奈・29歳　蕎麦屋手伝い
あの時、電話がかかってこなければ——。

157
弁当妻
保ヶ辺朔子・27歳　タワマン暮らし
夫以外に男を知らない——。

245
見舞妻
河北真冬・23歳　ヤンママ
息子を授かったのは15の冬でした——。

イラスト／黒澤R

小説

金魚妻

金魚妻

——それに関係があるのかないのか判らないが、復一《ふくいち》の金魚に対する考えが全然変わって行き、ねろりとして、人も無げに、無限をぱくぱく食べて、ふんわり見えて、どこへでも生の重点を都合よくすいすい置き換え、真の意味の逞《たくま》しさを知らん顔をして働かして行く、非現実的でありながら「生命」そのものである姿をつくづく金魚に見るようになった。

岡本かの子「金魚撩乱《きんぎょりょうらん》」

1

「──金魚飼って、いい?」

その朝、私は何週間も悩んだ末にそのセリフを口にした。

親の顔色をうかがう子供みたいな、おどおどした笑みを顔に貼りつけて。

夫は玄関の壁に手をつき、背中をまるめて靴《くつ》をはいている。

その後ろで、ブリーフケースを手に、夫の出勤を行儀《ぎようぎ》よく見送るのが、結婚以来の私たちの「儀式」だ。

私の声が聞こえていないはずはないのに、夫は無言のままでいる。糊《のり》のきいたシャツの真っ白な襟《カラー》。しわひとつない、きれいなカーブ。クリーニング店で使う薬品が肌にあわない夫のために、私は毎日彼のワイシャツにアイロンをかけている。そのことに、感謝の言葉をおくられたことは一度もないけれど。

怒っているんだろうか。それともあきれている?　一秒ごとに重くなっていく沈黙に耐えながら、いいだすタイミングをまちがえたかも、と早くも私は後悔《こうかい》し始めていた。ただでさえ、ペットや動物の話題なんかをわずらわしがる人だし──そうだ、金魚を飼いたいなんて、せわしない朝、出勤直前の夫に投げるべき言葉じゃなかったんだろう。

あれこれ考えこんでいるあいだに、手にしていたブリーフケースがなくなっていた。

顔をあげると、カバンをもった夫がドアの取っ手に手をかけている。いってしまう。私はあわててスリッパのまま、玄関たたきにおりた。

「卓《たく》ちゃん――」

「好きにすれば」

ドアが閉まった。無感情な声とはうらはらの激しさで。

かすかな足音が廊下《ろうか》を遠ざかっていく。

しんとした玄関に私は立ちつくす。

「……いってらっしゃい……」

今さらの言葉をむなしくつぶやき、私は冷たいドアにこつん、とおでこを当てた。

――今日も、うまくいかなかった。

金魚のことはやっぱり、夜に話すべきだったのだろうか。のろのろと居間に戻りながら、私は考えた。でも、このところ、彼の帰りは以前にもまして遅く、「おかえりなさい、遅くまでお疲れさま」という私の言葉にろくすっぽ返事もしないでシャワーを浴び、さっさとベッドに入ってしまうのがつねだったし、週末の朝は遅くまで寝ていて、起きてからは黙々とゲームをしたり、パソコンにむかっていたり、「ちょっと出てくる」と急に出かけてしまったりで、ゆっくり話せる時間をもてなかったのだ。

居間に戻ると、東向きの窓からは、まぶしい七月の陽光がさしこんでいた。窓の外ではつがいを求め、セミたちが争うように鳴いている。私はコーヒーメーカーに残った中味をマグカップにそそぎ、冷たい牛乳を足してすすった。

「今日も暑くなるなあ……」

さくら、という名前のとおり、早春《はる》生まれの私は真夏が苦手だ。といって、冬の寒さに強いというわけでもないのだけれど。

桜にれんぎょう、山吹《やまぶき》にこでまり、たんぽぽにすみれにオオイヌノフグリ。

花のカーニバルみたいなカラフルな季節、空に丸いクラゲみたいな朧月《おぼろづき》がぼんやり浮かぶ春が、私は好きだった。薄いスカートの下を、いたずらな風が笑うように通り抜けていく春。

それに、春は甘いものがおいしい。仕事帰り、近くのデパートの製菓売り場をのぞくのが、契約社員時代の私の楽しみだった。和菓子店のガラスケースの中には、絵本から抜け出てきたような色とりどりの可愛《かわい》いお菓子がちんまりと並んでいた。

「さくら餅《もち》、うぐいす餅、よもぎ餅、草餅、いちご大福、三色だんご……どれもお花みたいで、本当に可愛いんだよ。手のひらに載る、ちっちゃなお菓子をね、崩れないよう、一つ一つ、透明なケースに入れてくれるの。ほんの、二、三百円なのにね、そういうやさしさもうれしい。一日じゅう、事務所の中でパソコンとにらめっこしてると、季節感とかなくなっちゃうんだけど、和菓子屋さんのケースの中には四季があるんだよねえ」

たわいもない私の言葉を、まだ付き合って間もなかった夫は笑って聞いてくれた。

「お菓子が可愛いから春が好き、か。のんきなさくららしいよな。おまえと話してると、ほっこりしてくる。ほんと、おまえって、癒《いや》し系」

「卓ちゃんはどの季節が好き?」

「おれは夏が好きだったけど、いまは春も好き。春はさくらの季節だから」

そういって、彼は私の手をやさしく握った。

その手に、さくらのモチーフを彫った結婚指輪がはめられたのは、そんな会話を交わしてから一月も経たないころだった。

あれから三年。

さくらの指輪は今も私の左手を飾っている。

でも、花がいつかは散るように、星も燃えて死ぬように、銀色の輪を縁取る小さな星たちに似たダイヤに、あの日見た輝きはもうない。

コーヒーを飲み終えた私は、洗い物を片づけ、洗濯機を回し、掃除《そうじ》を始めた。

玄関周りに掃除機をかけ、たたきを掃《は》く。造り付けの靴箱の上に並べたガラス細工の魚たちをちょこちょこ並べ替えながら、金魚の水槽《すいそう》を置くならやっぱりここかな、と考えた。

洗面所のすぐそばではないから水替えがちょっと大変だけれど、コンセントがあるからエアポンプを使えるし、他の部屋と離れているぶん、モーターの音が響いて部屋にいる夫にうるさがられることもないだろう。何より、誰もいない部屋に帰ってきたときに、「ただいま」といえる相手がすぐそこにいるのはうれしい。

三角の尾をひらめかせて泳ぐ金魚たちを夢想し、私の心ははずんだが、乱暴にドアをしめて出ていった夫のうしろ姿がふいに思い出されて、その気持ちはたちまち萎《な》えてしまった。

――好きにすれば。吐き捨てるような言葉。ふりむかない背中。

やっぱり、飼うのはやめたほうがいいのだろうか。

「金魚、可愛いのにな……」

つぶやいた矢先、インターフォンの音が大きく響き、ぼんやりしていた私は飛びあがるほど驚いた。

ドアのむこうに人の気配がある。急いでのぞき穴を見ると、見覚えのある郵便局員さんが立っていた。腕にいくつか郵便物を抱えている。私はドアをあけた。

「――平賀《ひらが》さん。直接すみません。他の階にも配達があったので」

頭をさげられた。マンション玄関のインターフォンを省略したことを謝っているのだ。

「あ、大丈夫です。ご苦労さまです」

「平賀さくらさん、でいいですか。本人限定受取《げんていうけとり》です」

「はい」

答えながら、どきりとした。

本人を確認するものがいる、というので、私は早足で居間に戻り、財布の中から保険証をとって戻った。保険証を見せ、サインをして、書類の入る大きさの封筒を受けとる。

ドアを施錠《せじょう》し、廊下の途中で立ち止まり、私は手の中の封筒をみつめた。

ありふれたＢ４の白い封筒。

〝ひまわり総合レディース保険〟と印字された送り名は万が一のためのカモフラージュで、実在する会社のものではないことを知っている。

――そうか、今日だったんだ。これが届く日のことをつとめて考えないようにしていたあいだに、本当に忘れてしまっていた。この一通の封筒のために、私はどれだけお金を使ったんだったか。五十万？　六十万？　七十万？　銀行でおろしたお金をバッグに入れ、駅に近い古い雑居ビルの階段をのぼって、事務所のドアをノックしたあの日のことを思い出す。そんなことを考えているうちに、手の中の封筒はどんどん重みを増していく気がした。

ともかく、落ち着こう。落ち着こう。私は大きく息を吸った。熱いお茶を一杯飲んで、何があっても動揺《どうよう》しないよう、心を鎮《しず》めてから、静かな寝室でこれを開こう。

そう考える頭とはうらはらに、私の手はその場でびりびりと封筒の口を破っていた。

さくらはのんきなくせに、妙にせっかちなところがあるよね。以前友だちにいわれたことがある。そうなのかもしれない。せっかちに動いて、いい結果になったためしはないのに。わかっているのに、私は学習できない。夫がいう通り、きっと馬鹿なのだろう。すぐ感情に流され、雰囲気《ふんいき》に流される。せっかちに人を信じて、失敗する。

見たいけれど、見たくない。知りたいけれど、知りたくない。

私は震える手で、封筒の中から写真の束をとり出した。

2

午後を少し過ぎてから、駅むこうの商店街へ出かけた。

チェーン店の飲食店やスーパーが並ぶ駅前を過ぎ、少し歩くと、バス通り沿いに昔ながらの商店街が幹線道路まで続いている。

スーパーよりも二割は安い八百屋さんや、お惣菜《そうざい》のおいしいお肉屋さん、窓枠《まどわく》にぬいぐるみやお人形をたくさん並べたレトロな雰囲気のパン屋さんなどを、いつもはぶらぶらとのぞいて歩くのだけれど、今日はまっすぐ目的のお店へむかった。

〝金魚のとよだ〟。

店名の入ったビニール製の庇《ひさし》をくぐり、ガラスの引き戸をカラカラとあけて店内へ入ると、熱のこもった汗ばんだ肌を、クーラーの冷気がひやりと刺した。

「いらっしゃい」

「こんにちは」

店の奥から笑顔をむける店長さんに、私は小さく頭をさげた。

小さいけれど清潔な店内に、私の他にお客さんの姿はなかった。

「ごめん、ちょっとまってね……、急いで髭剃《ひげそ》っちゃうからー」

「あっ、いいえ、どうぞ、おかまいなく」

業務用の洗面台についた鏡にむかい、シェーバーを動かしている店長さんへ、私はあわてていった。

ここは店舗《てんぽ》と住居が一体になっているお店なので、レジ台の奥、低い段差をあがった障子《しょうじ》のむこうにはソファとテーブルを置いた和室が見える。

今、髭を剃っているということは、今日は午後からの開店だったのだろう。この時間に来てよかった、と、汗ばんだ肌をパタパタと手であおぎながら、私は思った。〝金魚のとよだ〟は店長さんひとりでやっているお店なので、お店の営業時間はわりといい加減だ。夕方にシャッターをおろす日もあれば、びっくりするほど遅くまでお店を開いているときもある。

コポコポと鳴るフィルターの音。

ひかえめな間接照明が照らす店内は、四季を通じてほのかに青く、ひんやりとしていた。整然と並んだ水槽の中では、種類別に分けられた金魚たちが気持ちよさそうに泳いでいる。

水草や敷石は置かれていないので、水槽の中はクリアに見える。細かな水泡《すいほう》をまとい、鱗《うろこ》をきらめかせて泳ぐ涼しげな金魚をのぞきこむと、思わず、「ふわあ……」と声が漏《も》れた。

キャリコ琉金《りゅうきん》。

オランダ獅子頭《ししがしら》。

水泡眼《すいほうがん》。

金魚、といえば赤くて小さな夜店の金魚、あるいは三角形の尾びれを浴衣《ゆかた》の帯みたいにひらひらさせた丸くて赤い姿を連想するけれど、実際にはいろいろな種類がいる。

和金と呼ばれる種類は流線形の体形がスマートだ。琉金は赤や白の長い尾びれが特徴的。ユーモラスな出目金《でめきん》や、金魚の王様と呼ばれるらんちゅう、丸々として可愛いピンポンパール。

どれも人工的で、どれも小さくて、けなげで、繊細《せんさい》で、可愛い。

「このところ、ずっと通ってくれているよね」

夢中になってながめていると、いつの間にか髭を剃り終えた店長さんがそばに立っていた。

「すみません」

「はは、謝ることないから」

店長さんはのんびり笑った。

笑うと、やさしげな糸目がいっそう細くなる。

店長さんは、四十代後半か、五十すぎか、そのくらいだろう。やせて背が高く、やわらかそうな髪にはしょっちゅう寝ぐせがついている。よく顔を合わせる男性の常連さんが「とっちゃん」と呼ぶのを聞いて、〝金魚のとよだ〟は店長のとよださんの名前なのだと知った。

私がこのお店に通い出して、半年ほどになる。この一か月ほどは、店長さんのいう通り毎日のように通ってきている。けれど、そのあいだに私が購入したものは、金魚の飼育に関する本や、瓶《びん》に入ったきれいな観賞用のコケや、金魚モチーフのガラス細工。金魚どころか、メダカ一匹買ったことはなかった。夫に、金魚のことをなかなかいいだせなかったからだ。

「でも、今日こそ決心がつきました」

私が笑顔でふりむくと、店長さんは「おっ？」とつられて笑顔になった。

「飼えるようになったの？」

私はうなずいた。

「生き物はずっとダメっていわれてたんですけど、やっと許しをもらって……」

「よかったね。たぶん旦那《だんな》さんもハマると思うよ」

「うーん……それはどうでしょう。飽《あ》きっぽいですから」

ダイビング、ボルダリング、将棋《しょうぎ》、ワイン、一眼レフカメラ。

夫が夢中になり、たちまち冷めて、今では目もむけなくなったものたちが脳裏《のうり》をよぎっていく。

「どの子にする？」

店長さんは私の内心に気づかず、にこにこしながらシャツの腕をまくった。

「えーと、それが……まだ決められなくて」

「金魚、飼ったことあるんだっけ」

「はい！　昔、お祭りの金魚を」

「うん」

「三日で死なせたことが……」

「あ……そ、そうなの」

かなしい過去を思い出し、私は沈んだ。

朝起きて、窓辺の水槽の中に浮いていた金魚を見つけたときの、小学生時代のショックがよみがえる。

あのときの金魚が死んだ原因は、たぶん、両親が屋台でもらった袋の水を家に帰ってすぐに捨て、水温調節もなしに、カルキ入りの水道水へいきなり移したせいだったのだろう。飼育本を読んだ今ではそうわかるけれど、そのときには、私のせいだ、不器用な私が金魚を死なせてしまったんだ、としか思えず、本当にかなしく、罪悪感でいっぱいだった。

「難しいですかね……」

「そんなことないよ！　飼い方もしっかり教えるから」

私の不安を、店長さんはおおらかに笑って拭《ぬぐ》い去ってくれた。

レジ横の電話が鳴る。

「あっ、どうぞ、いってください」

「ん」

店長さんはとりたてて急ぐようすもなくうなずき、

「ゆっくりえらんでね。長い付き合いになると思うから」

私のそばを離れた。

「──もしもし、〝金魚のとよだ〟です。……ああ、このあいだはどうも。はい……はい……オランダ獅子頭が……ああー、それは松かさ病ですね……エサは何あげてます?」

「こんちはー、今日も暑いねー」

お客さんが入ってきた。メガネをかけた小太りの男性で、店長さんとは昔なじみらしい常連さんだ。おたがい顔見知りなので、笑顔で会釈《えしゃく》をする。

「金魚屋さん。金魚屋さん」

にぎやかな声にふりむくと、おそろいの帽子をかぶり、お散歩用のカートに乗せられた保育園の子供たちがガラス戸のむこうに並んでいた。

この時間に何度か見かけるので、〝金魚のとよだ〟は近くの保育園のお散歩コースに組み込まれているのだろう。まだ赤ちゃんのような子供たちがカートの中でぴょんぴょんはね、帽子のゴムをしゃぶりながら、ガラスの中の魚に手をのばすようすが可愛《かわい》い。小さな生き物の動きを追う子供たちの黒い瞳は、金魚の鱗《うろこ》と同じくらいキラキラしている。

私が初めてこのお店に足を踏み入れたのも、子供がきっかけだった。

「──金魚、買って。金魚、ほしい」

お肉屋さんに寄った帰り、〝金魚のとよだ〟の入り口で、足を踏ん張って母親にねだる小さな女の子の姿が、通り越しに目にとまった。

「もうちょっと大きくなったらねー。生き物は、きちんとお世話できるようになってからじゃないと。金魚は意外と長生きなんだから」

「じゃあ三歳になったら飼おうね？」

「舞《まい》ちゃん、もう三歳半でしょ」

その場に座りこみ、母親の手をふり払い、女の子はあきらめない。信号の変わるのをまちながら、微笑《ほほえ》ましい母子の攻防をながめていると、店の戸が開いて、背の高い男性が現れた。女の子は店の中へ飛び込んでいき、あわてる母親を、男性は笑って中へいざなった。

横断歩道を渡りながら、やりとりを見ていた私は、男性と目が合った。

それが、店長さんだった。

以前からの知り合いにするように、店長さんはやわらかく微笑み、ガラス戸を閉めずに店の中へひっこんだ。

入っておいで、といわれているようだった。

――新しいお店を開拓したくなる、小春日和《びより》のいい天気だったから。お気に入りの青いスカートをはいていたから。金魚をほしがる舞ちゃんが可愛かったから。たわいもない理由をいくつも重ね、私は〝金魚のとよだ〟に足を踏み入れた。

お店は外から見るよりも奥ゆきがあった。舞ちゃん親子の他にもお客さんが二人いて、店長さんと談笑していた。ほの暗い店の中は掃除《そうじ》がいきとどいていて、居心地がいい。

徐々に緊張を解いた私は、ゆっくりと店内を見て歩いた。

蛍光灯《けいこうとう》の白っぽい照明に照らし出された水槽は、どれも、小さな舞台のようだった。水草や流木は美術セット。主役の舞姫は金魚たち。

——金魚ってこんなに種類があるんだ。

赤や白や黒、金色まだらの金魚たちは大きさも形もずいぶんちがう。

そっとガラスに触れてみると、エサをくれると勘違いしたのか、丸い金魚たちがわらわらと寄ってきた。正面から見た魚の顔はユーモラスで、笑みがこぼれる。子供時代に返ったように胸がはずんだ。

夢中になってみつめているうちに、店内の静けさに気がついた。いつのまにか二人のお客さんたちも、舞ちゃん親子もいなくなっている。

店長さんも。

このまま、帰ってしまっていいのだろうか。ためらいながら、開けたままになっていた戸の外へ出ると、店長さんがいた。軽トラックをとめた業者の人らしき相手と話をしている。

伝票にサインをし、ダンボール箱を受けとった店長さんは私に気づき、

「あっ、帰る?」

「はい」

私はあわてて頭をさげた。

「お邪魔しました。すみません、何も買わずに……」

「いや、いや、気にしないで。きみがサクラで、助かった」

「えっ!?」

どうして名前を知っているのかと私は驚き、私の反応に店長さんも驚いた。

――「サクラ」というのは私の名前ではなく、お客さんのフリをしてお店が繁盛《はんじょう》しているように見せる偽《にせ》のお客のこと、他のお客さんたちが帰ったあとも、私がお店に残っていたので、外から見たときにヒマそうな店に見えずに助かっていた、という意味だと説明され、私は赤くなった。

「すみません、私、ほんと馬鹿で……」

「はは、きみみたいな若い子はあんまり使わない言葉だよね――さくらさん、っていうの?」

「はい……」

「きれいな名前だね」

店長さんはダンボール箱を店先におろした。

「よかったら、またきて。金魚、気に入った?」

「はい。どれも可愛くて……」

「うん。飼うともっと可愛くなるよ。――あ、そうだ」

店長さんはシャツの胸ポケットから何かをとり出した。

「これ、よかったら、もってって」

差し出されたのは、小さなガラス細工の金魚だった。

真っ黒なガラスの目。透明な体をくねらせ、長い尾びれの先が赤く色づいている。

「可愛い……」

「さっきの問屋がくれたんだけどね、ちょっと傷がついているから商品にはできないし、こんな小さいの、一つだけ店に置いておいてもなんだから」

いわれると、たしかに尾びれの端が、ほんの少し削《けず》れたように欠けていた。

「評判よさそうなら、インテリア雑貨の展開もありかなと思ってね……若い子の意見がほしいから、モニター役、してもらえると。次、来たときでも、感想、聞かせてもらえますか？」

私は急いでうなずいた。

「お、いらっしゃい」

小学生の男の子が二人、「どーもー」と気のない返事をして店の中へ入っていく。

私はガラスの金魚をバッグの中ポケットに慎重にしまい、もう一度頭をさげた。

「ありがとうございました。また来ます」

「うん」

ダンボール箱をもちあげながら、店長さんはいった。

「好きなときに見に来て。ここはいつでも、出入り自由だから」

――二度目の来訪の理由は、ガラスの金魚をもらった義務感にひっぱられたのが半分だったけれど、すっかり金魚に魅《み》せられた三度目からは、そんなものもなくなった。一匹だけじゃさみしいからと、お店を訪れるたび、私は新しく置かれるようになったガラスの金魚を少しずつ買い足していった。店長さんはいつでも鷹揚《おうよう》で、のんびりしていて、少し心配になるくらい商売っ気がなかった。なれなれしくも、よそよそしくもない、ほどよい温度と距離間。

この土地に引っ越してきて二年以上が経っても、いまだに美容師さんくらいしか地元の話し相手のいない私には、親しくなれた店長さんの存在がうれしかった。

そうして、〝金魚のとよだ〟は私の行きつけのお店になったのだ。

3

「おーい、とっちゃん、レジお願い」

エサの袋を手にした常連さんが店長さんを呼んだ。

「あと、カボンバ一束ね。ソイルもそろそろ換えたいんだけどさー、前に頼んどいた在庫切れのやつ、もう届いてるー？」

「あっ、ごめん！　ちょっとまってて」

まだ電話中の店長さんが受話器をずらし、小声でいった。

「松かさ病の子のケアで、飼い主さん、すぐに来られないからさ、電話でできることを教えてほしいって……」

「どんくらいまつのー？」

「うーん、えっとね、飼い主さんも初心者さんだからなあ……」

「早くしてくれよー、そろそろ店に戻らないとカミさんに怒られるー」

電話の対応と接客に右往左往《うおうさおう》し、のんびり屋の店長さんが珍しくあせっている。

二人のやりとりをながめていた私は、

「あの、私……やりましょうか？」

思いきっていった。

「おっ？」

常連さんが目をみひらく。

「新しいアルバイトさん？」

「いえ、全然ちがうんですけど」

「えっ、ちょっと、ちょっと！」

店長さんが驚いたようにふり返る。

「彼女はお客さんだよ」

「いいじゃん、いいじゃん。とっちゃん、今、手、離せないんだしさー。彼女、頼むよ。カボンバ、わかる？」

「はい」

私は水草のコーナーへいった。

ホテイアオイやマツモの水槽を過ぎ、目当ての水槽を見つけると、私は戸棚《とだな》の下から道具をとり出した。インテリア用の浮き草を買ったときに、店長さんが作業していたのを見ていたので手順は覚えている。金魚藻《きんぎょも》とも呼ばれるカボンバは水草の中でもかなりポピュラーなものだけれど、そのままだとバラバラになって浮いてしまうので、鉛《なまり》で巻かれて束ねられている。

私は新聞紙をひき、トングでカボンバの束をつかみ、水から出すと、容器に入れた。

「こちらでいいですか？　えーと、十本一束で六百五十円です」

「おー、いーね、いーね。たいしたもんだ」

「あはは、毎日来てたら、覚えちゃいました。スーパーのレジの経験もあります」

学生時代のアルバイトはずっと接客業だったから、知らない相手とのやりとりは得意だった。

「ついでに、ソイルも来てたらもらいたいんだけど」

「底材ですね」

「そうそう。客注《きゃくちゅう》のものは、とっちゃん、いつもそのあたりに置いてたよ」

さすがに、レジ裏へ勝手に入るのははばかられる。

店長さんを見ると、まるで水面の金魚のように口をパクパクさせていたが、常連さんと私の視線に圧《お》されたのか、あきらめたようにレジ台の下の棚を指した。

「あ、ありました。これですね。重いので、袋、二重にしておきましょうか」

「おー。きみ、すごいね。手際《てぎわ》が良くて。いっそここで働いたら?」

「えっ、ここで?」

「とっちゃんひとりじゃ忙しすぎるさー。くたびれた無精髭《ぶしょうひげ》のおじさんに接客されるより若い女の子に相手してもらうほうがこっちも楽しいし。よし。決まった。きみ、採用」

「何勝手に決めてんの!?」

店長さんが大声をあげ、私と常連さんは笑った。

「エサとカボンバとソイルで、三千九百円になります」

「いーね、いーね、五千円からお願い」

レジはスーパーで扱ったものと同じだったので、操作に戸惑いはなかった。

レジを開け、おつりをとりだし、閉める。お金のことなので、トラブルにならないよう、見ていてもらいたかったが、店長さんは気にもせず、電話の相手との会話に集中していた。

目が合うと、苦笑し、ありがとう、と小さく口を動かした。

「ほんと、きみ、考えてみてよ。ここで働くこと。とっちゃんひとりじゃ限界だよ」

商品をつめた袋を受けとり、常連さんはいった。

「店長、いい奴だよ」

「……はい」

私は笑顔でうなずいた。

それは、知っている。でなければ、まだ一匹の金魚も飼っていない私が、こんなふうに毎日お店に通ってこられるはずもないから。

常連さんが出ていき、静かになった店内に、かすかな水音と店長さんの声だけが響く。

電話の向こうのお客さんに、丁寧《ていねい》に病気のケアを説明するその人の横顔を、私は今までよりも近い距離からみつめた。

目尻の小さな笑いじわ。剃《そ》り残しの髭。しわの残るシャツ。寝ぐせの髪。

金魚たちを世話するようすは細やかで、店内も、障子《しょうじ》のむこうの和室のお部屋も、いつ見てもきれいに掃除《そうじ》され、整えられているのに、店長さん本人は、自身のことに無頓着《むとんちゃく》だ。

彼に家族の影はない。左手に指輪もない。気楽な独り身だからね、と以前、話していたのを覚えている。何も押しつけない、求めない、その人のもやのようなやさしさから、なんとなく、店長さんのいう気楽さは、はじめからもたずに過ごした気楽さではなく、かつてはもっていたすべてを捨てた後に残った、重い後悔《こうかい》やあきらめに裏打ちされたもののような気がした。

四十代の、あるいは五十代の、人生の筋力をつけたその人だからこそ、軽々とまとって見えるだけの。

「――はい、それじゃ、失礼します。いえいえ、こちらこそ。またよろしくお願いします」

電話を終えると、店長さんは、トングや新聞紙を片づけている私のところへあわてて寄ってきた。

「ごめんね、お客さんの相手なんかさせちゃって」

「いいんです。私のほうこそ図々《ずうずう》しくすみません」

「正直いうと、さくらさんがいてくれて、すごく助かった」

「それならよかったです」

「ありがとう」

ありがとう。

ありふれた感謝の言葉が、乾いた私のこころに沁《し》みた。

夫から最後にその言葉をもらったのはいつだったろう？

糊付《のりづ》けしたワイシャツ。ぴかぴかに磨《みが》いた靴《くつ》。毎日、彼より一時間半早く起きて用意する朝食とコーヒーとお弁当。

遅い彼の帰りをまち、そっけなくふるまわれても、いたわりと感謝の言葉をかけ、寝室を冷やし、あるいは暖めておき、ふかふかのタオルやパジャマを用意する。それらは黙っていても差し出されて当然のもので、わざわざ感謝するには値しないことなのだろうか。

——店長さん、私、夫とうまくいっていないんです。

穏やかな笑みを浮かべる店長さんを見あげながら、ふいに、自分の若さと相手のやさしさに甘えて、胸にわだかまる悩みのすべてを打ち明けてしまいたい衝動に駆られた。

このところ、夫はまともに私と視線をあわせようともしないんです。

手も触れません。

話しかけてもくれません。

気に入らないけれど、今さら捨てることもできない家具を見るように、夫は私を避け、無視するんです。

はじめは、ちょっとした行き違いにすぎないと思っていたんです。今のは、私が彼の感情をうまくとらえられなかっただけ。私のうかつないいかたや、言葉が、タイミング悪く彼の機嫌をそこねてしまっただけだろうと。

でも、それが何度も重なり、会話が気まずく途切れることが多くなり、夫の私への態度が目に見えて冷たくなるにつれ、私はどんどん混乱していきました。

私の何がいけないのか。

何が彼をいらだたせているのか。

以前は、あれほど惜しみなく私にむけてくれたやさしさを、いま、そこねている原因はなんなのか。

必死に考え、彼の気に入るよう、努力しました。でも、ちっともうまくいきません。

私は毎日荒ぶる夫の感情の波に翻弄《ほんろう》され、ふりおとされ、囲いの中の弱った金魚みたいに、息も絶え絶えになるばかりです。

店長さん。

こんなことは、結婚生活にはよくあることですか？

時間が経てば、乗りこえられると思いますか？

店長さんにも、小舟一つで嵐に揉《も》まれているような、前の見えない、どこにむかっているのかわからない、そんなふうにもがき苦しんだ時期がありましたか？

「さくらさん？」

私は我に返った。

「あはは、すみません。なんだか、ぼうっとしちゃいました」

私は立ち上がった。もちろん、そんなことはできない。赤の他人に夫婦の問題を預けて、解決策を探してもらおうなんて、子どもじみた図々《ずうずう》しいことは。

「大丈夫？」

私はあいまいな笑みを浮かべた。本当は、大丈夫じゃないのかもしれない。ただの知り合いでしかない目の前の相手にすべてをぶちまけてしまいたくなるくらい、私はギリギリなのかもしれない。それでもなんとか自分をおさえ、「店長さん」と私はいった。

「手が空いたら、私《わたし》用の水槽をえらんでもらえますか？」

4

水槽は、その日のうちに私の家の玄関におさまった。

揃《そろ》えたのは店長さんがえらんでくれたやや大きめの水槽に、エアポンプとろ過フィルター。ひとりじゃ重くてたいへんだからと、店の手伝いをしたお礼代わりに、店長さんが車で家まで運んでくれた。

水道水を入れ、カルキ抜きの薬剤を入れ、設置したエアポンプのスイッチを入れると、ゴボゴボという音とともに、シードパールみたいな細かな泡《あわ》が水の中にわきたった。

これで、金魚を迎える準備はできた。

水質が整うまで、本物は入れられないので、代わりにガラス細工の金魚たちを入れてみた。涼しげで、きれいだった。本物の金魚がきたら、もっともっと華やかになるだろう。

小さな生活の変化がうれしかった。こんなちょっとした刺激が、ひょっとしたら、よどんだ今の状況に穴をあけ、夫との関係をよいほうへむけてくれるようになるかもしれない。

私はようやく前向きな気持ちをとりもどし、キッチンに立った。結婚祝いにもらったお気に入りのストウブ鍋《なべ》でロールキャベツを作り、前菜用にチーズとマリネ、スモークサーモンの生春巻きを用意し、ビールグラスを冷やした。今日はノー残業デーで、好きなスポーツ中継があるから、夫も早めに帰るだろう。

夫に飼育本の写真を見せ、どんな金魚が好きか、聞いてみようと思った。私はらんちゅうが好きだけれど、夫が他の金魚をえらぶなら、それでもいい。二人で考えて名前をつけて、最初は一匹、慣れてきたら少しずつ増やしていってもいいかもしれない。

金魚が赤い糸みたいになって、切れかけている二人の絆《きずな》を結んでくれるかもしれない。

けれど、そんな私の淡い期待は、夫の帰宅とともに、泡のようにはじけ飛んだ。

「――おい！　なんだ、これは⁉」

「ただいま」をいうよりも早く、夫は靴箱の上の水槽を見て、声をあげた。

出迎えに出た私は、夫の全身に立ちのぼる怒りの気配を見てとり、戸惑った。

「何って……水槽」

水の中では夕方からずっと、エアポンプが細かな泡をブクブクと吐いている。

「今朝、金魚飼っていいっていったじゃん」

「でかすぎるだろ！」

夫は目をむいている。

「金魚飼うっていったら、普通、もっとこう……金魚鉢《ばち》とか……！」

ああ、そうか。

夫の想定していた金魚飼いのイメージはそれだったのか。窓辺のセントポーリアの鉢植えと同じように控えめな。だから、あんなにあっさり承諾《しょうだく》してくれたのだ。

「初心者は水量多めから始めたほうが良いの」

金魚に一番必要なのは、一年じゅう水温の一定した綺麗《きれい》な水だ。

金魚鉢のように小さな器《うつわ》で飼うのなら、毎日こまめに水を取り替えなくてはいけないし、器のサイズに比例した小さなサイズの金魚しか飼えない。

「だから、水槽はこれくらい大きいほうがいいんだって。水が汚れにくいし、水温も保たれるから。金魚を迎える前に、一週間、こうしてフィルターをブクブクさせて、バクテリアを増やしてこなれた水を……」

「人の話を聞け!!」

耳元で怒鳴られ、私はビクッと硬直した。

「ここは俺の家だ。俺が働いてローンを払ってるんだ」

俺の家、という言葉に胸の奥がひやりとした。

「……専業主婦になってほしいっていったのはそっちじゃん」

「いいから返してこい」

「やだ」

「返してこい」

「やだ」

「じゃなけりゃおまえが出てけ！　今すぐ!!」

荒ぶる声に、空気が震える。

膝から力が抜け、私は冷たいたたきに座りこんだ。

「卓ちゃん」

震える声で言葉を押し出した。

「最近、急に冷たくなったね」

嘘だ、最近なんかじゃない。彼の言動の変化は、本当は一年も前からだ。こんなときになっても、私は夫の顔色をうかがっている。ずっと以前から不信をつのらせ、疑っていたことを、彼に気づかれまいとしている。

「何か……私に隠してない？」

「早くしろ」

私の問いを無視し、夫は語気を強めた。

それは早く水槽を返してこいという意味なのか、早く家を出ていけという意味なのか。

無言で座りこむ私を見下ろし、夫はいらだったように舌打ちをすると、足音も荒々しく廊《ろう》下《か》を過ぎ、叩きつけるように居間のドアを閉めた。

衝撃に、あたりの空気がビリビリと震える。

しばらくして、かすかなテレビの音が聞こえてきた。

――五分もすれば、夫は出ていけと私を怒鳴りつけたことを忘れ、私が冷やしておいたグラスでビールを飲み、私の作った料理を食べ始めるだろう。私が用意しておいたルームウェアに着替えて。そこになんの矛盾《むじゅん》もないのだ、彼の中では。

私はたたきの上で膝を抱えた。あふれる涙がスカートの膝にしみこんでいく。

十分ほどそうしていてから、ようやく心を決め、立ち上がった。

洗面所へ行き、収納棚から掃除《そうじ》用のポリバケツと雑巾、水槽と一緒に買っておいた水抜き用のポンプをとり出した。玄関へ戻り、エアポンプの電源を切り、フィルターをつないでいるチューブをひき抜くと、肘までつかる水の中へ手を入れ、ガラスの金魚たちをとり出す。

それから、手動式のポンプの給水口を水槽にセットし、たたきの上に置いたポリバケツへと水を吐き出させた。いっぱいになった重いバケツをもちあげ、よろよろしながら玄関と洗面所を何度も往復し、抜いた水を全て捨てると、濡れた玄関まわりを雑巾で拭いた。

息を切らせながら作業を終え、居間のドアの前に立つと、テレビの音に交じり、電話をしているらしい夫の声がかすかに聞こえてきた。仕事向けではない、くだけた口調、親しげな笑い声。平気だよ、と夫はさして声をひそめるでもなく話していた。

「今、嫁、そばにいないから」

寝室にいき、携帯電話と家の鍵《かぎ》のついた財布をスカートのポケットに入れる。

ポンプとフィルターを入れた水槽を両手に抱え、私は家を出た。


水槽に押しつけたお腹が濡れて冷たい。

腕力のない私に大型の水槽は重く、行き慣れた道のりがひどく遠く感じた。

こんな時間に水槽を抱えてよろよろ歩く女を通行人はどう見ていたか。何度か視線を感じたけれど、さして気にはならなかった。それよりも、頭の中で夫の声が何度も何度もこだましていた。

『俺の家』。

頭ごなしに怒鳴られたことよりも、出ていけといわれたことよりも、その言葉が、私を一番傷つけた。

――そうか、卓ちゃんはずっとそう思っていたんだ。

あそこは自分の家で、今のところ私を住まわせてやっているだけなんだと。

あそこは卓ちゃんの家で、彼一人の家で、私たち二人の家なんかじゃなかったんだ。

駅から五分、マンション三階の新築二ＬＤＫ。

結婚後すぐに、夫はあの家を買った。

若くしてマイホームを購入した夫を、両親も友だちも称賛したけれど、当時の私はそこまで素直によろこべなかった。夫の職場には近かったけれど、私の勤め先には二回の乗り換えが必要で、どちらの線も朝の混雑がひどいことで有名だったし、何より、新居は実家からも友人たちの住まいとも遠くて、まるで馴染《なじ》みのない土地だったからだ。

もしもこの家で子供を産んだら、いざというとき、誰を頼ればいいんだろう？

でも、長いローンを払うのは夫で、頭金の一部をわずかに出しただけの私の意見は、

「そんな先のことまで心配しても仕方ないだろ」

とあっさりしりぞけられてしまった。

結局、新居に引っ越してから八か月ほどで、私は仕事を辞めた。

ワンオペの家事と仕事の両立に加えて、ラッシュの中で立ちっぱなしの往復三時間の通勤はもともとあまり体力のない私にはきつかった。仕事中に何度か倒れ、それでも無理を

して仕事を続けていると、やがて、生理が止まった。診断は過労で、今の状態のままだと妊娠《にんしん》はなかなかむずかしいかもしれない、と医師にいわれた私は、仕事をあきらめ、以前からの夫の提案を受け入れて、専業主婦になった。

夫ののぞみとはいえ、彼の収入に全面的におんぶするようになったことは、やっぱり心苦しかった。稼《かせ》げないぶん、夫の支えになろうと、私は家事に打ち込んだ。

そうして、一日の大半を家で過ごすようになってから、私はゆっくりとあの家を好きになっていったのだ。

なまけた専業主婦、と思われたくないから、毎日働いていたときと同じ時間に起き、家事をした。晴れた日には窓をあけ、風と日の光を家の中へぞんぶんに通す。結露《けつろ》のひどい冬は、夫を送り出したあと、すべての部屋の窓を開け放ち、寒さに震えながら、換気をした。

そうするうちに、壁や床からしつこく臭《にお》っていた、新築特有の薬品的な臭いは徐々に消えていき、代わりに、壁に飾ったドライフラワーや、アロマや、夫の好む柔軟剤や、コーヒーや紅茶の入り混じったやさしい匂《にお》いが、あの家じしんの匂いになった。

私は床を拭き、ガラス窓を拭いた。シンクを磨《みが》き、観葉植物に水をやり、季節に合わせてカーテンやラグをざぶざぶ洗った。毎日きちんと掃除をしていても、部屋のすみに音もなく埃《ほこり》は積もり、湯気に浴室の鏡は曇り、換気扇には油の汚れがこびりつく。生き物と同じように、家も呼吸し、排泄《はいせつ》するのだ。それらをぬぐい、きれいな状態に整え、傷を補修していくたびに、家に対する私の愛着は増していった。

「まるで、小さな子供の世話をするみたいに」

無意識につぶやき、その言葉はすとんと胸に落ちた。

そうか。

私にとってあの家は、子供の代わりだったのかもしれない。

でも、家は動かない。甘えることも、何かをねだることも、大きくなることもない。

だから、私は家だけでは飽《あ》き足らず、何か他の生きものを――ペットを嫌う夫でもかろうじて許してくれそうな、金魚を飼いたいと思うようになったのだろうか。

私は立ちどまり、ふり返った。建物に隠れて見えない、夫のいるマンションの灯りを探した。彼の家で、彼は自分好みの快適さに囲まれ、ひとりくつろぎ、満足しているだろう。

私の育てた彼の家。そこに私の居場所はない。

私は子供がほしかった。

私は金魚がほしかった。

だけど、卓ちゃん、あなたは――。

5

〝金魚のとよだ〟のシャッターはおりていた。

水槽をおろし、肩で息をしながら、私はシャッターを叩いた。

――たぶんもう家に入ってしまっているんだろうな。ほとんどあきらめながらシャッターを叩いていると、数分のうちに返事があり、足音が近づいてきた。

「あっ……？」

シャッターを上げた店長さんは私を見て、目をみひらいた。

「あれ？　どうしたの？」

「すみません」

私は乱れる呼吸をなんとか整えながら答えた。

「大きい水槽は、だめだって……」

いいながら、恥ずかしかった。そんなささいな決定権すらもっていないなんて。まるで親に叱《しか》られてペットをあきらめる小学生みたいだ。

「あ……！」

店長さんはすぐに事情を察したようで、

「あちゃー、大変だったね。ごめん……こっちがむやみにすすめたから」

「いえっ！　店長さんは悪くないです」

「とにかく、入って、入って」

水槽を抱えると、店長さんは照明を落とした店内へ戻り、レジへ進んだ。

「ちょっとまっててね。今、レジあけるから」

「いえ、返金は……！」

私は急いでいった。

「こっちの勝手な都合ですし……！　もう、それ、売り場に戻せないと思いますし……！」

「大丈夫、大丈夫。うちで再利用するから」

「それでも……っ」

時間をさいてえらんでもらった上、無料で配達までしてもらった。未使用ならまだしも、箱もない商品を濡れたまま返しておお金を受けとるなんて、とてもできないと思った。

返金を固く拒否する私を前に、

「んー……」

店長さんはしばらく考えていたが、

「あっ、じゃあさ、こういうのはどう？」

「え……？」

「ついてきて」

水槽をもったまま、店長さんは靴《くつ》を脱ぎ、和室にあがった。

戸惑いながらのぞきこむと、あがってすぐ左に、上へと続く狭い階段があった。

「普段はお客さん、入れないんだけどねー」

きしむ階段をのぼっていく店長さんの後を、私はためらいながらついていった。二階にいくのかと思うとそうではなく、階段はさらにその上へと続いていた。

「どうぞ」

アルミサッシの扉を開くと、さあっと夜風が吹き抜け、私の髪を揺らした。

私は目をみひらいた。

「ここに水槽置いて、金魚飼えば？」

「うわあ……！」

思わず声がもれた。

「池が……」

横に長い屋上いっぱいに、コンクリートでできた大きなタタキ池が横たわっていた。

大きな長方形の池は真ん中の通路を隔《へだ》てて、二つ並んでいる。

中は等間隔で仕切られていて、それぞれの仕切りの中に、種類別に分けられた、たくさんの金魚が泳いでいた。

「そこは暗いかな。こっちに来ると、池の中がよく見えるよ」

店長さんは池に渡した木の板をひょいとのぼり、すたすたと歩いていった。後に続いた私は、板の上でバランスを崩してよろめいた。

「わっ……とっ、と」

「気をつけてね。足場板、固定していないから」

私はうなずき、腰をおろした店長さんの隣に急いで座った。

水の匂い。藻《も》の匂い。夏の夜風の匂い。

屋根についた控えめな照明に照らされ、薄闇に包まれた水の中で泳ぐ何百という金魚たち。涼しげで、綺麗《きれい》で、幻想的だった。

私はいっとき胸の憂《うれ》いを忘れ、目の前の光景にみとれた。

「すごい……綺麗……」

「日当たりがよくて風通しもいいからねー、ここは」

「お店の屋上がこんなふうになっているなんて、全然知りませんでした」

「はは、そうだよね。ここでは店に出す前の小さな金魚を育てたり、ちょっと元気のない子を薬浴《やくよく》させたり、交配《こうはい》させたりしてるんだよ」

「そうなんですか……」

金魚屋さん、というのは、魚市場とか魚の問屋さんみたいな場所でいいと思った金魚を少数えらんで仕入れ、お客さんに買われるまでのあいだ、店に置いておくのが仕事なのだろう、と私は思っていた。洋服やアクセサリーのセレクトショップと同じようなシステムで。

でも、実際は、一階のお店よりもこの屋上のスペースのほうがはるかに広く、商品として売れるだけの、綺麗で健康な金魚を店頭に揃《そろ》えたり、補充したりするためには、これだけの設備が必要だったのだ。

同じように、お店での販売や接客は店長さんの仕事の中の一部でしかなく、開店前や閉店後の少なくない時間を、店長さんは仕入れや清掃やタタキ池の金魚たちの世話に費《つい》やしているのだろう、ということに、私は初めて思い当たった。

――私って、何も知らないんだな。

学生時代のアルバイトとほんの短い社会人経験でしか、私は世の中のことを知らない。出会ってすぐにつきあい始めた夫の激しい求愛に圧《お》され、二十歳《はたち》そこそこで結婚を決めてしまったこと、非正規とはいえ、やりがいをもって働いていた仕事を、夫の要求に合わせてあきらめてしまったことを、私は今になって、あらためて悔《く》いた。

「好きなのあげるからえらんでいいよ」

店長さんの声に、私は我に返った。

「金魚。どの種類がいい？」

「えっ、いいんですか？　でも……余計に迷惑かけてるような……」

「全然！」

揺れる池の水面に映った店長さんの顔が、笑みに崩れた。

「きみみたいな可愛《かわい》い子が来てくれると、俺も嬉しいしね」

私は薄闇の中の店長さんの横顔を見た。

わずか十センチほどの距離をあけただけの近さでその人と肩を並べていることを、このときになって初めて意識した。

「あ、ごめん。きもかった？」

「いえ！」

私はあわてて手をふった。

「最近……夫に全然そういうことといってもらえないから……嬉しいです……あはは……」

「え、なんで？　ケンカ？」

私は暗い水面をみつめた。

誰にもいえず、胸にとじこめていた言葉がするりと口をついて出た。

「浮気してるんです」

「え……」

「私より、ずっと綺麗な子と」

ぱしゃっ、と小さな水しぶきをあげて金魚がはねた。

広がっていく波紋をみつめる私の脳裏《のうり》に、今日の午後に受けとった興信所《こうしんじょ》からの封筒と、中に入っていた写真の束がよみがえる。

夫と腕を組み、ラブホテルに入っていく女性の姿。

夫の浮気相手は会社の同僚だった。

年は私と同じだけれど、私とはまるでタイプの違う、少しキツそうな美人。夜間撮影による白黒の写真でも、彼女の綺麗なストレートの黒髪と、モデルのように整った顔立ち、短いスカートからすらりと伸びた脚の長さ、スタイルの良さはよくわかった。彼女の隣で無防備な笑みを見せる夫の顔を、私は見知らぬ男を見るようなきもちでみつめた。

――楽しそうだね、卓ちゃん。そんな笑顔、私、もう何か月も見ていないよ。

十枚ほどの調査報告書には、二人の関係は一年以上前から始まっていたと推察できる――と事務的な文章で書かれていた。

何月何日何時何分、○○ホテルに入室、同日何時何分退室。何月何日何時何分彼女の自宅に入る、同日何時何分自宅を出る――ふたりの情事の足どりを一つ一つ文字で追いながら、私はいちいち傷つき、同時に、どこかでほっとしてもいた。原因不明の痛みに正式な病名をあたえられた患者みたいに、今日までの私の不信と苦しみにも、ようやく「夫の浮気」という正当な名前があたえられたから。

たえまなく心に積もる疑惑を、名ばかりの希望にすがってふり払う日々は苦しかった。深夜の着信、休日のふいの外出、シャツの襟《えり》の内側にかすかについたピンクオークルのファンデーション。考えすぎだ、気のせいだ、わかってしまえば笑ってしまうような誤解をひとりでくよくよ気に病んでいるだけなんだ、きっと。いつも卓ちゃんがいうように、私は感情的だから。理論的にものを考えられないから。私は頭がよくないから。私は馬鹿だから。

雨に汚れた窓ガラスをせっせと拭き、磨くように、私は懸命に夫への不信を拭《ぬぐ》い去ろうとした。けれど、その端から疑惑は積もり、心は曇り、私の努力は追いつかなくなる。

どうすれば心に巣くったこの黒いもやを拭えるの？　もっと磨けば心は晴れるの？　だけど、磨くというのは削《けず》ることだ。心を削って、むりやり疑いを削《そ》ぎ落として、彼への不信をないことにして、楽になるどころか、私はいっそう傷つくばかりだった。

ふいに涙があふれそうになり、私は立ちあがると、通路へおりた。

「さくらさん……」

「あっ、この池、いろんな柄《がら》の子がいる」

店長さんに背をむけ、私は足元の池をのぞきこみながら、明るくいった。

まばたきでこぼれた涙が見えないように。

何かいいかけていた店長さんは私のようすを見てそれをのみこみ、

「ああ……」

ゆっくりと、私に近づいてきた。

「それはハネっ子の池だね」

「ハネ……？」

店長さんはうなずいた。

「選別することをハネる、っていうでしょう。ハネはえらばれなかった魚のこと……金魚はたくさん子どもを産むから、綺麗な子だけえらんで育てて売るんだ」

「じゃあ、えらばれなかったハネっ子は……どうなるんですか？」

「売らないで里子に出したり、金魚すくいに出したり……肉食魚のエサになったり……」

「エサ!?」

驚いてハネっ子の池を見ると、ちょうどその中の一匹が私のそばへ寄ってくるところだった。四つに分かれた尾。白地に朱金の混じった色。むくむくとコブのある大きな頭。らんちゅうだ。素人《しろうと》の私から見ると、店の水槽で泳いでいる子たちと比べても、特に劣ったところはないように見える。目を凝《こ》らし、真上の角度からよくよく見ると、背中の中心線のあたりがほんの少し、尖ったように盛り上がっているような気もしたけれど。

らんちゅうの背は平らで幅広なほうがいいといわれているから、そのせいなのだろうか。

(だけど、こんなに可愛いのに)

ただそれだけの違い、ほんの少し人間の考える規格から外れているというだけで、他の魚のエサにされてしまうなんて。

「私……この子にします！　この子をもらえますか？」

「うん。可愛がってあげて」

店長さんは小さなアルミのボウルと網《あみ》を渡してくれた。

どきどきしながら生《い》け簀《す》にかがみこみ、そうっと網を水中に入れ、らんちゅうを追った。

らんちゅうはふしぎなくらい逃げるそぶりを見せず、大人しく網の中におさまった。

網から水を入れたボウルへと慎重にらんちゅうを移し、私はほっとした。

よかった、こんなに大人しくつかまってくれるなんて。運命かもしれない。きっとこの子も私に飼ってもらいたがっているんだ——などと考えている最中、ボウルの中のらんちゅうがいきなり暴れ出し、勢いよく宙に飛び出した。

「あっ!?」

あわてて手を伸ばしたが、ぬるぬるした魚が空中でつかめるはずもない。らんちゅうは私の手元から足元の固い床へと落下してしまった。

「ぎゃ―――ッ!!」

我ながらすさまじい声が出た。

あわてて膝をつき、拾おうとしたが、ピチピチと尾をふって暴れるらんちゅうは私の手から逃げるばかりで、どうにもならない。

パニック状態になっている私に、

「かわって!」

場所を譲《ゆず》らせると、店長さんはコンクリートの上で暴れるらんちゅうを魔法のような素早さですくいあげ、ボウルに戻した。

私は半泣きになって頭をさげた。

「すみませんっ……!」

「あー……、大丈夫。大丈夫」

店長さんは苦笑した。

「このくらいじゃ死なないから」

「でも……でもっ……鱗《うろこ》が……!」

らんちゅうの朱金色の鱗が何枚かはがれ、コンクリートの上に落ちている。

「心配しないで」

店長さんはホースをとり、私が運んできた水槽に水を入れ始めた。

「そこの下にある塩とって」

「はいっ……えっ……塩!?」

作業テーブルの下をのぞきこむと、道具箱の中に大きな食塩の袋があった。私は急いでそれを店長さんに手渡した。

「ありがと」

店長さんは袋の中の小さな軽量スプーンで塩をすくい、水を張った水槽の中に「一、二、三」と数えながら入れ始めた。

「あの……何をするんですか?」

「塩水浴《えんすいよく》」

水に沈んだ塩が音もなく四散し、水槽の底に沈んでいく。

「水一リットルに対して塩小さじ一杯。〇・五パーセントの塩水が金魚にとって快適だから、弱った体のトリートメントになるんだよ。鱗も再生するから、心配しないで」

塩水浴は一番ポピュラーなトリートメント方法で、弱った金魚の体力回復、病気の治療、予防などに使われるのだと、らんちゅうを水槽へ移しながら、店長さんが説明してくれる。

水槽の水を塩水にし、金魚の体内塩分濃度に近づけることで、体にかかる負担が軽くなり、代謝がよくなり、病気やケガが早く癒《い》えるのだそうだ。

鱗のはがれた金魚はそこから雑菌なども入りやすく、病気になりやすい。殺菌効果の強い塩水に入れることで、そうした病気をふせぐことができる。

金魚の鱗がはがれること自体はよくあることで、多量でなければ命にかかわるほどではないという。この子の鱗もそんなにかからず元通りになるよ、という店長さんの言葉に、私は心から安堵《あんど》した。

小学生時代の失敗をまたくり返してしまったのかと思い、本当に怖かったのだ。

「よかったぁ……！」

「あはは、大丈夫だから泣かないでー」

店長さんは半泣きになった私の頭にポンと手を置いた。

「ね？」

温かい、大きな手。

私は店長さんをみつめた。

お店に通って半年。これまで、商品を渡すとき、水槽の前に並んで金魚の説明をするとき、店長さんはいつでも慎重に私との距離を保ち、決してそれ以上の近さまでは踏み込んでこなかった。その人が、今、当たり前のように私に触れている。

いたわり、慰め、同情、安堵感。

私が今一番欲しているもの。

店長さんの目に、今の私はきっと、狭くて濁《にご》った水の中でもがいている、鱗のはがれた瀕死《ひんし》の金魚みたいに見えているのだろう。

生ぬるい風が強く吹き、私の髪とスカートの裾《すそ》を大きく乱した。池の水面がさざなみだつ。店長さんの手が私から離れたとき、

「あの」

ひきとめるように声を発したのは私のほうだった。

店長さんが私をみつめる。

そう、わかっている。その人はこれ以上、自分から踏み込んではこない。進むのも戻るのも私次第。選択権は私にある。

すべてわかって、そして、私は最後の一歩を踏み出した。

「もうちょっと、ここにいていいですか?」

6

淡いブルーの照明に照らされ、薄闇の中で泳ぐ金魚たち。

コポコポと鳴るエアポンプの音。

それに交じって、かすかな二人のあえぎがシャッターをおろした店の中に響いている。

「ん……」

重ねた唇のあいだから、水音にも似た湿った音がもれる。

温かい、ぬるぬるしたものが、私の口の中を泳いでいる。

和室のソファの上、店長さんの膝に乗り、私は彼のくちづけを受けている。

角度を変えたくちづけ。何度も、何度も。そのたび、伸び始めている髭《ひげ》が口の周りに当たってチクチクした。それが、夫以外の男性と唇を重ねていることを、いっそう私に意識させる。夫はあまり髭が濃くない。朝剃《そ》った髭が夜にはもうこんなに生えていることはない。髪から匂《にお》う整髪料の匂いも、服から匂う柔軟剤の匂いも、肌の手触りも、何もかも夫とはちがう。耳の形も、舌の動きも、服の上からやさしく私に触れる愛撫《あいぶ》の手順も。

——馬鹿みたい、こんなときに、卓ちゃんのことを思い出すなんて……。

くちづけを交わしながら私の胸を揉《も》みしだいていた店長さんの手が、少しずつ下へとおりていく。脚のあいだをそっと探られ、思わずぴくりと反応した。

その手は急がない。無理強《じ》いもしない。私の戸惑いや躊躇《ちゅうちょ》を敏感にくみとりながら、近づいたり、退いたりする。唇と耳とを交互にたっぷりと愛撫され、だんだん身体《からだ》がとろけていく。頭の中がぼうっとしてくる。手が再び潤んだくぼみの中心に近づいたとき、私は脚を開いて、それがスカートの下に潜りこむのを助けた。

「はあ……はあ……は、あっ……」

熱くなる私の反応に呼応して、店長さんの息もしだいに乱れ始めている。もどかしげにブラウスのボタンをはずしていき、ブラをひきおろして両の乳房を露出させる。

暗がりの中で見下ろす自分の胸はやけに白く、いやらしく見えた。吸いつかれ、ねぶられ、濡れて立ちあがった胸の二つの先端をまじまじとみつめる店長さんの顔には、初めて見る欲情の表情が浮かんでいる。

「――本当にいいの？」

私の下着をおろしながら、店長さんがささやくようにいった。

「こんなことしちゃって……」

快楽と理性のはざまで、私は答えあぐねる。

目の前にエサをぶらさげられた飢えた動物のように、私の身体は目の前の果実に飛びつこうとしている。

でも、既婚の私と関係をもつことで、今後、店長さんにも迷惑をかけることになるかもしれない。

激高しやすい夫が、もしもこのことを知ったら――。

「やっぱり……やめましょうか……」

その言葉は、こうした行為に不慣れな私が最後の一線を越えることに尻ごみしている、と店長さんにとられたようだった。店長さんは膝の上に乗せていたわたしをソファの上に押し倒すと、早急な手つきで下着を剝《は》ぎとり、自身のジーンズに手をかけた。逃げるそぶりを見せた獲物を前にして、急に狩猟本能を刺激されたように。

大きく開かされた脚のあいだに彼の身体が入ってくる。思わずさまよわせた手を強く握られ、くちづけられた。目をつむって舌の動きを受け入れた瞬間、熱いものが押し入ってきた。

「んんっ……んっ！」

久しぶりにあたえられたその感覚に、私の身体は自分でも驚くほど反応した。それまでの我慢強い、周到な前戯が別人のように、店長さんが私の上で激しく動き始める。片脚をもちあげられ、肩にかけさせられ、ぐっと奥まで受け入れさせられる。貫かれ、揺さぶられながら、私は涙のにじむ目を強くつむった。もう戻れない。もうなかったことにはできない。

店長さんの背中に両手を回し、私は溺《おぼ》れかけた人間のように、強く強く彼にしがみついた。


「気持ちよさそう……」

水の中ですいすいと泳ぐらんちゅうをみつめ、私はつぶやいた。

一晩が経過して、私が落としたらんちゅうに今のところ異状は見えなかった。

店長さんの説明通り、命にかかわるほどのケガではなかったようだ。

はがれた鱗が元通りになるには、あとどれくらいかかるんだろう？

私はふり返り、デッキブラシで屋上の床を掃除《そうじ》している店長さんに尋ねた。

「トリートメントって、何日続けるんです？」

「元気になるまで」

ブラシを動かしながら、店長さんはいった。

「一週間でも、一か月でも」

「そうなんだ……」

「さくらさんもいいよ。元気になるまでここにいれば」

私はうなずいた。

おろしたままの髪のあいだを朝の風が吹き抜けていく。

――こんなことが、自分の上に起こるなんて。

昨晩、店長さんの腕の中、二度の交わりの後の疲れにまどろみながら、私は衝動に身をまかせた自分自身の大胆《だいたん》さに、今さらながら戸惑った。

後悔《こうかい》したわけではない。店長さんはどこまでもやさしく、初めて味わう快楽は口移しで飲まされた甘い薬のように傷ついた私の心身を癒《いや》してくれた。けれど、人妻の私が一線を越えたのは確かなことで、今まで守っていた何かを壊したという自覚はあった。闇の中でチカチカと点滅する携帯の着信ランプ。脳裏《のうり》に浮かぶ夫の顔。私は強く目を閉じた。明日からの私の生活は確実に変わるだろう。朝を迎えるのが怖かった。

けれど、泥のような眠りから目覚めると、部屋の中にはまぶしい朝の光があふれていて、開けたままのドアのむこうからはお味噌汁の匂いが漂ってきていた。

ぼんやりしていると、まばらに髭の伸びた店長さんがやってきて、おはよう、と笑った。

「おはようございます……」

「さくらさん、味噌汁にネギ入れても大丈夫な人？」

「え？　――あ、はい。大丈夫です。おネギ、大好きです」

「いつもの味噌切らしてるから、赤だししかないんだけどね」

「赤だし、おいしいですよね……」

それが、不倫《ふりん》後の朝の最初の会話だった。

――なんて生活感にあふれているんだろ。背徳感もドラマチックさのかけらもない。

私は思わずくすっ、と笑ってしまった。

そして、その時、自分が以前よりもずっと楽に呼吸できていることに気がついた。

濁ってよどんだ水の中から、綺麗《きれい》な水へと移し替えられた金魚みたいに。

夫の浮気に悩んでいた昨日までの貞淑《ていしゆく》な私。無断外泊をして、不倫相手に朝食を作ってもらっている今日の私。どちらの私も地続きの私で、私自身は何も変わっていない。汚れてもいなければ、すさんでもいない。壊れてもいない。

変わったのは、ただ、私がいる場所だけ。

小さな台所で店長さんの作ってくれたねぎとお豆腐の入った濃いめのお味噌汁を飲み、朝のワイドショーの話題でおしゃべりしながら、初めて訪れた家の中でくつろぎ、安らぎを感じている自分に気づいた。ああ、そうか、と洗い物をする店長さんの背中を見ながら私は思った。

飛び出してよかったんだ。

あんなもの、壊してしまってよかったんだ。

私を傷つけ、不幸にするだけの男の家を、妻の名のもとに必死に守り続けたところで、いいことなんて何もないと。

私は目を細めて、入道雲の広がる空を見あげた。

化粧《けしょう》を落とした素顔の肌に、七月の強い日射しが容赦《ようしゃ》なく照りつける。今日も暑くなりそうだった。でも、いつもはうんざりする真夏の日差しが、今朝は心地いい。

雲も、木も、建物も、人も、すべての輪郭《りんかく》がくっきりと、色鮮やかに目に映る。

「あれえ!? 豊田《とよだ》さん、再婚したの?」

開店してからしばらく経って、いつものようにやってきた常連さんが、ピンポンパールたちにエサやりをしている私を見て、驚いたように声をあげた。

何いってんの、と店長さんは照れたようにいった。

「この子は人妻だよ」

「バイトの平賀です」

話を合わせ、私はいった。

けれど、私が着ているのはどう見ても借り物、くたびれた男物のTシャツで、裾《すそ》をまくった大きめのジーンズも店長さんのもの。顔はスッピンで、おろしたままの髪も形ばかり手櫛《てぐし》で整えただけ。今日から入ったバイトというには、あまりにくつろぎすぎた格好ではあった。

「えー! な、なんかやらしー!」

「やめてよー」

私たちの関係を追及しようとする常連さんから、店長さんは逃げ回るはめになった。

私は自分で思っていたよりもずっと図々《ずうずう》しかったのかもしれない。手荷物一つもたずに実行した家出だったにもかかわらず、〝金魚のとよだ〟での生活に、私はそのまますんなりと馴染《なじ》んでしまった。バイトとしての主な仕事は店内の清掃と水槽《すいそう》の手入れ。そんなに働かなくてもいいんだよ、といわれたけれど、身体を動かしていたほうが気持ちも楽だった。一日三回、二人ぶんの食事を作り、夜は店長さんのベッドで一緒に寝た。

〝金魚のとよだ〟の日常に変わりはない。店を訪れるのは常連のお客さん。問屋さん。配送の人。今日も保育園の子供たちがお散歩コースにやってきた。はしゃぐ子供たちに笑顔で手をふりながら、ほんの数日前までお客さんとして立っていたその場所に、店の人間として立っている自分がふしぎだった。ただの顔見知りに過ぎなかった店長さんのために、夕飯の献立《こんだて》を考えている自分。晩酌《ばんしゃく》のビールを分け合って飲んでいる自分。商店街のテーマソングを窓の外に聞きながら、知らない香りの入浴剤を入れたお風呂に入っている自分。

そのいっぽうで、夫に黙って家を出たこと、夫以外の男性と寝ていることに関しては、自分でも驚くほど罪悪感がなかった。

なぜ？

先に浮気をしたのは夫だから？

これは夫に対する復讐《ふくしゅう》だから？

たぶん違う。店長さんの腕に飛びこんだ時点で、私はもう夫との関係に自分の中でけりをつけていたのだ。

日に日に冷めていく夫との関係を変えようと、私は私なりに精一杯努力した。夫に気に入られようと必死だった。一年間というのはそれなりの長さのはずだ。これ以上、もう、私は頑張れない。心を削れない。削ったら、私自身が壊れてしまう。

「――旦那《だんな》さんから、連絡来ない？」

家出から五日が経ったころ、店長さんがいった。

私は頭をふった。

「実は……今、携帯の電源を切っているんです。たぶん今頃、彼女を連れ込んで楽しくやっていると思いますよ」

家には一度、夫のいない昼間に、身の回りの物をとりに戻った。

玄関に置かれたゴミ袋。スチール缶の束。家の中の空気は妙に埃《ほこり》っぽく、アルコールの臭《にお》いが漂っていた。

「でも……前ほど苦しくないです」

あの家で彼女と過ごしている夫を想像してみても、胸をふさぐ、あの痛みはもうない。

「旦那さん、今頃すっごい後悔してるよ」

私は店長さんを見た。

彼が私たち夫婦の関係について、何かいうのはこれが初めてのことだった。

「だって君のこと嫌いだったら、浮気する前から冷たくなるでしょ」

「うーん……どうでしょう」

「自分の心の問題なのに、原因を君になすりつけて、罪悪感を誤魔化《ごまか》してる」

その言葉には、ただの一般論とは思えない重みがあった。

「よくわかっていらっしゃる」

「昔の僕と一緒だったから」

つぶやきにも似た言葉。

私は店長さんの背中をみつめた。

彼がどんな表情をしてその言葉をいったのか、わからない。

いつかの過去、店長さんにも誰かを手ひどく裏切ったときがあったのだろうか。

夫に傷つけられた私のように、誰かを傷つけたことがあったのだろうか。

そんな後悔が胸にあるから、店長さんは今、何も聞かず、何も咎《とが》めず、ひたすら私にやさしくしてくれるのだろうか。過去の自分の過ちの償《つぐな》いとして？

私は店長さんを背中から抱きしめた。

「さくらさん」

彼の過去にどんなことがあったのか、そんなことは、どうでもいい。

今、目の前にいるのはこの人で、ボロボロの私を助けてくれたのもこの人だ。

あの夜、店長さんが店のシャッターを開けてくれなかったら、私は行くあてもなく、夜の中をさ迷い歩くだけだった。入口の見えない、逃げることのできない、迷路のような暗がりの中を。

抱きしめる私の手に、店長さんが自分のそれをそっと重ねた。

戯《たわむ》れ泳ぐ金魚たちの陰に隠れ、私たちは唇を重ねた。

その夜、数日ぶりに携帯電話の電源を入れた。

着信履歴《りれき》にも、メールの受信ボックスにも、ＬＩＮＥにも、予想以上の数のメッセージが入っていた。そのほとんどが夫からのものだった。

実家の両親からも何度か電話が入っていた。具体的な理由を伏せ、しばらく家を出ることだけは伝えていたけれど、夫からの頻繁《ひんぱん》な問い合わせを受けて心配になったのだろう。そろそろ両親にも事実を説明するころかもしれない。

それ以外にも、意外な相手からの着信履歴とメールが入っていた。

〝突然、失礼します。何度かお電話させてもらいましたが、つながらなかったので、とり急ぎご挨拶《あいさつ》だけでもと思い、メールでご連絡させて頂きました――〟

夫の彼女からだった。どうやって私の番号を知ったのだろう？　夫に直接尋ねたのか、アドレス帳を勝手に見たのか。そつのない文章で謝罪を述べるようすから、彼女が写真の印象の通り、目端《めはし》のきく、頭のいい女だということはよくわかった。丁寧《ていねい》な文章でひたすら詫《わ》びに徹し、今後のことを話し合いたい、と結んでいる。

メールを閉じ、私は苦笑いを浮かべた。

──そうだよね。訴えられたら困るでしょう。

不倫行為による慰謝料は百万単位、それが原因で夫婦が離婚に至った場合、その金額は倍にはねあがることもある、と興信所の調査員さんもいっていたもの。

家を出る際、私は寝室のサイドテーブルに興信所からの調査報告書を置いていった。

怒鳴られたあてつけにしばらく出ていっただけ、と軽く考えていた夫も、言い逃れできない証拠の数々を突きつけられて、さすがにあわてただろう。

夫は苛立《いらだ》ちながら私の帰りをまち、なんとか事態をうまく収めようと頭をめぐらせていたはずだ。でも、いつまで経っても私は帰らず、携帯はつながらず、実家に問い合わせてもらちが明かない。夫はあせり、彼女を呼び出し、今の状況を説明しただろう。

それに対する、彼女の反応は?

〝卓弥《たくや》さんとは今後、二度と二人きりで会わないことをお約束します──〟

そう、彼女は美人で、若くて、頭がよくて、キャリアがある。百万単位のお金を払ってまで夫にしがみつく必要はないはずだ。夫からのメールには、彼女とは綺麗に別れたと書いてあったけれど、終始冷静な彼女のメールを見るに、バッサリ関係を絶ったのは彼女のほうだろう。引き留めたのは夫のほうだ。

──大丈夫だよ、訴えるとか、あいつが実際そこまでやるとは思えねえし。

見下していた妻に主導権を握られている現実を認められない夫は、彼女の前で見栄を張り、ことさら事態を軽視してみせただろう。嫁の性格はおれが一番知ってる、あいつは結局おれには逆らえないんだから――と。そばにいたころ、あれほど懸命に探ってもわからなかった夫の心の動きが、離れた今は手にとるようにわかるのが皮肉だった。

〝言い訳になりますが、決して本気の関係ではありませんでした〟

たぶん、それは彼女の本音なのだろう。軽はずみに結んだ、いっときだけの刺激的な関係。お互い、そこまで本気じゃないでしょ――彼女は夫にもそのセリフをいったのだろうか？

妻に逃げられ、彼女にフラれ、夫の男としてのプライドはガタガタのはずだ。

手入れする者のいなくなった汚れた家の中、慰謝料の支払いと財産分与の要求という現実を前に、一人ぼうぜんと立ちつくす夫の姿を想像する。

痛みもない代わり、胸がすくような気持ちもなかった。ただ、離婚にむけた今後のあれこれを具体的に考えて、面倒だな、と感じただけだった。

着信音が鳴った。

薄闇の中に夫の名前が浮かび上がる。

いつまでも切れないバイブレーション。ＳＯＳにも似たその震え。

私は再び電源を切った。

7

「金魚……なんで飼いたいと思ったの？」

アクリル製の水槽を洗いながら、店長さんが尋ねる。

店の屋上。

朝、七時。

まだ熱をはらむ前のひんやりした空気が肌に心地いい。

毎朝、自分たちの朝食よりも先に店長さんはタタキ池の金魚たちにエサをやる。

素肌にパジャマ代わりの大きなTシャツを着ただけの、起き抜けの姿で私もそれを手伝っている。

「ここの金魚が気持ちよさそうに泳いでるのを見て……いいなぁーって思って……」

朝食に使うガーデンテーブルを拭きながら、わたしはいった。

子どものいない心の穴を生き物を飼うことで埋めたかった——それも事実だけれど、きっかけはあくまでこの店の、可憐《かれん》な金魚たちに魅《み》せられたからだ。

店長さんの細やかな世話を受け、清潔な環境の中でいきいきと泳ぎ、その姿を愛《め》でる人たちに熱烈に求められ、小さな宝石のように扱われる金魚たちが、愛《いと》しくも、羨《うらや》ましくもあった。

「店長は金魚のどこが好きなんですか？」

「んー……」

私の問いに、店長さんはちょっと考え、意外な答えを口にした。

「逞《たくま》しいところ……かな」

「逞しい……？」

私はきょとんとした。

素人《しろうと》のわたしでも、金魚のデリケートさは知っている。美しく、珍しい品種ほど、エサや水質や水温の管理が難しく、人の手を借りなければ生きていけない。

あの鮮やかな赤や金の体は、自然の川の中では恐ろしく目立つだろう。ヒレを短くしたり、なくしたり、体型を丸くしたりと、見栄えに特化した改良をくり返してきたため、泳ぎの下手《へた》な金魚も多い。肉食魚や鳥たちからすれば格好のエサだ。

金魚は繊細《せんさい》でか弱く、はかない人工物、逞しさとは無縁の生き物というのが、私の中のイメージだった。

「金魚が逞しい……自然界では生きていけないのに……？」

店長さんは微笑《ほほえ》んだ。

清掃を終えて手を洗い、タオルで拭きながら私に近づいてきた店長さんは、背後からそっと私の身体《からだ》に腕を回してきた。

大きな手が私の胸のふくらみをゆっくりとなぞり、しぼるようにつかんだ。

やさしく揉《も》みしだかれ、彼の手の中で乳房がやわやわと形を変える。

男の手につかまれた二つの乳房を私自身に見せつけるようにもちあげられ、私は恥ずかしさと期待に息を乱した。

「店長……」

「――〝金魚は、この食べられもしない観賞魚は〟」

指が服の上から二つの突起を巧みに探り当て、こよりを作るような動きでゆっくりと刺激する。節《ふし》くれだった太い指が、思いがけないほど繊細に動き、それに呼応して、私の中にも快楽のうねりがじわじわと立ちあがってくる。

「〝幾分の変遷《へんせん》を、たった一つのか弱い美の力で切り抜けながら、どうなりこうなり自己完成の目的に近づいてきた〟」

コリコリとこねまわされ、じらすようになでられ、固く尖って色づいた二つの芽が、ピンと薄い布をもちあげる。胸の先端をじっくりといじりながら、もう一つの手は下へと伸び、シャツの裾《すそ》からするりと内側へ潜りこんだ。

「んっ……！」

「〝これを想うに〟」

私は下着をつけていない。上も下も。今朝も、目覚めてすぐ、どちらからともなく交わった。指を迎え入れたその場所はすでにやわらかくほぐれていて、恥ずかしいほど濡れていた。うながされるより前に私は自分から脚をひらき、ひだをかき回す指の動きを助けた。

「〝人が金魚を作って行くのではなく、金魚自身の目的が、人間の美に惹《ひ》かれる一番弱い本能を誘惑し利用して、着々、目的のコースを進めつつあるように考えられる〟」

「あっ」

頭からシャツをひき抜かれた。

朝の光に照らされた屋上で、私は全裸だ。

恥ずかしさと居たたまれなさに震え、私は助けを乞《こ》うように店長さんをみつめる。四方をフェンスで覆《おお》ってあるとはいえ、風通しをよくするため、格子《こうし》状のすきまにはかなりの幅があった。隣のビルの住人が屋上にあがったら、何をしているかすぐにわかってしまうだろう。

それにもかかわらず、店長さんは平然としている。

「知ってる？　岡本《おかもと》かの子。〝金魚撩乱〟」

「知ら、ない……」

「昔の小説だよ。金魚屋に生まれた男が身分違いの女に恋をする。そして、果たされない女への暗い情熱を、金魚の品種改良へとむけるんだ。平凡な人生とひきかえに、彼は美の極致ともいえる、理想の金魚を作り出す」

私は頭をふった。

「私、馬鹿だから……」

たとえ知っていたとしても、今の状況では、何一つ頭に入ってこなかったにちがいない。

激しく舌をからめ、お互いを貪《むさぼ》るようにくちづけあう。お尻のあいだでうごめいていた指が前へと回り、ひくつく空洞《くうどう》へと入ってきた。いやらしい水音をたてて指を出し入れされているうちに、だんだん脚がガクガクしてくる。やがてガーデンテーブルの上に仰向《あおむ》きに寝かされ、大きく脚を開かされた。温かく湿った舌が生き物のように濡れたくぼみを這《は》いまわる。すでにびっしょりと濡れたそこを執拗《しつよう》にねぶられ、私はあまりの気持ちよさに泣き声をあげた。

店長さんは椅子《いす》を壁際につけ、小さな絶頂の余韻《よいん》にあえいでいる私をテーブルからやさしく抱き起こして立たせると、後ろむきにさせた。

「ここに手をついて」

「だめ……見えちゃう……」

「興奮するでしょ?」

そんな、といいかけた抗議の口を唇でふさがれる。

すでにたっぷりと潤んだその場所を、後ろから一気に貫かれた。

「ああぁっ」

こらえきれない悦《よろこ》びの声が私の口からほとばしる。

たくましい手で腰をつかまれ、えぐるように突かれる。パンパンと肉と肉のぶつかる音があたりに響いた。はあはあと交じり合う互いの息。汗。抜き差しされ、揺さぶられながら、私は椅子の背をぎゅっと握りしめ、彼の動きに合わせてあられもなく腰を揺らした。

「あんっ！　ああっ、き、気持ち……い……っ」

こんな場所でこんな声をあげている自分が恥ずかしい。恥ずかしいのが気持ちいい。やめないで。もっとして。もっと中に、私の奥まで入ってきて。

「若いね……さくらさん」

私の耳に熱い息を吹きこみながら、店長さんがささやいた。

「こんなにぬるぬるさせて」

健康な魚はぬめりのある透明な粘液で自分の体を覆い、外部の刺激から自分を守っている。店長さんに後ろから貫かれ、脚の間からぬるぬるしたものを流しながら、私も水から飛び出した魚のように身体をくねらせ、あえいだ。目を閉じて、私の中をかき回す熱いものをぎゅっと抱きしめる。さらなる快楽を搾《しぼ》りとろうとして。

快感がはじけ、体中をかけめぐる。小さな花火が瞼《まぶた》の裏で爆発する。二度目の絶頂へと突き上げられながら、私は屋上じゅうに響くその声をもう抑えようとはしなかった。

「ああっ……あああああっ！」


夫が〝金魚のとよだ〟へやってきたのは、その一週間後のことだった。

「平賀さくらさん……？」

伝えられたその名前を、店長さんがおうむ返しにつぶやいた。

その手には、夫から渡された携帯電話が握られている。

私のいる位置からはよく見えないけれど、画面にはどうやら私の写真が写っているようだ。

突然の妻の失踪《しっそう》に打ちのめされ、わずかな手掛かりを頼りに、必死に彼女を捜す夫――都合よく設定したそのシチュエーションにふさわしく、画面に映っている私は、きっと幸せそうに笑っているのだろう。そして、それは少なくとも一年以上前の私のはずだ。浮気を始めてから、夫の私への関心は急激に薄らいでき、携帯のカメラを向けることもなくなっていたから。

「ここによく出入りしていたはずなんですけど……知りませんか？」

夫の声には覇気《はき》がなかった。

外聞や面子《めんつ》を気にするプライドの高い彼が、こんなふうに貴重な休日の時間を割《さ》き、自らの足で私を捜して回るとは意外だった。それだけ、私とは音信不通のまま、義理の両親からは娘に何をしたのかと電話で責められ、家事の担《にな》い手をうしなって家のことを回せなくなり、仕事にも差しさわりが出てきたという今の状況にまいっているのだろう。

障子《しょうじ》の陰に隠れる前にちらりと見た夫は、悄然《しょうぜん》として、やつれていた。頰《ほお》のあたりは削げ、しわの目立つシャツからのぞく首元がまだらに赤い。着るシャツがなくなり、家から一番近いスピードクリーニングの店にあわてて出したせいで、薬品負けしてしまったのにちがいない。

――だめだよ、卓ちゃん、わかっていないね。あそこは安かろう悪かろうの典型的な店なんだから――。

　でも、それを心配したり忠告したりするのは、もう、私の役目ではない。

「ここで買ったはずの水槽《すいそう》をもって出ていって……そのまま、帰ってこないんです」

「そうなんだ……平賀さくらさんか……」

「返品とかに来ませんでしたか？　ここ一週間くらいのあいだに……」

「うーん……うち、色んな人来るからなあ……」

　店長さんの答えに、夫はあきらかに失望したようだった。

「そう……ですか……」

「ごめんね」

　いいながら、店長さんは、半分開いたままになっていた背後の障子をさりげなく閉めた。

「力になれなくて」

　私は畳《たたみ》に顔を押しつけ、声を出さないように笑った。

――障子一つ隔《へだ》てただけのその場所に、探している妻本人が濃厚な情事の痕跡を身体《からだ》じゅうに残し、愛撫《あいぶ》の余韻に火照《ほて》った肌をひくつかせ、全裸で横たわっていることに、夫が気づいたらどんな顔をするだろう？

　真昼の情事、ドアには休憩中の札をかけていたとはいえ、常連さんが来ないともいえない時間に強引に和室に連れ込まれ、押し倒され、性急に身体を求められるという状況は、ひどく私を興奮させた。前から後ろから、熱く猛《たけ》りきったものに何度も貫かれ、最後には店の中にまで響くような淫《みだ》らな声をあげて、イってしまった。ひき抜かれた後もその場所は、店長さんの形が穿《うが》たれたままのようになってジンジンとうずき、脚の間に指を入れると、放たれて間もない白濁《はくだく》としたものがとろりとあふれ出た。

――ほんの五分前まであんなに激しく私を抱いていたのに、そんな気配はみじんも出さず、夫の問いにそらとぼけていられるなんて、店長って意外に芝居がうまいんだな。やっぱり、それなりの人生経験を積んでいる大人って、したたかで、食えなくて、頼もしい。

障子のむこうで、夫はまだ店長さんと話をしている。

私とこのお店でどんなことを話していたのか、何を買っていたのか、尋ねているようだ。今さら私の興味を追ったところで、遅いのに。

「金魚……飼ってみようかな……」

障子のむこうで、夫が意外な言葉をつぶやいた。

家を出る前の私のように、金魚が切れかかっている二人をつなぐよすがになってくれると思っているのだろうか？

でも、私は夫の性格を知っている。それは今だけの、いっときの感傷にすぎないと。

そしてまた、飽《あ》きて投げ出したもののリストの最後に、金魚が新しく加わるだけだ。

「うん。はまると思うよ」

心にもないことを素知らぬ顔で答えている店長さんの顔を想像し、私は笑いをかみ殺した。

――さようなら、卓ちゃん。

私はもう、あなたの手の中の、濁《にご》った水の中へは帰らないよ。

素肌にTシャツだけを身につけ、私はそっと和室を離れた。足音を忍ばせて階段をのぼり、さんさんと陽のそそぐ屋上へ出ると、ホースをのばし、汚れた下半身を洗った。

「――ふう……いっぱい出されちゃった……」

そっと下腹部をなでる。

生理不順の治療のため、半年ほど前からピルを飲んでいるから、妊娠《にんしん》の可能性はほぼないけれど、連日連夜、執拗に店長さんに求められ、知らない刺激や感覚を覚えさせられ、なんだか急激に身体が変わってきてしまったような気がする。

私と二人きりのときの店長さんは、普段の温和な姿からは、ちょっと想像もできない表情を見せたりするのだ。

「店長って、けっこう支配欲強い人なのかも……」

つぶやきながら、ふと顔をあげると、日陰に置かれた水槽の中のらんちゅうが目に入った。

扇《おうぎ》をあおぐように三角の尾をゆっくりと揺らし、優雅に泳ぐその体には、いつのまにか金色の鱗が生えていた。

「わあ……！」

私は水槽にかけ寄った。

「あなた、あんなボロボロだったのに、すっかり元気になったね」

鱗のはがれたかつての痛々しい姿が嘘のように、らんちゅうは金と朱色の美しい体をくねらせ、ゆうゆうと水の中を遊んでいる。水槽をそっと叩くと、そばへ寄ってきた。怯《おび》えも媚《こ》びもない、自然そのままの堂々としたその姿。よく見ると、再生した鱗は他の鱗よりもひときわ鮮やかな金色になっている。この子は一度傷ついたことで、前よりもずっと美しい体を手に入れたのだ。

――なんてきれいなんだろう。なんて強くて、逞《たくま》しいんだろう。

うれしさがお腹の中ではじけ、私は声をあげて笑った。

「あははっ、あははははっ」

――金魚は水をえらべない。

飼い主をえらべない。

あたえられた場所から逃げ出せない。

本当に、そうだろうか？

か弱げな私たちの姿に惹《ひ》かれ、掬《すく》い出そうとする手はきっとどこにでもある。

私は左手の指輪をはずした。

頭上には八月の青空。

今の私は空へも飛び立てそうなほど、自由だ。

出前妻

1 〈杏奈《あんな》〉

暗がりをみつめていると、夜の時間が怖かった幼いころを思い出す。

私は眠らない子供だった。

同じ部屋で休むきょうだいたちが昼間の遊びの疲れから、子供らしい、健《すこ》やかな眠りを貪《むさぼ》る中、小さかった私は夜の中にひとりとり残された不安と焦りを抱え、シールとポスターと落書きだらけの二段ベッドの天井を祈るようにみつめていた。

夜、眠れないのは不幸な人間だ。

そういったのは誰だったろう？

今、暗闇の中で夫の背中をみつめながら、私は長い夜におびえていた幼いころと同じように息をひそめ、身体《からだ》を丸め、いうべき言葉を懸命に捜している。

「――あつし……」

呼びかける声が、かすかに震えた。

「本当なの……？」

今聞いたばかりの夫の言葉を、私はまだ咀嚼《そしゃく》できずにいた。

あまりにも突然の、思いがけない申し出だった。

私と夫の関係は、この数か月、確かにどこかぎくしゃくしていた。

けれど、まさか、夫がそんなことを考えていたなんて。

「……うん……」

夫はふりむかない。

彼の表情からその心を読みとることはできない。

「だって……急に、そんなこと……」

「ごめん。だけど……前から考えていたんだ。いつまでもこのままの状態を続けていても
つらいだけだろ。俺にとっても、杏奈にとっても。だから……」

「それは……私に……なかなか赤ちゃんができないから……？」

思いきっていうと、短い沈黙のあと、

「……それもある……」

夫の背中が強張《こわば》った。

「やっぱり……俺も子供はほしいから……」

「……そんな……」

「本当に……ごめん。今まで……」

シーツの上にぽたぽたと涙が落ちる。

私は顔を覆《おお》って泣き出した。

こんな時でも声をおし殺し、隣室を憚《はばか》ってしまうのは、三年間の同居生活で身についてしまったかなしい習慣だった。義理の祖父は眠りが浅く、ちょっとの物音でもすぐに目

を覚ましてしまう。義父は宵《よい》っ張《ぱ》りで、里帰り中の義妹は大きなお腹のせいで不眠ぎみだ。しょっちゅうトイレに立っているから、兄夫婦のもめごとも敏感に察するだろう。

この家の中で、思うままに感情を解放する場所が私にはないのだ。

「うう……うううううっ……」

「ごめん……杏奈……」

夫の手が涙に濡れた私の頰《ほお》に触れる。

私はその手を握った。ぶ厚く、大きく、温かな手。労働を知っている手。彼のその手が好きだった。初めて私に触れたとき、その手は緊張に汗ばんでいた。今、その手は私の涙に濡れている。頰ずりすると、手は逆らわず、私の思うままになった。私はすすり泣き、その手にくちづけた。流れる涙にまかせ、感情のまま、何度も何度も彼の名前を呼んだ。

「あつし……」

2 〈あつし〉

蕎麦屋《そばや》の朝はそれなりに早い。

起床は六時から七時のあいだ、遅くとも七時半には一家全員が朝食のテーブルについている。箸《はし》を動かしながら父や祖父と仕込みの量について話し合い、在庫をチェックし、八時には蕎麦打ち台の前に立つ。それが岡崎《おかざき》あつしの日常だった。

「あつし、今日は少し多めに打っておけよ。金曜で混むだろうし、じいちゃんはまだ店に出られないし、蕎麦が切れても追い打ちするヒマがないだろうからな」

父親の言葉に、あつしはうなずいた。

作業台に立つ彼はTシャツにジーンズ、頭に洗いざらしのバンダナというラフな恰好《かっこう》である。髭《ひげ》に手を入れていないのは、作業の後でシャワーを浴びるとき、ついでに髭剃《そ》りもすませるのが習慣になっているからだ。三時間、粉の塊《かたまり》と黙々と格闘し、一日ぶんの蕎麦を打ち終えるころには、頭から水をかぶったように汗だくになっている。

シャワーと着替えをすませたあつしが店に戻るのをまって、揃《そろ》いの藍絣《あいがすり》の作務衣《さむえ》を着た父が店先に打ち水をし、のれんをかける。〝岡崎庵《おかざきあん》〟の開店は十一時からだが、たいてい、それよりも早くなるのがつねだった。常連客から、「もう入れる?」とせかした口調で聞かれ、開店準備の整った店内を見渡されれば、笑顔でうなずくしかない。

今日も、開店五分前に店の扉が開けられた。

入ってきたのは、三十代の女性客のグループだった。

「もりそば三つ、お願いします」

三人ぶんのお冷を出しながら、口明《くちあ》けの客が女だとその日の店は繁盛《はんじょう》する、というういつたえがあつしの胸に浮かんだ。特に迷信深いわけではないが、客商売をしていると、その手の縁起《えんぎ》にはどうしても敏《さと》くなるものである。

ジンクスのおかげというわけでもないだろうが、その後も立て続けにグループ客が入ってきた。近くの食堂の定休日なので、そちらの客が流れてきているのかもしれない。十二時の時報を聞く前に、座敷を含めた席の大半が埋まってしまった。盛り付け、お運び、接客、レジ打ち。あつしは厨房《ちゆうぼう》とホールを飛ぶように行き来した。店は先日から人手不足で、本来は調理作業に専念している彼も、ホールの仕事をこなさざるを得ない状況である。

そのあいだにも、店内には出前の電話がひっきりなしに鳴り続けている。

「もりそば一つと山菜そば一つね」

「天ぷらそばとたぬきそば。おろしのうどんは冷たいヤツで」

「すみませーん、こっち、そば湯がまだきてないんですけど」

「そばのAセットとビール。あ、セットのごはん、炊《た》き込みごはんに替えられない？」

「あっちゃん、月見うどんのうどん、クタクタに茹《ゆ》でちゃってよ。このところ胃の具合がよくなくてさー。あと、ネギ、焼きネギにしてね。おれ、生のネギ、だめなのよ」

「わかってますよ」

あつしは額の汗をぬぐい、殴《なぐ》り書きの伝票をテーブルの端に置いた。

〝岡崎庵〟はあつしの祖父の代から七十年以上続く蕎麦店である。

地元は全国的にも有名な温泉地だが、温泉街と土産物屋《みやげものや》の並ぶメインの観光地からは少し離れているため、客の七割は地元の顔見知りという地域密着型の店だった。

よくも悪くも店と客との距離が近いので、多少のわがままもきかざるをえない。

町内会、老人会、商工会、青年団。地域の人間関係は複雑な組紐細工《くみひもざいく》のように絡み合い、成り立っている。ムリな注文や面倒ごともちこまれても、蕎麦の麺《めん》を切るようにサラリと関係をたち切るわけにはいかないのだ。

「——あつしくん、最近、杏奈ちゃん見ないけど、元気？」

二時のラストオーダーをとり終え、ようやく人心地がついたころ、会計作業の最中に常連客のひとりがいった。

「ああ……杏奈ですか」

受けとった千円札をレジに入れ、あつしは伝票をレジ横の状差しに差した。

「じいちゃんがまたぎっくり腰やっちゃって、俺と親父《おやじ》は蕎麦打たなきゃいけないんで、杏奈には出前に出てもらってるんですよ」

「妹さん、帰ってるんじゃなかったっけ」

「里美《さとみ》ですか。帰ってますけど、あいつは出産に備えての里帰りだし、もう臨月《りんげつ》で腹もこんなだから、ヘタな仕事も頼むわけにいかないので。お袋はとっくに墓の中ですし」

「そうか、どこもかしこも人手不足で大変だねえ。しかし、女の子が出前持ちって……なんか心配だなー。ヘンなヤツもいるだろうに、大丈夫なの？」

「女の子って……はは、もうそんな若くないですよ」

妻の杏奈はあつしより三つ年下の二十九歳だ。

童顔で、小柄なことに加え、Tシャツやジーンズのラフな格好を好んで着ているので、たいてい、四、五歳は若く見られる。

　華やかな東京から——本当は横浜《よこはま》なのだが——このさびれつつある地方都市へきて、三世代同居の家に嫁《とつ》いできた嫁。死んだ姑《しゅうとめ》にかわり、三世代の家事を一手にひきうけながら蕎麦屋の仕事もこなす働き者の嫁。今どき珍しい真面目《まじめ》で謙虚でけなげな嫁——そんなイメージを持たれがちな杏奈だったが、実際の彼女は、大型バイクの免許を所有し、アジアやヨーロッパを一人で旅した経歴をもつ、意外な大胆《だいたん》さもある女だった。

　だが、それを知る人間はあつしの他にはいない。

「少し気をつけてあげたほうがいいよ。杏奈ちゃん、可愛《かわい》いんだから」

「はあ、そうですね」

「客のことだけじゃなく、事故とかもさ。このあいだもそこでバイクとトラックのでかい衝突があったじゃない。山道はあぶないよ。ホント。今日も、午後から天気が崩れるからね」

「マジすか……」

　厚意にあふれた常連客の言葉を聞いているうちに、あつしもなんとなく不安を覚えた。そういえば、と今朝は天気予報をチェックし忘れていたことに気づく。

　そろそろ戻るはずだが、大丈夫だろうか。あつしが表のようすをうかがおうと視線をむけたとき、ガラガラと店の扉が勢いよく開かれた。

「まだお昼やってる!?」

「すみません、もうラストオーダーで……」

いいかけたあつしは、言葉を止めた。

相手は乞《こ》うように両手を胸の前で組んで、

「あー、五分過ぎちゃったか。でも、お願い！　今、やっと休憩入れたの！」

「祥子《しょうこ》か」

あつしはため息をついた。

拝むように自分を見る相手の顔は笑っている。こういうときになんというか、あつしの性格はわかっているのだ。

「いつもの？」

「やったー、ありがとう！」

満面の笑みを浮かべる。

出ていく常連客と入れ違いに店へ入ると、祥子は奥のテーブル席へと早足で進んだ。

店内に残っている客は、三、四人ほど。席は空いているが、まだ片付けが追いついていなかった。祥子は紺《こん》色のスーツの上着を手早く脱ぐと、椅子《いす》にかけ、カウンター席の端に置かれたトレイを手にとった。卓上に残ったままになっていたせいろや箸やコップを載せ、濡れたテーブルをダスターで手際《てぎわ》よく拭くと、厨房手前の下げ台に置く。

勝手知ったる、というそのふるまいは、高校時代、この店で短期のアルバイトとして働いていたゆえんのものだ。小遣いが足りなくて困ってる、という祥子に頼まれ、あつしが紹介した仕事だったが、夏休み中の一月半だけという短い期間にかかわらず、美人で、明るく、客あしらいのうまい祥子は、たちまち常連客のあいだでアイドル的存在になった。

接客の適性があるのだろう、自分でもそのことは承知しているらしく、高校卒業以来、祥子は営業職や接客業を中心とした仕事についている。半年前に、

「転職してまだ三か月だけど、営業成績、地区の営業一位になったのよ」

と祥子から聞かされたときも、あつしはさほど驚かなかった。

祥子の今の仕事は生命保険の営業――いわゆる生保レディである。

「おー、祥子ちゃん、いらっしゃい」

父親が厨房から顔をのぞかせた。

「おじさん、こんにちは」

「子供らは?」

「保育園。もう、延長保育使いまくり。土曜日だけど、今日はお客さんとの打ち合わせでどうしても外せない仕事があって。やっと今、お昼休みがとれたとこなの」

「休日返上か。大変だなあ」

「そうなんです。仕事して、育児して、また仕事して。朝から晩まで走りっぱなし。忙しいのです、シンママは」

祥子は明るくいった。

祥子は三歳の娘と九歳の息子をひとりで育てるシングルマザーだ。

職を変えるたびに住まいも変え、市内や他県で暮らしていたこともあったが、その後は

地元に戻り、今はここから車で五分ほどの中古マンションに親子三人で暮らしている。

――高校時代《あのころ》には、こんな将来を迎えるとは思ってもいなかったな。

祥子の前にお冷のグラスを置きながら、あつしはいつにない感傷をふと覚えた。

いつか一緒に東京へ出ようよ。駅前のファーストフード店の二階の席で、夢にあふれた東京での暮らしを何時間も話し続けた夏の日のことを、あつしは今でもよく覚えている。

大学を出て、いつかは家業の蕎麦屋を継ぐか、修業の後、独立して店を出すことを目指すのかな、ぐらいにぼんやり考えていたあつしとはちがい、祥子は小さなころからこの町を出たがっていた。ここには山と温泉しかない、髪にも服にもしつこく残るこの硫黄《いおう》の臭《にお》いにうんざりする、といつもぼやいていた。

「こんなくすんだ温泉町で一生過ごすとか、ありえないよ。ママみたいに」

祥子の母親はこの町の出身者で、市内で小さなカラオケ・バーを経営し、店の二階で暮らしながら女手一つで祥子を育てた。

父親は近くの旅館の板前だったが、祥子が小学生になるころには両親は別居状態で、父娘は月に一度、顔をあわせるかどうか、という関係になっていた。

祥子の白い肌や茶色っぽい大きな二重《ふたえ》の目、手足の長いすらりとしたスタイルは、若いころは売れっ子コンパニオンとして抜群《ばつぐん》の人気を集めていたという母親譲《ゆず》りのものだったが、容姿はそっくりでも、祥子には、母親にはない強さがあった。したたかさ、といっていい強さが。スポーツは得意、学校の成績はそこそこ、勉強にはあまり興味をむけなかったが、頭の回転が速く、はきはきとした明るさで、人をそらさぬ魅力があった。

高校生のころには、祥子の美少女ぶりは他校の生徒のあいだでも知られ、男子生徒だけではなく、後輩の女子のあいだでも彼女に憧れる生徒が少なくなかった。読者モデルとして私服姿が雑誌に掲載されたこともあり、祥子はちょっとした地元のスターだったのだ。

祥子はいつか必ずここを出てくだろう、宣言通り、東京を人生の舞台にして、容姿と才気と野心を武器に、苦労しながらも、なんとかそれなりの成功をつかむだろう。

あつしを含め、周囲の誰もがそう信じ、疑わなかった。それほど、当時の祥子は特別な存在だったのだ。そして、祥子の夢にひっぱられる形で自分も一緒に東京に出て、祥子と二人で暮らしながら、テレビや雑誌で見るような都会的な生活を送れるようになるかもしれない。高校生のあつしは無邪気にそんな将来を夢に描いていた。

あれから十数年。

あつしは東京どころか、一度も実家を出ぬまま家業の蕎麦屋を継ぎ、旅先で出会った杏奈と二か月ほどの交際を経て、結婚した。

祥子は成功の夢を捨てず、何度となく今いる場所からの脱出を試みたものの、結局、夢にも結婚にも破れ、子供を抱えてこの町に戻ってきた。

これが現実なのだ、と三十を過ぎたあつしは思う。

結局、祥子が幼いころから胸の奥になけなしの財産のように大事に抱え続けてきた青い野心も、都会に憧れるあつしの漠然《ばくぜん》とした夢も、毎年、東京を目指して上京してくる何十万人もの若者たちがそろって胸にもち歩いていた、しごくありふれたものでしかなかったし、田舎町《いなかまち》では場ちがいな宝石のように輝いて見えた祥子の美貌《びぼう》も、はなやかな東京の風景の中に置いてみれば、一瞬、通りすがりの人間の目をひく目新しい看板程度のものでしかなかった。しかも、その目新しさは若さに裏打ちされたはかないもので、一日ごとに容赦《しゃよう》なく色あせていく。

この温泉町で、シングルマザーとして働き、自分ひとりの生計で子供たちを養う。あれほど嫌がっていた母親と、今、まったく同じ境遇にある自分を祥子じしんはどう思っているのか、あつしにもわからない。

祥子に会うたび、胸がうずくのは、破れた初恋へのノスタルジーなのか、あるいは、かつてともに描き、今も胸のどこかに刺さったままの夢のかけらが、切なく共鳴するからなのか。

かすかな痛みを黙って呑《の》みこみ、あつしは今日も平静な顔で幼馴染《おさななじ》みを迎え入れる。

「あれ、おじいちゃん、里美ちゃん」

祥子がいった。

ふり返ると、厨房の入り口から、祖父と妹の里見が姿を見せたところだった。

「祥子ちゃん、きてんのけ……」

「祥子ちゃーん、ひさしぶりー。お兄ちゃん、祥子ちゃんとお昼食べてんの？　あたしもまだなんだー、そっちで食べるー！」

「ちょっ、おじいちゃん、ぎっくり腰でしょ!?　無理して動いちゃだめ、里美ちゃんも！」

競うようにこちらへ寄ってくる二人を、祥子があわてて制止する。

祖父は二週間前から腰をわずらい休養中。里帰り中の妹はすでに臨月で、軽い散歩や近所への買い物ぐらいしか出歩けず、毎日、暇を持て余しているところだ。

「来てたならいってよ、祥子ちゃんー」

大きなお腹を突き出すようにして歩き、里美は祥子の隣にどすんと座った。

「あはは、ごめん。短い昼休憩だったから。里美ちゃん。またお腹大きくなったね」

「そりゃそうだよー、もう明日が予定日だもん。足はむくむし、胸はむかつくし、お腹は重いし……早く産んで楽になりたいよー」

「初産《ういざん》はどうしても遅れがちになるもんねえ……私も祥太《しょうた》のときは一週間遅れたな」

祥太は小学三年生になる祥子の長男である。

「里美の顔がきつくなっとるからな、赤ん坊は、きっと男の子よ」

「もー、おじいちゃんてば、またいってる。そんなの、ただの迷信なんだよー」

「腹の形も、こう、前に突き出てるのが男の子で、横に丸いのが女の子でな……」

「はいはい、わかりました。──ねえ、祥子ちゃんのときって、分娩《ぶんべん》、何時間かかった？」

「一人目の時は八時間だったかな。二回めのときは三時間くらいでスルッと出ちゃったけど」

「会陰切開《えいんせつかい》はした？」

「したよ。二回とも。産後の身体《からだ》に地味につらいんだよね、あれは。トイレ行ってもしみるし、寝てても痛むし、座ってもチクチクするからまともに椅子《いす》にも座れないし」

「あー、やっぱりそうなんだ。今から恐怖だよー、えーん、やっぱりまじめに会陰マッサージやっとけばよかったー」

ポンポン交わされる経産婦《けいさんぷ》と妊婦のあけすけな会話に、なんの経験も知識もない男のあつしは居心地が悪くなった。

だんだん声が大きくなる妹に、まだ営業中だぞ、と注意しようとしたが、その前に、残っていた客たちが立て続けに席を立った。

あつしは急いでレジに走り、会計をした。釣りを渡しながら「すみません」と小声で詫《わ》びると、客たちは苦笑いをしながら手をふり、店を出ていった。

父親もいつのまにか厨房から出てきていて、「祥子ちゃん、この板わさ、サービスね」「わ、おじさん、ありがとう、大好きー」「はっは、本気にするよ。いっそおじさんと再婚するか？」などと軽口を叩き合い、店の一画は茶の間の団らんのように盛りあがっている。

「――ねえ、祥子ちゃんとお兄ちゃんって昔、つきあってたんでしょー？」

残ったすべての食器を片づけ、あつしが席に戻ってくるなり、里美がいった。

どういう話の流れからそんな質問に結びついたのか。妹の話はいつもポンポン話題が飛び、ついていくのに苦労する。

「あはは、ずーっと昔のことだけどね」

困惑するあつしの代わりに、祥子が苦笑しながら答える。

「もう昔話のたぐいだよ。高校時代の話だもの」

「あーあ……私、祥子ちゃんと姉妹になりたかったなー」

「里美ちゃん」

「別にさー、杏奈さんが嫌いっていう訳じゃないんだけどさ」

里美は肩をすくめ、

「祥子ちゃんのほうがしっくりくるっていうか。この二人のほうがお似合いじゃん」

ストレートな妹の言葉に、ドキリとした。

祥子も珍しく返事に窮《きゅう》したようで、わずかに目元を赤らめている。

「おい、あつし、顔赤くねえか?」

「あー、本当だ。お兄ちゃん、どぎまぎしてる」

「あはは、やだなー、困っちゃう。あつしったら、そんなに照れなくてもいいじゃない」

「う、うるさいな、そっちだって……!」

ムキになっていい返しながら、あつしは自分の顔がますます赤らんでいくのがわかった。

「あはは、この人たちあやし～」

兄のうろたえるさまを見て、里美がますますはやし立てる。

そのとき、出前専用の電話が鳴った。

「ったく……」

会話から逃げるように、あつしは席を立った。

が、彼が電話をとる前に、突然コール音が途切れ、思いがけない声が響いた。

「はい、もしもし、岡崎庵です」

あつしは目をみひらき、足をとめた。

店の中が一瞬にして、しん、となる。

みなに背を向け、受話器をもっていたのは杏奈だった。

「杏奈……」

――いつのまにか出前から戻っていたのか。

「やば……」

里美が気まずそうに手で口を覆《おお》った。

あつしは反射的に、今、自分も参加していた会話の内容を素早く頭にめぐらせた。陰口をきいていたわけではないが、義理の妹が夫の昔の彼女にむかって「この二人のほうがお似合いじゃん」といっているのを聞いて、なんとも思わない女はいないだろう。

杏奈はどこから聞いていたのだろうか？　いったいなんといってフォローすべきか。あつしが口を開きかけたとき、

「遅い!!」

いきなり店じゅうに響く大音量で、男の怒鳴り声が響いた。

「ひっ!?」

キーン、と尾を引くハウリングに、杏奈が思わず受話器を耳から離す。

「おい！　その声は嫁か!?」

「そ、そ、そうです……あ、あのう、こんにちは」

「こんにちはじゃねえよ！　相変わらずのんきな蕎麦屋《そばや》だな！　もりそば一枚にいったい何時間待たせるんだ!?」

杏奈が混乱した顔で、うろたえながらあつしを見る。

「しまった」

はっとしたように父親がいった。

「店の注文さばくのに忙しくて、注文受けたことすっかり忘れてた……！」

「親父！」

「いっとくけど、一時過ぎだぞ、そば頼んだの！」

電話の怒鳴り声は続いている。

「今、何時だ？　二時半だぞ!!　時間かかるにもほどがあんだろ！　それともあれか？

注文のたびに畑に蕎麦の実でも摘《つ》みにいってんのかよ!!　おい!?　聞いてんのか!?」

「杏ちゃん、電話貸せ！」

一方的にまくしたてられ、口をぱくぱくさせている杏奈の手から、父親が受話器をとる。

「──ああ、五味田《ごみた》さん、はい、どうも。いつも、ご贔屓《ひいき》にしていただいて……ええ、ええ、すみませんねえ、今日はどうしたわけか、店のほうで、やけに注文がたてこんじゃって……」

「くそ、よりによってクレーマーの五味田さんかよ……！」

あつしは舌打ちし、厨房に飛びこむと、真っ白な湯気をあげている大鍋《おおなべ》の端にかかっている湯切りザルをつかみ、その中に一人前のそばを投げこんだ。

菜箸《さいばし》でザルの中のそばを手早くほぐし、調理用タイマーをセットする。そのあいだに薬味と香の物を小皿に盛り、ラップをかけた。その横で杏奈が同じくバタバタと什器棚《じゆうきだな》のあいだを走り回り、出前用のそば盆の上に、つゆを入れたそば徳利《とつくり》、そば猪口《ちよこ》などを載せていく。

「……そうですねえ、今後は気をつけますのでご勘弁ください。ええ、すぐにお届けにあがりますから。はあ、今ちょうど出たところでして……」

「できたぞ！　ラップかけろ！」

「いけない、お箸忘れた！」

「ええ、ええ、すみません。そうですねえ……もうちょっとで着くと思いますわ」

「伝票ください！　あれ？　バイクの鍵《かぎ》どこだっけ⁉」

「足元気をつけろ！　転ぶなよ！」

「あはは……これがことわざにもなった〝蕎麦屋の出前〟か……」

右に左に走り回るあつしたちを見て、祥子が感心したように笑った。

〝蕎麦屋の出前〟。督促《とくそく》されてから今やっていると答える、あてにならない対応のことだ。

そば盆を手に店の外へ出ると、すでに杏奈がエンジンをかけたカブに乗りこんでいた。

あつしは素早く後部の出前機に盆を載せた。

いつのまにか、あたりは昼とも思えぬ暗さになっている。重い雨雲が空を覆《おお》っていた。

「俺が行こうか⁉」

「大丈夫！」

フルフェイスのヘルメットをかぶった杏奈はふり返り、

「お店……お願いね」

気弱な笑顔を浮かべた。

ヘルメットのシールドをあげているので、その目が赤く、まぶたがはれぼったくなっているのがわかった。昨夜の会話のあと、杏奈は長くベッドの中で泣いていた。彼が、この決断を他の家族にも早めに伝えるつもりだ、というと、また泣いた。泣き続ける杏奈の手を握りながら、あつしは、ごめん、という言葉をひたすらくり返すしかなかった。

かける言葉に迷っているうちに、杏奈はカブを発進させた。

「あ……」

ポツッ、と冷たいつぶてがあつしの頰《ほお》を濡らした。

雨の曲がり角に、小さな姿がたちまち消えていく。

どうしてこんなに胸が騒ぐのか、自分でもわからなかった。

「――大丈夫？　杏奈さん」

店から出てきた祥子が、そっといった。

「祥子……」

「午後は、天気が荒れるって」

「ああ……知ってる」

あつしはバイクの消えた方向をみつめたまま、答えた。

山の方角がかすかに光った。

巨大な足が天の底を踏みつけたような、ズン、という低音が空気を震わせる。

嵐がくるのかもしれない、とあつしは思った。

3　〈杏奈〉

ヘルメットのシールドに雨滴がはじけて飛んでいく。

つづら折りの山道をのぼるにつれ、雨風が強くなってきた。

カーブを曲がるたびに大きな水しぶきがあがる。雨に打たれて身体《からだ》はどんどん冷えていくけれど、フルフェイスのヘルメットの中はひどく蒸れている。熱いシャワーを浴びたい、と私は思った。

——私、祥子ちゃんと姉妹になりたかったなー。

——この二人のほうがお似合いじゃん。

——おい、あつし、顔赤くねえか?

いつでもああなんだ、あの人たちは。ヘルメットの中で、私は唇をかみしめる。

私不在の団らんを当たり前みたいに思っているから、あの人たちはあんな場所であんな会話を平気で大声でできるんだろう。私が戻ってくる可能性をほんの少しでも想像しないのだろうか? きっと、しないのだろう。彼らは私を家族のカウントに入れることさえしばしば忘れてしまう。あの人たちはこの町の暮らしに満足していて、この町出身の昔馴《むかしな》染《じ》みの祥子さんが大好きで、よそ者の私に不満なのだ。家族という小さな単位の中でぴったり閉じていて、その中で共通の思い出というボールを自分たちだけで投げあって遊んでいる。

熱いシャワーと一緒に、耳にこびりついている言葉も、私のいない場所で和気あいあいとしていた笑い声も、胸にわだかまるもやもやも、すべて一緒に洗い流してしまいたかった。

でも、どんどん強くなっていく雨の中、カブのスピードをあげ、加速とともにわきあがる高揚感にやけっぱちな気分で身を任せているうちに、しだいに、すべてがどうでもよくなっていった。みんな、好きにすればいい。おじいちゃんの腰がどうなろうと、店が人手不足でたちゆかなくなろうと、どうでもいい。里美ちゃんは祥子さんと姉妹でも義兄弟でもなればいい。

そうだ、どうせ、もうすぐ私は――。

雨の山道にはすれ違う車もない。やがて、勾配《こうばい》がゆるやかに終わり、樹々のあいだから視界の開けた一画にさしかかると、私はカブのスピードをゆるめた。

坂の途中、山の傾斜に向かって小さな舞台のように突き出た展望台に似たスペースがある。「休憩ポイント」と私がひそかに呼んでいる場所で、ここからは、岡崎庵のある町も、遠くの市内までもが見渡せる。今は雨にけむって視界がきかないけれど、晴れた日にはほうぼうからあがる温泉の白い煙が見えるし、夜のドライブなら市内の夜景も楽しめた。

横浜や東京の夜景が「宝石箱をひっくり返したように」ゴージャスできらきらしいものなら、ここから見える夜景は「ビーズを糸からほどいて、ばらまいたような」ささやかで、可愛《かわい》らしいものだ。初めてこの土地を訪れた日、あつしがドライブがてらに連れてきてくれたときから、私はこの場所が気に入っていた。

「見るほどのものもないよ」とあつしはいったけれど、あれから三年が経った今も、私はこのながめに飽《あ》きずにいる。近代的なビルのあいだから点々と立ちのぼる巨大な温泉の蒸気や、どこまでも続く山の稜線《りょうせん》、蛇行《だこう》する細い川にそって青々とした田畑の広がる風景を、珍しく、新鮮なきもちでながめてしまう。そして、そんな自分にかすかな罪悪感を覚える。好奇なよそ者の目、いずれ立ち去る旅人の目で、私はこの景色をながめているのかもしれない。

私はふたたびカブのスピードをあげた。

五味田さんの家は休憩ポイントから、三、四分ほどのところにあった。

家の前の道路にカブをとめると、ヘルメットをとり、そば盆を手に軒下《のきした》へ駆け込んだ。

軒下から吊るされた鎖樋《くさりとい》に屋根からの水が勢いよく落ち、その下に置かれた信楽焼《しがらきやき》の水《すい》連鉢《れんばち》の水面を激しく揺らしていた。雨脚はますます強くなっている。

「五味田さーん、岡崎庵です」

玄関のドアをドンドン叩く。

玄関チャイムが壊れていて通じないのはとっくに知っている。

いつもはすぐに出てくるのに、雨の音で聞こえないのだろうか。私は声量をあげた。

「五味田さーん、ごめんくださいー、おまたせしましたー、もりそば一つお持ちしま……」

「遅え……ッ!!」

「ひいッ!?」

カッ、と空が光った瞬間、ぬうっと背後から現れた男の影に、私はぎょっとした。

あわてふりむくと、不機嫌な形相《ぎょうそう》の男が私を見下ろしていた。

派手な迷彩柄《がら》のポンチョ。一八十センチを超える長身。

オールバックにした髪の端や太い眉毛《まゆげ》の尻からぽたぽたと雨のしずくが落ちている。剣《けん》呑《のん》な表情で、手には一抱えもある大きな観葉植物をもっていた。

「ご、五味田さん……」

「杏ちゃ〜ん」

五味田さんは眉をひそめながら唇の端をひきあげるという、ぶっそうな笑みを浮かべた。

「今、何時かな〜」

「あ。あはは、お、おまたせしました｜」

「あはは、じゃねえよ。おまたせすぎだろ!!　なあ〜にが、ちょうど今出たところです、だよ。一瞬でバレる嘘つきやがって！」

「ご、ごめんなさい……」

ガミガミと説教をする五味田さんの頭上では、真っ黒な空がゴロゴロと不穏な音を立てている。まさしく雷を落とされる、というやつだな、と私はつまらないことを考えた。

「……ったく、もう三時前だぞ。昼飯どころかおやつの時間じゃねえかよ……」

なおもブツブツいいながら、五味田さんは私の手からそば盆を受けとり、玄関ドアをあけて靴箱《くつばこ》の上に置いた。

「おかげで、午後の予定がすっかり狂っちまった」

「な、何してたの？」

「庭と窓周りの点検。今日は夜にかけてかなり天気が荒れるんだろ。このあいだの強風で植木をいくつかやられたから、危なそうなもん、家の中に運びこんでた」

いわれてみれば、普段は玄関先に並んでいた植木鉢のたぐいが消えている。

大小さまざまな植物たちは、以前の住人であり、この家の持ち主でもある五味田さんの親類が育てていたものだそうで、特に世話を頼まれたわけでもないが、「どうせ家にいてヒマだからな」ということで、毎日きちんと水やりをしているらしい。

「そっか、数があるから大変だね。せっかく大事に育ててるのに、割れたりしてだめになっちゃったらかなしいだろうし。五味田さんがマメにお世話してるから、この家の植物、すごく元気できれいだもんね。特にこのポトスとか……」

「それはポトスじゃなくてベンジャミンだけどな」

「こっちのサボテンも手入れがいきとどいてるから、トゲトゲが生き生きしていて……」

「それはサボテンじゃなくてアロエだよ」

私は大人しく口を閉じた。

たんに話の接ぎ穂がほしかっただけで、本当は植物の名前なんか全然知らないし、花にも鉢植えにも興味なんてないのだ。

「なんだよ、トゲが生き生きしてるって……ハリネズミじゃねえんだからよ」

私の発言がツボに入ったらしい、五味田さんはくっくっと広い肩を揺らして笑った。

笑うと、昔はけっこうやんちゃをしていました、という感じの強面《こわもて》が、急に愛嬌《あいきょう》が増して、とっつきやすくなる。

「あんまテキトーすぎるだろ。杏ちゃんって一見細かいところに気が回りそうに見えて、実はすげえ雑なとこあるよな……サボテンとアロエ、まちがえるか？　フツー」

配達が遅れた罰ということで、私も否応《いやおう》なしに植木を運びこむのを手伝わされた。こっちが万年青《おもと》、こっちはエビネ、と五味田さんが植木鉢を運びながら解説してくれるが、私にはどれも同じような葉っぱにしか見えず、名前を聞いたところでいっぺんの興味もわかない。

よく見ると、玄関周りの雑草はきれいに抜かれていて、ひびの入った雨樋も防水テープで補修がされていた。家の中も男の一人暮らしにしてはいつも小綺麗《こぎれい》に片づけられている。オールバッグの髪。無精《ぶしょう》ひげ。粗野でチャラい今時の男、という外見の印象に反して、五味田さんは意外にマメな性格だ。

「杏ちゃんもけっこう濡れたな」

植物をすべて玄関の中に運びこむと、五味田さんは私の全身を一瞥し、

「上がってけよ。この天気じゃ出前も中止だろ」

「あ……うん」

「シャツ、乾燥機使えば？　その程度なら二十分くらいで乾くだろ」

さっさと長靴を脱いで家の中へあがる。「あー、腹減ったー」といいながらリビングにいく彼に従い、私も濡れたスニーカーを脱いだ。

私がリビングのソファに座り、借りたタオルで服や髪を乾かしているあいだ、五味田さんはもりそばをすすっていた。今風の見かけによらず、彼は蕎麦《そば》好きで、週に一度は蕎麦を食べないと落ち着かないのだという。東京に住んでいたときは、ヒマをみつけては都内ほうぼうの有名店を食べ歩いてきたそうだ。そのぶん、舌も肥《こ》えている。

「ど……どうかな、今日のそば？」

愛想笑いをしながら尋ねると、

「茹《ゆ》で方が雑」

ズバッといわれた。

「うっ……」

「俺からの電話のあとで急いで作ったんだろ。出前用に短く茹でたんだろうけど、ちょっと固すぎるぞ。いつもよりムラがあるし、薬味のねぎも乾いてるしさ」

ズケズケとした遠慮《えんりょ》のないいいかただが、いっていることは正しいので反論できない。

「最近、店の評判悪いぞ」

「えっ」

「ほら、コレ」

五味田さんが差し出した携帯には、有名なグルメサイトが載っていた。

「前より点数さがってんだろ。口コミレビュー見てみろよ」

私は急いで口コミ欄《らん》をタップし、並んだレビューをスクロールしていった。

〝特定の客をえこひいきしすぎ〟〝従業員家族の私語が不快〟〝店員が注文を忘れる〟〝そば湯がこない〟etc……。酷評《こくひょう》、といっていい意見を読みながら、のんきな義父やおしゃべりな義妹、身内然として店に座っている祥子さんの顔が頭に浮かんだ。どれも思い当たることばかりだった。ショックというより、マズイ、という危機感で、背中に冷たい汗が流れた。

「ちょっと……怠慢《たいまん》すぎるんじゃねえの。いくら……地域に愛される……蕎麦屋だからってよ」

話のあいまにズゾゾッ！　といい音をたてて蕎麦をすすりながら、五味田さんがいう。

「あんまり客を……おざなりにしてっと……そのうち常連にも……そっぽむかれるぞ」

「うーん、耳が痛い……あの人たちに、私は何もいえないからなあ……」

「嫁ってそんな立場低いもん？」

「んー、嫁ってだけじゃなくてね……私は他人だし、新参者だし……」

「嫁は家族じゃん。なんで他人扱いなのよ」

「形の上ではそうだけど……」

「なんかわかんないけど、ストレスたまりそ……」

「そうだね……」

一本残らずきれいにそばをたいらげると、五味田さんは箸《はし》を置き、「ごちそうさん」と両手をそろえたあと、

「杏ちゃん」

「え……」

「こっち、来なよ」

両腕をひらいて私を誘う。

私はわずかにためらう。いつも。良心がうずくからでも、罪悪感をねじ伏せるのに時間がかかるからというわけでもない。客と従業員の関係から、不倫《ふりん》中の男女へとシフトさせるタイミングがうまくつかめなくて、いつもまごついてしまうのだ。

私の躊躇《ちゅうちょ》に関係なく、五味田さんはさっさと手を引き、私を胸に抱き寄せる。私もそれに逆らわない。五味田さんの強引さは心地いい。心地いいというより、便利だ。彼の強引さに身をゆだねていれば、自分の頭で考えなくてすむから。受け身な立場を崩さない私のズルさに目をつぶり、強引にふるまい続けてくれる五味田さんはやさしい人だと私は思う。

もっとも、そのやさしさは、根のないやさしさ、あてにならないやさしさ、その場しのぎの、なんの責任も負わない、軽はずみなやさしさではあったけれど。

「——初めてこの部屋に来た日も、こんな天気だったよね」

五味田さんに後ろから抱かれる格好でソファに横たわり、私はいった。

部屋の中は薄暗く、屋根を叩く激しい雨音で、自分の声さえ時おりかき消されそうになる。

いつになくしみじみと話したつもりだったのに、返事代わりに返ってきたのは、「ゲフッ」というげっぷの音だった。私は思いきり肘で相手の腹をついた。

「ちょっと～！」

「いてて。そばが出る、そばが。――ごめん、ごめん。なんだっけ」

「もういいよ」

「思い出した。最初の日か。そういや、そうだったな。荒れた天気で、たしか停電したんだよな、あの時。ここで話してるうちに、なんとなくいいムードになって、そこでタイミングよく電気が消えて……はは、ドラマチックな始まりといえなくもないよな」

「いいムードになってはいないよ。五味田さんがいきなりキスさせてくれキスさせてくれって騒ぎ出しただけで」

「あれ、そうだっけ？　あー、そうかも。んー、なにせこっちに来てからずーっと女っ気ナシだったからなあ」

「今日も……する……？」

私は壁の時計を見ていった。

出前の後、近くのガソリンスタンドで雨宿りをしていた、といえば怪しまれることはないだろうけれど、それにも限界はある。滞在できるのはギリギリで三十分というところだ。

「いいよ。空腹にかっこんだから、今、腹いっぱいでイマイチその気になれねえし」

「ふうん……」

「それに、来るのが遅いから自分で抜いた」

「なんだ……もう会えるの、今日で最後かもしれないのに」

「は？」

ふくらんだお腹をさすっていた五味田さんがきょとんとした顔になる。

「最後？」

「そう」

「なんの冗談？」

「冗談じゃないよ」

「なんだ、それ。どうゆうこと？」

「そのままの意味だけど」

五味田さんがびっくりした顔で起きあがる。

私は微笑《ほほえ》んだ。

「今までありがとう、五味田さん。楽しかった」

「杏ちゃん」

「私ね……この町を出ていくの」


私が初めて五味田さんと寝たのは七か月ほど前のことだ。

今日とよく似た曇天《どんてん》の日で、午後になってから天気が大きく崩れた。

普段は私が店での接客、あつしが出前に出ることが多かったけれど、その時はどうしてか私が出前を引き受けていて、午前中の最後の出前先が五味田さんの家だった。注文のもりそばを渡し、家の外に出ると、あたりには激しい雷雨がとどろいていた。

私はさほどうろたえることもなく、雨に濡れぬよう気をつけながら、この家の玄関先の軒下《のきした》に腰をおろすと、持参したポットの中身をすすりながら、雷がやむのをまった。

山の天気は変わりやすいというのは知っていたし、二十代の前半に入れこんだツーリングの経験から、こんなふうにいきなり悪天候にぶつかることには慣れていた。豪雨の首都高を運転中、目の前でトラックが横転する場面に出くわしたこともあるし、台風の中、長野から神奈川まで強引にバイクを走らせたこともある。

チカチカと光る空をながめながら、自由に休みをとれる派遣の仕事でお金をため、時期が来たらふらりと国内外の旅に出るという、気ままな毎日を送っていた二十代前半の生活を私は懐かしく思い出した。荷物一つ積み込み、行先も決めずにバイクを転がしたり、格安航空券を手に入れた翌日には成田《なりた》のゲートに立っていた、自由な日々。私は若くて、むこうみずで、浅はかで、大胆で、無知だった。そして、そんな自分が気に入っていた。初めての一人旅はシドニーだった。その次はソウル。それからイスタンブール。それからハノイ。バッチャン。チェンマイ。バンコク。カオサン。かつて旅した国を、街を、匂《にお》いを、私はまるで別れた恋人のように切なく思い出す。

ぼんやり空をながめていると、玄関の扉があき、空のそば盆を手にした五味田さんが出

てきた。私に気づいた五味田さんはちょっと驚いたように目をみひらき、

「ごっそさん。あんた、まだいたの？」

「あ、すみません」

勝手に軒を借りていたことを私は詫びた。

「ちょっとまだ天気がひどいので……雷がやむまで、ここの下にいていいですか？」

「そりゃ、別にいいけど……これ、しばらくやまねえよ？」

「えっ!?」

「天気予報見てねえの？　予想が外れて夕方まで雷雨だってさ」

その言葉を裏付けるように、ドオオオン！　というすさまじい雷鳴があたりにとどろいた。

「そうですか、まいったな……うっかり携帯も置いてきちゃって」

「店に連絡したいなら、うちの電話使えば。おれの携帯でもいいけど、電波入りにくいんだよな、ここ。特にこんな天気だし」

「すみません……」

「いいよ。俺んちに出前にいったまま帰ってこない、って大騒ぎされても困るから。都会からきたヤバいやつに山奥の家に監禁《かんきん》されてるんじゃないかとかさ」

「はは……まさか」

「いや、マジで。こういう田舎だと新参者は好き勝手いわれるんだよ。――ところであん

た、さっきから何飲んでんの、それ？」

「え？」

私は手にしたポットのカップを見下ろした。

「これは、そば湯です。うちの店の……身体《からだ》が温まるからドリンク代わりに飲んでて……」

「そば湯!?」

いきなり相手が目を輝かせてくいついてきたので、私は驚いた。

てっきり笑われるかと思ったのに、思いがけない反応だった。

私は家にあがり、電話を借りた。電話に出た義父に、雨がひどいからもう少し天気が回復してから帰る、と告げ、電話を切った。誤解されると面倒なので、五味田さんの家で雨宿りをしている、とはいわなかった。

居間では五味田さんが湯気の立つそば湯を美味《おい》しそうに飲んでいた。彼が大の蕎麦《そば》好きだということを知ったのはこのときだ。これまでも出前の注文は頻繁《ひんぱん》に受けていたけれど、一人暮らしの男性だから自炊《じすい》が面倒なんだろう、くらいにしか思っていなかった。

「出前にもそば湯つけてくれよー。こんなふうに水筒とかポットに入れて。身体にもいいしさ、蕎麦って今、そこそこブームじゃん。絶対流行《はや》るよ」

「はあ……検討《けんとう》します」

「杏奈さん、だっけ。あんた、訛《なま》りがないけど、地元の人？」

「あ……いえ。ここに嫁ぐ前はずっと神奈川に……」

そういう相手の言葉も、完全に標準語のイントネーションだった。

出身を聞くと東京だという。

「今はなぜここに？」

「流行りの田舎暮らしにあこがれて。じゃねえよ。もともと気管が弱くて悩んでたんだけどさ、年々それが悪化して、ぜんそくと鼻炎がひどくなって、仕事どころじゃなくなっちゃってさ。医者にも、今の生活続けてたらまず治らないよ、っていわれたんで、仕方なくこっちに越してきた。しばらくのあいだは、空気のいいところでテレワークってやつ」

「それはそれは……」

この家は五味田さんの母方の親類の家なのだという。

持ち主は一年前に市内の介護ケア施設に入っており、すでに独立している子供たちは県外や海外で暮らしているため、住む人間がいない。立地的にも、築四十年という古さから も、売りに出しても二束三文《にそくさんもん》の値段なので放置したままになっていたのを、「家は人が住まないと傷むから」といってタダ同然の値段で借り受け、半年前から暮らしている、とのことだった。

「あーあ、ぜんそくは良くなったけど、娯楽《ごらく》がなくて、毎日ヒマで死にそうだー」

そば湯を飲み終えた五味田さんはソファにごろんと横になった。

初対面の人間を前にしているとは思えないリラックスした態度だった。

自分もかまわないからそっちも自由にしろ、ということだろうか。たぶん、そうなのだろう。どうやら礼儀《れいぎ》正しい、客人然としたふるまいは無用らしい、と解釈し、私もそれまで正座をしていた足を崩した。

「そうですねえ……たしかに、温泉以外、何もないところだから……」

「都会から来た人間にはきついよなー。娯楽はパチンコと競輪ぐらい、飲むところも常連客のおっさんがひしめくローカルなスナックとかしかないしさ。食べるしか楽しみがねえから、毎日出前と外食ばっかりで、東京にいたときより三キロ肥《ふと》っちまった」

「あはは……おかげでうちは助かってますけど」

「そういや、あんたんち、〝相乗り〟できる？」

「え？　――はい、できますよ。一つの器《うつわ》にそばとうどんでも、二種類のそばでも」

〝相乗り〟というのは、種類の違うメニューを組み合わせて盛りつけることだ。そばとうどん、二八そばと更科《さらしな》そば、丼ものとそば、などなど。〝相盛り〟ともいうが、うちの店では常連客以外に頼まれることはめったにない。さらっとそういう言葉が出てくるあたり、この人は、けっこうな蕎麦好きなのだな、と私は思った。

「ふーん。じゃあ、今度頼むか……」

五味田さんは頭を掻いた。

「ところで、あんた、齢《とし》いくつ？」

「二十九歳です」

「えっ!?」

五味田さんがまじまじと私を見る。

「年上だったのか……俺、二十六歳」

「え!?　あなた年下だったの!?」

今度は私が驚く番だった。

眉《まゆ》の太い、無精髭《ぶしょうひげ》の強面をあらためて見るが、どう考えてもその年には見えない。三十二歳の夫と同じくらいか、下手《へた》をしたらそれより年上に見えた。

「すごい老け顔……」

「悪かったな。髭と髪きれいにしたらもっと若くなるんだって。ふーん、二十九歳の若奥さんか。……子供いんの?」

「いないけど……」

「俺が年下とわかったとたんタメ口かよ」

五味田さんは苦笑した。

「ま、いいけど。……結婚して何年め?」

「三年……」

「旦那《だんな》と仲いいの?」

「……普通、だと思うけど」

「なんで子供作んないの?」

「なんでって……なんでそんなこと聞くのよ？」

遠慮のない矢継《やつ》ぎ早《ばや》の質問に、さすがに私は眉を寄せた。

「だからさー、旦那とセックスしてんのか、って」

「えっ……！」

あけすけな質問にぎょっとし、とっさに返す言葉がみつからなかった。

次の瞬間、耳をつんざくような轟音《ごうおん》が鳴り響いた。

バチン、という音とともに照明が消えた。はっとして、思わず腰を浮かす。

落雷だ。ブレーカーが落ちたのか、停電になったのか。窓に面した居間なので多少の外光は入ってくるが、室内はいきなり薄闇に包まれてしまう。

「うわー……今の、大きかったね……大規模停電かな……」

私は窓の外をのぞき、さっきまで遠くに見えていた家の灯りを探したが、そこには雨風に揺れる鬱蒼《うっそう》とした樹々しか見えなかった。

室内の妙な雰囲気《ふんいき》に気づいたのは、そのときだった。

座卓をはさんだむかいのソファに座っていたはずの相手が、いつのまにか隣にきていることに気づき、えっとなった。男の汗の匂《にお》いとまじりあったムスクの匂いがたちのぼる。

「あ……あの……お客さん……？」

「――やべえ……」

フーフーと聞こえる鼻息が異様に荒い。

「出前をもってきた人妻と二人っきりの部屋で停電が起きる……このシチュエーション、完全にエロビデオじゃね？」

「はあ!?」

「なんかすげー興奮してきた。……キスしていい？」

「え!?　何!?　急に!?」

「一瞬！　一瞬で終わるから！」

「いいわけないじゃん！」

「いや、大丈夫だから！　絶対キスだけで終わるから！　ホント、マジで！」

「だめだめ、ムリ!!　ほら、見て、指輪！　指輪！」

「いてててて」

私は結婚指輪をはめた指を相手の顔面にぐいぐい押しつけた。

「軽いのでいいから！　な！　頼む！　人助けだと思って！」

「だめだってば！」

「舌とか絶対入れないから！　お願いします！」

「お願いされても困るから！」

「人妻は毎日旦那とエッチできるからいいじゃん！　俺なんかここ一年以上、実家の猫以外とチューもしてねえんだぞ!?」

「知らないけど!?」

キスさせて、だめ、の押し問答を延々くり返し、とうとう最後まで突っぱねられると、

「ちくしょー、チューしてえぇー」

五味田さんは、床の上でゴロンゴロンと駄々をこねる子供のように転げまわった。

私はあきれた顔でそれを見下ろし、それから思いきり吹き出した。

「ばっかみたい……」

「ちぇっ。……人妻が誘惑するからいけないんだろ」

恨みがましい目で私を見あげる。

「してないよ」

「濡れてスケスケのシャツ着て一人暮らしの男の部屋にあがるとか、完全に誘ってるじゃん」

「誘ってませんから。服が濡れてるってだけで誘惑してるとか、家にあがったからエッチに同意したとか、髪をかきあげたからその気になってるとか、ただの日常的な行動からありもしないエロメッセージを勝手に受信するよね、男って。それで断られるとそっちが先に誘ったんだろ、って被害者面《ヅラ》するあたり、ホントに図々しいと思う」

五味田さんは意外そうに目をパチパチさせて私を見た。

「……なんだ、けっこう気が強いんだな」

一人旅をしていたとき、この手の危険に何度も出くわしたので、そこそこ場慣れをしてはいた。勝手に勘違いしてフィーバーした異国の男たちをつたない英語で撃退するのに比

べれば、母国語でＮｏを表明するのは易しいことだ。

「ただの大人しい出前持ちだと思った？」

「まあ……第一印象がそうだったからな……」

「第一印象？」

「あんたんところの店に食いにいったとき、何度か見かけてたからさ。旦那と親父《おやじ》と常連客？　みたいなのが店ん中でワイワイやってるときも、あんただけ、なんか輪から外れてポツンとしてたじゃん。会話に全然加わらないで、一人でテーブル拭いたりおしぼりの補充したり、なんか、居場所がないみたいな感じだったからさ」

私は驚いて五味田さんを見た。

「なんだ……見てたんだ……」

「そういや、あの常連客、誰？　何度か店いったけど、いつもいるじゃん。髪の長い、すらっとした女……ちょっとこのへんじゃ見かけないタイプのハイレベルな美人」

「祥子さんね……あの人は、夫の元カノ」

五味田さんは、「へっ」とヘンな声を出した。

「嫁がいるのに元カノを出入りさせてんの？　なんか、すげえな、あんたんち。……あの女、めっちゃ家族に馴染《なじ》んでたじゃん」

「はは……そうでしょ。家の人たち、みんな祥子さんのこと大好きだから……あの人、おじいちゃんの趣味とか、お義父《とう》さんの交友関係とか、私より詳しいの。新参者の嫁は立場ないよ」

私は自嘲《じちょう》ぎみに笑った。

町で一番美しい祥子さんとあつしがかつて恋人同士だった事実を、義父たちは、昔もらったトロフィーみたいに大事に抱え、誉《ほま》れにしているのだ。

「元カノって独身なわけ？」

「今はね。子供が二人いるけど……」

「シンママってやつか。それ、旦那、狙われてるんじゃねえの」

「どうかな……」

私は祥子さんの整った顔を思い浮かべる。

初めて会ったとき、彼女はまだ前の結婚を継続中だった。私たちは、おたがい、人妻という立場で顔をあわせたのだ。嫁いできて、たしか、まだ一月かそこらだったと思う。削《そ》げた頰《ほお》と、紙のような顔色をした、見たこともないほど美しい年上の女が、膨らんだお腹を抱えるようにして閉店直後の店に入ってきて、「あつしを呼んでくれる？」とにこりともせずにいったとき、私はその堂々たる迫力に、完全に呑《の》まれてしまった。

うろたえながら厨房《ちゅうぼう》の夫を呼びにいくと、あつしは少し驚いたようすだったが、

「祥子。どうした、こんな時間に」

と落ち着いた口調でいった。祥子さんは答えず、長くたらしたままにしていた前髪をそっとかきあげた。眉の上あたりに赤黒いあざができていた。あつしは息を呑んだ。

「なんだ、それ。……旦那にやられたのか」

「あつし。私たち……もう、ムリかもしれない」

「祥子」

「どうしよう。もうすぐ、赤ちゃん、生まれるのに」

祥子さんの大きな目から涙がこぼれた。眉一つ動かさず、はらはらと、長い睫毛《まつげ》のあいだから大粒の涙をこぼすという、女優のような泣きかたをする人を、私はこのとき初めて見た。

「大丈夫か？　とにかく、中、入れ」

すすり泣く祥子さんを抱きかかえるようにして、あつしは彼女を住居に続く厨房の奥へと導いた。「あれ、祥子ちゃん?」「どうした、その顔!?」と奥でたちまち義父たちが騒ぎ出し、私はその夜、店の閉店作業を丸々ひとりでこなさなければならなかった。

結局、出産の一月前に、祥子さんは暴力夫と別れた。

離婚に至った詳しい経緯を私は知らない。嫉妬《しっと》深い夫が美人の祥子さんの浮気を疑ったとか、自分が浮気をしていて、それを問い詰められたことに逆上したとか、お金のことでひどくもめていたとか、断片的な噂《うわさ》を後日いろいろ耳にしたけれど、あつしがあまり語りたがらなかったので、詮索《せんさく》するのは憚《はばか》られた。ただ、この件で、祥子さんという人が、岡崎の家の人々にとって、一種特別な存在だということだけはわかった。

なかなか離婚に応じようとしない夫を調停の場に引っ張り出し、妊婦の祥子さんに代わって煩雑《はんざつ》な手続きを進めてやったのはあつしだったし、親権や養育費をとりきめるため、古い友人だという弁護士を紹介してやったのは義父だった。シングルマザーになった祥子さんに就職をあっせんしたり、希望の保育園に子供二人が揃って入れるよう、知り合いの市議会議員に口をきいてあげたのは義理の祖父だった。今は結婚して市内に住んでいる里美ちゃんは同級生の不動産屋に相談し、祥子さんに格安の住まいを見つけてあげた。岡崎庵から十分ほどの場所にあるその中古マンションに、今、祥子さんは二人の子供と一緒に暮らしている。

「まあ、困ってるときはおたがい助けあわないとな。祥子ちゃんは小さいころから知ってて、もう、身内みたいなもんだし」

そういう彼らの善良さを私は疑わない。真面目《まじめ》でやさしいあつしと同じ血が、この人たちにはたしかに流れているのだなと思う。

でも彼らが善意でゆるした場所に、祥子さんはどんどん入りこんできて、私の居場所を浸食していく。

――ねえ、おじさん、坂上《さかうえ》に住んでた何某《なにがし》、覚えてる？　今度、議員に立候補するんだって。あいつ、いつも赤点だったのにね、と祥子さんが懐かしげに語るその人を、私は知らない。

――あつしが昔ハマってたダーツバーのマスター、今度、川向こうに店出したんだよ。よく朝まであそこで遊んだよね。久々だから飲みにいかない？　と祥子さんはあつしを誘ったあと、よかったら杏奈さんもいく？　とおまけのように付け足す。

話術の巧みな祥子さんの語る思い出話は、家族のみなを共通のノスタルジーに誘い、うっとりさせるけれど、よそ者の私は弾き出される。女手一つで生計を立てていく苦労、二人の子供を育てるしんどさを笑いながら話す祥子さんの前では、正社員の苦労も子育ての苦労も知らない自分が、世間知らずの小娘のように思えて居たたまれなくなった。

私は祥子さんが怖かった。彼女の美しさが、揺らぎない自信が、抜け目のない頭の良さが。

祥子さんを見る、あつしのまなざしが怖かった。

あつしが私にプロポーズしたとき、祥子さんは二人目を妊娠して間もなかった。祥子さんの結婚が破綻《はたん》した後だったら、あつしは私との結婚を同じように選んだろうか？　そもそも慎重なあつしが彼らしくもなく、ごくごく短い交際で私との結婚に踏み切ったのは、祥子さんとのことを吹っ切るためではなかったのか？

子供がほしい、としだいに私は思うようになった。この家に、よそ者の私が祥子さんよりも強くしっかり根を張るにはそれしかないと思えたし、あつしが子供を強く欲していることも知っていた。義父たちも初めての孫やひ孫の誕生をまちのぞんでいる。子供ができれば、私は祥子さんを見るたびに足元がぐらつくような不安を覚えなくてすむようになるだろう。

けれど――。

「――なんだ。どうしたよ？」

私は立てた膝の上にこてんと頭をのせた。

「……なんだか、疲れちゃった」

「そりゃ、こんな悪天候の中、出前に出されてりゃな。あんた、毎日、旦那の家族にこきつかわれてんだろ」

「そういうわけじゃないけど……」

私は脚のあいだから見える、床板の木目をみつめる。

「……今日ね」

「うん」

「義理の妹から義父に電話があったの」

「旦那の妹？」

「そう。里美ちゃん。結婚して市内に住んでるんだけど……おめでたの報告だったの。妊娠したんだって。初めての赤ちゃん。義父も、おじいちゃんも、初孫と初ひ孫だから、もう小躍りしてよろこんじゃって。……そうしたら、ちょうどそこに、祥子さんが来てね……」

「なんか嫌味なことといってきたわけ？」

私は首をふった。

頭のいい祥子さんは、そんなわかりやすい、下等な意地悪などしない。

「初孫ができるってことで浮かれたお義父さんが、私にむかって口をすべらせただけ。……『杏奈ちゃん、義理の妹に先、越されちゃったな。どうする？』だって。そんな質問、なんて答えればいいわけ？　私も夫も黙ってたら、今度は祥子さんにいうの。『祥子ちゃん、先輩として杏奈ちゃんに子作りのアドバイスしてやってよ。こっちはなかなか子供ができないみたいだからさ』って……祥子さんは苦笑して、何もいわなかったけど、私はとても……傷ついた」

無神経な義父の言葉にも、それに対して、夫が何もフォローしてくれなかったことにも。

私はこわばった表情で仕事に戻った。

そして、あの場から逃げ出すように出前に出たのだ。

私は目をつむる。山に降る激しい雨音を聞いているうちに、これまでにない徒労感を覚えて動けなくなる。こんなところで私は何をやっているんだろう？　知らない土地。経験のない蕎麦屋《そばや》の仕事。義理の家族との同居。これまでの努力のすべてがふいにばかばかしくなった。

ふと目をひらくと、五味田さんが驚いたような表情で私を見あげていた。

あんまり静かなので、てっきりお腹がふくれて眠ってしまったのかと思っていたのだけれど。

「な、何……？」

至近距離からまじまじとみつめられ、私はうろたえた。

「ど、どうしたの？　何、見てるの？」

「いや……」

五味田さんはさらに私に顔を近づけてきて、感心したようにいった。

「あんた……肌、すっげーきれいだね」

「えっ？」

思いがけない言葉に、私は驚き、赤くなった。

「な、何よ、急に」

「いやー、暗いからそう見えるのかと思ったけど、ちがうじゃん。マジできれい」

「そ……そうかな」

「なんでこんなにきれいなの？」

「さあ……蕎麦……食べてるからかな……？　あと、温泉とか……」

「ツルツルして、赤ちゃんみたいじゃん。あんた、煙草《たばこ》とかやったことないでしょ」

「うん……」

「すげー。もっと近くで見せてよ」

「あ……」

相手の手が私の肩にかかる。

引き寄せるその腕は、強引にキスを迫ってきたさっきよりもずっとひかえめな力だったのに、なぜだか拒《こば》めなかった。荒い息遣いが耳元で響く。家全体を包んでいた激しい雨音が、急に遠くなったようだった。

――どうして、こんなことをゆるしてるんだろう。ちょっと肌をほめられたくらいで、今日会ったばかりの男を受け入れるなんて、イージーすぎる……。頭ではそう考えているのに、身体《からだ》はこの先にまちかまえている事態を予想して、期待とスリルに震えていた。男の欲情が放つ熱い息に、私も酔ったようになって、自制心と警戒心がゆるゆると弛緩《しかん》していくのを感じる。

「ん……」

――髭《ひげ》のある男とキスをするのは久しぶりだな、と目をとじながらぼんやり思う。髭の男は高確率で愛煙家、という経験から無意識に身がまえたけれど、男の息にヤニ臭《くさ》さはなかった。

ぬるりとした舌が歯列を割り、忍びこんでくる。私に抗《あらが》う意志がないことを敏感に読みとり、挑発するような、煽《あお》るような動きで舌を絡めてくる。

こういうことに、慣れた男なのだろう。きっと今までもこんなふうに、いきずりの女としょっちゅう寝てきたのにちがいない。そのことに、私は妙にほっとする。罪悪感がわずかに薄れていく。首のまわりにキスをくり返し、汗ばんだ男の手が私のシャツの裾《すそ》をまくり、胸元へと這《は》いあがってきた。

「……ちょっ、と……」

私は乱れた呼吸のあいまにかすれた声を出し、その手をつかんだ。

「キスだけって……いったじゃない……」

「いや、もう、ムリでしょ、ここまできてキスだけとかさ」

「だって……」

「旦那《だんな》に悪い？　大丈夫、絶対バレないようにするから。ちゃんとゴム使うし、キスマークとかもつけないいし……あー、きもちいい……胸、めちゃくちゃやわらけー」

「あ……だめぇ……」

むき出しになった乳房を大きな手でつかまれ、すでに立ちあがっている先端を音をたてて吸われ、私は身をよじって喘《あえ》いだ。

「やっぱりな。あんたみたいなのが一番いやらしいんだよな……」

「わ、私みたいなのって……」

「童顔で、素朴《そぼく》そうな顔して、胸とかでかくて……真面目《まじめ》で、奥手そうに見えて、意外と経験積んでて……ホラ、これ、いじってやらなくていいの？」

「んんっ……！」

「もう、こんなになってんじゃん」

「い、いや……はぁ……はあっ……！」

キスマークをつけないよう注意しているつもりなのか、男は固くなった乳首ばかりをさかんに責め、こすったり、ねぶったり、やさしく嚙《か》んだりする。乱暴で粗雑そうな印象に反し、男の舌の動きは繊細《せんさい》だった。久々のセックスというわけでもないのに、私は自分でも怖いぐらいに感じていた。胸。耳。唇。睫毛。巧みな舌での刺激に、ビクン、ビクン、と身体を揺らしているあいだに、手際よくジーンズと下着を脱がされ、ブラとシャツを首元までまくりあげられ、気づくと裸同然の姿にされていた。相手はまだ、シャツの裾さえ乱していないのに。

——男の客の家にはあがるなよ、危険だから。

あつしにいわれた言葉がよみがえる。

——一見、無害そうな相手でも、本当のところどうなのかはわからないからな。

あつし。あつし。まんまとこんなことになってしまって、どうしよう……。五味田さんは、危険そうに見えて、話の通じる気さくな人だと思ったから、大丈夫だろうって、油断してた……心の中でいいわけしながらも、その嘘を私はもう自分じしんで見抜いている。ちがう、油断していたわけじゃない。本当は欲していたんだ。誰かに入ってきてほしいと扉をあけていたのは私だった。こんなふうにいやらしく交わることを、めちゃくちゃにされることをのぞんでいたのも私。

そう、私は誰かに慰められたかった。強く必要とされ、求められたかった。

こんなふうに、心も、身体も、激しく。それを、目ざとい五味田さんが見破っただけ。

「身体もすごいやわらかいんじゃん。脚、もっとひらいて見せてよ」

「だめ……そんな……」

「本当に感じやすいんだな。すごい濡れてるよ。ほら、どんどん指入ってく」

　ごつくて太い指がずぶずぶと入ってきて、私の中をゆっくりとかき回す。いやらしい水音が部屋の中に響く。まるで馴染《なじ》んだ場所のように、その指は私の快楽のツボを探り当てる。

「あ、あ、あんっ。そ……そこ……も、っ……と……」

「ここ？　これが好きなの？」

「はあっ、はあ、あっ……！　ご、五味田さん……すご……い……！」

「あんたもだよ。俺もすげー興奮してる……やっぱ人妻ってエロいんだな……」

　あつし。お義父さん。おじいちゃん。里美ちゃん。家族の誰も、私がこんなことになっているとは思ってもいないだろう──大きく脚をひらかされ、一番感じる場所を舐《な》め回されながら、私は思う。まだ祥子さんは店にいるのだろうか。きっといるだろう。あの人たちはいつも祥子さんに夢中なんだから。祥子さんは里美ちゃんのおめでたをあらためて祝い、二児の母らしい貫禄《かんろく》で、出産と子育ての大変さを男たちに話しているにちがいない。

　それに比べて、私は──。

　口だけで、二回、イかされたあと、ソファの上にぐったりと横たわっていた私は、

「──あのね……五味田さん……」

　棚《たな》から薬箱をとり出していた五味田さんにいった。

「ん？」

「夫と私ね……相性が悪いんだって」

どうしてそのことを明かそうと思ったのか、自分でもわからない。

それは、私と夫だけが共有している秘密だった。

「相性？」

避妊具《ひにんぐ》を手に、五味田さんはきょとんとして私をみつめる。

「それって、身体の？」

そう、と私はうなずいた。

「相性っていっても、セックスができないとか、してもきもちよくないとか、そういう話じゃなくてね……抗精子抗体《こうせいしこうたい》、って聞いたことある？」

「いや」

「身体に入ってきた異物を排除しようとするのが抗体。私の子宮の中には精子に対する抗体ができてるの。簡単にいうと、私の身体ね……夫の精子を異物だと思って殺しちゃうんだって」

――避妊をしないセックスを継続的に行い、一年から二年のあいだに妊娠しなかった場合を、医学的に不妊《ふにん》とする。

子供ができないことを悩み、不妊に関して調べた私は自分たち夫婦が先の定義に当てはまっていることを知った。夫婦で相談し、私たちは市内の専門クリニックでカウンセリングとスクリーニング検査を受けることにした。家族にはいわなかった。三か月ほど前のことだ。

二か月近い検査の結果、私の抗精子抗体の値が高いことが明らかになった。卵管にある抗体が精子の大部分を殺しているようだと。そう、子供ができない理由は私にあったのだ。私の子宮が、受精を、妊娠することを拒んでいる。

私はあつしの子供を産めないのかもしれない。

それを知ったとき、私は足場を失ってしまうかのような不安に襲われた。

「私の子宮には精子が入れない。だから……何度頑張っても、なかなか子供ができないの」

「へえ……」

五味田さんは私のむきだしの下腹部をまじまじとみつめた。

もしも欠陥品のようにいわれたら傷つく、と身がまえたけれど、五味田さんが口にしたのは思いもよらないことだった。

「でも、相性が悪いってことは、いい相手もいるってことじゃん」

「え……」

「それってつまり、旦那の精子にも問題があるって話じゃねえの？」

「それは……わからないけど……」

「その抗体って、全部の精子を殺しちゃうわけじゃないんだろ」

「たぶん……」

「ふーん」

五味田さんは手にした避妊具に目をやった。

「じゃあ、俺と生でやってみる？」

背中にぞくぞくしたものが走った。

避妊なしでの不倫《ふりん》行為。女として、夫に対するこれ以上の裏切りがあるだろうか。

「それは……絶対、だめ……」

「あんた、子供ができないのは自分のせいだと思ってるから、負い目とか引け目とか感じて、旦那にも、旦那の家族にも、子供産んでる旦那の元カノにも、遠慮《えんりょ》しちゃってるんじゃねえの。おれと試してみて、万が一妊娠したら、旦那の子供だってごまかせば？」

「ばかなこといわないで。そんな無責任なこと……」

「相乗り、だよ、相乗り」

五味田さんは悪い表情で笑う。

「俺と、旦那、二種類の男。同じ器に載せて試してみたらいいんじゃない。だいたい、身体の相性の悪さはあんただけのせいじゃないじゃん。夫婦なんだから不妊の責任も半々だろ。なんなら、そんなに相性の悪い旦那なんか捨てて、もっといい男に乗り換えたらどう」

ふざけないで、他人のことだと思って――私の反論は激しいキスでふさがれる。抵抗する間もなく押し倒され、脚をひらかされ、潤みきった入口に二本の指をさしこまれると、私の口からは罵倒《ばとう》の代わりによろこびの声がほとばしった。

――口のうまい、女に慣れた男。軽率《けいそつ》で、自分勝手で、無責任な男。真面目《まじめ》で誠実な夫とは正反対の男に、内心激しく反発しながらも、男のあたえてくれる快楽は私の身体に怖いくらいぴったりとあった。

「――だめ……だってば……五味田……さん……」

私を後ろから貫き、揺さぶる男の足元には、開封しないままの避妊具が落ちている。どうしてこの男の侵入をゆるしてしまったのか。秘密を打ち明けてしまったのか。

今さら後悔しても遅すぎた。男はもう私の中にいる。私をかき回し、裏切りをそそのかし、悪い種を植えつけてくる。焦りと怒りと恐怖と快感がまじりあい、どれがどれともわからないまま、巨大な官能の波となって、私を激しい恍惚《こうこつ》のるつぼへと押し流していく。

「抜いて……だめ……本当に……だめなの……あ、あ、ああ……！」

「大丈夫……もしそうなったら責任とる……一緒に、東京連れてくから……」

「ばか……はぁ……はぁ……あ、だめっ……もう、私……ん、ん……んんんっ……！」

「あー、ヤバ……俺も、限界かも……あー……」

「だめ……！」

「杏奈ちゃん……」

「だめぇ……五味田さん……中で出しちゃ、だめぇ……！」

4 〈あつし〉

山になった伝票をめくりながら、あつしは電卓をたたく指をふと止めた。

むかいに座る祥子が首をかしげる。

「どうしたの?」

「いや……雨音が弱まってきたな、と思って。さっきまで鳴ってた雷も聞こえないし。五味田さんちは山の中だから杏奈が心配だったんだけど、これなら大丈夫かな……と思ってさ」

「ああ……そういえば、静かだね」

営業用のBGMを消した店内には二人の声だけが響いていた。

不穏な雷の音もいつのまにか遠ざかっている。

父親をはじめ、他の家族たちは夕方からの営業に備えてすでに奥へ入っていた。激しい胎動のせいで夜は不眠ぎみだという里美は午睡《ごすい》をとることが多い。一緒になって父親たちも横になっているのだろう、奥の部屋はひっそりとして音もなかった。

昼の売り上げを集計し、帳簿《ちょうぼ》につけ終えると、あつしにもようやく短い休憩時間が訪れる。岡崎庵の夜の開店は五時からである。

「高校時代、思い出すね」

あつしは顔をあげた。

「よくこうやって、放課後の教室とか図書室で、あつしが宿題や勉強終えるのをまってたな、と思って。おたがい部活のない日、遅くまで学校に残っておしゃべりしたじゃない」

「ああ……そうだったな」

「高校時代のこと、ついこのあいだみたいに思い出せるのに、あれからもう十五年くらい経っているんだよね。時々、今の自分が信じられなくなる」

「たしかに。自分が三十のオヤジになるなんて、想像できなかったなあ……」

「私……なんであつしにふられたんだっけ?」

あつしは祥子をみつめた。

「なんだよ……唐突《とうとつ》に」

「いいじゃない。……高三のときだったよね、私があつしにふられたの。けっこう落ちこんだんだよー、あのとき」

祥子の口調は明るかった。

高校時代の恋とその破局。長いあいだ、二人のあいだに見えないしこりのように残っていた事実だが、どちらからも正面からは触れられずにいた。それが今は、なんの痛みもなく口にすることができる。それだけ、自分たちのあいだには時間が経ったのだ、とあつしは思った。

「ふったわけじゃないよ。祥子を嫌いになったとかじゃなくて、俺がひとりで思いつめちゃったんだよ。祥子のレベルが高すぎて、いいよってくる男がいないか心配で、つねに悩んで、嫉妬《しっと》して、疲れて……そういうのが嫌になったんだよ」

「可愛《かわい》い理由──」

祥子はおかしそうに笑った。

「今思えばな。高校生の男子には切実だった。彼女のまわりにいつも自分よりイケてる男たちが群がってたら、気が気じゃないだろ。……聞いて、満足した？」

「全然」

「まいったな……」

「じゃ、次の質問」

「まだあるのか」

「杏奈さんのこと……正直、どう思ってる？」

あつしは眉を寄せた。

「なんで、そんなこと」

「ごめん。でも、気になったの。このところ、なんだかあつしたち……ぎくしゃくしてるみたいに見えたから。杏奈さんも、ずっと暗い顔してたでしょ。里美ちゃんが戻ってきてから特に……おせっかいだけど、やっぱり……子供のことが原因なのかな、って思って……」

あつしは昨夜の杏奈との会話を思い出した。

――もう、終わりにしよう。こんな状態、続けていてもおたがい、つらいだけだから……。

――あつし……本当……？

その話を切り出すには、相当の勇気がいった。半年以上、彼なりにひそかに考え、悩んできたのだ。この家の中で、日に日に覇気《はき》と自信をうしなっていく杏奈を見ているのは彼にとっても苦痛だった。杏奈を縁もゆかりもないこの土地へ連れてきたのは自分だ。彼女の苦しみは自分との結婚に起因する。夫として、自分の無能さを突きつけられているようだった。

「正直いって、杏奈さん、ここでの生活にいまだになじんでいないでしょう」

祥子は慎重な口調でいった。

「あつしの他に話し相手も、気軽につきあえる友達もいないみたいだし。ムリもないと思う。外で働いてるわけでもないから、人間関係、なかなか広がらないだろうしね。子供がいればママ友とか、役員会のグループでお茶するとか、毎日のつきあいから自然とネットワークが広がるけど、それもできないわけだから。もうできてるコミュニティーの中へ、よそから来た人間が入っていくのって、相当難しいことだよ。特にこういう田舎《いなか》では」

「……ああ、わかってる」

「地域や家族にイマイチとけこめなくて、杏奈さんもしんどいだろうけど、あつしもつらいでしょ。杏奈さんは子供ができないことで、あつしは杏奈さんをここに連れてきたことで、おたがい負い目を感じて……夫婦なのに、あつしたち、遠慮しながら暮らしてるみたいに見える」

「……」

「そういうのって……不幸じゃない？　だから、一度、ちゃんと聞きたかったの。あつしは杏奈さんのこと、どう思っているのかって」

「………俺の、杏奈へのきもちは、もう結論が出てるよ」

あつしはペンを強く握った。

「祥子だから……ここで本音をいうけど」

「うん。聞かせて」

「杏奈とは……」

「うん」

「死ぬまで一緒にいたい。——と思ってる」

祥子の笑顔が消えた。

驚きと、混乱と、反射的に場をとりつくろうようなこわばった笑みが、整った白いおもてに同時に浮かんだ。

「え………本当？」

あつしはうなずいた。

「それって……本気でいってるの？」

「？　当然だろ。だから結婚したんだけど……」

「だって……二人、全然……え……」

「何？」

「仲……いいの？　そんなふうには見えなかったけど……そっけないっていうか、あつし、杏奈さんに淡々と接してる感じで……だから、私、二人は、てっきり、もう……」

「別にそっけなくしていたわけじゃない。仕事中だから、公私のけじめをつけてただけだよ。営業中の私語とか雑談とか、親父たちはそういうところゆるいけど、俺はちゃんと線引きしたいから。だいたい、客や家族の見ているところでイチャつけるかよ」

　祥子は黙った。

「そうだ……祥子」

「え……」

「本当は、今日、みんなにいおうと思ってたんだ」

「何を？」

「俺と杏奈、もうすぐここを出ていくから」

　――ずっと考えていたんだ。この家を出て、二人だけで暮らそう。

　そういったとき、杏奈が暗闇の中で息を呑《の》んだのがわかった。

　三十二年間、この家から出ることのなかった彼が自分のためにそんな決断をするとは思ってもいなかったのだろう。

――本当なの……？　だって、急にそんなこと……。

まるで別れを切り出されたようにうろたえる杏奈へ、あつしは冷静に自分のきもちと計画を伝えた。

――家業の手伝いに加え、三世代同居を強《し》いたことで、杏奈の負担が精神的にも肉体的にも日を追うごとに重くなっていることには自分も気づいていた。気づいていながら、これまで具体的に動かなかったことをすまなく思う。不妊《ふにん》の主な原因は抗精子抗体のせいだろうけれど、ストレスも関係するはずだ。本格的な不妊治療を始めるためには、この家を出て、不妊治療のできるクリニックにアクセスしやすい市内へ引っ越したほうがいいだろう。杏奈が三年間、懸命に働いてくれたから、貯蓄もできている。これからは仕事場には通勤し、プライベートでは夫婦二人だけの暮らしをして、のんびりと、ストレスのない環境で子作りをしよう……。

――もっと早くそうするべきだったんだと思う。結婚を機にこの家を離れて、独立すべきだった。杏奈は俺と結婚したんであって、この家と結婚したわけじゃなかったのに。

――あつし……。

――親父の身の回りの世話とか、じいちゃんの病院通いまで杏奈に負担させて……本当に……ごめん。今までつらい思いをさせて。でも、もう、こんなこと、終わりにしよう……。

杏奈は泣いていた。あつし、あつし……と彼の手をとってすすり泣く彼女を見ながら、彼は自分の決断が正しいことを確信し、今までその選択をしなかったことをあらためて悔《く》いた。

それでも、手遅れにならなくてよかったのだ、とあつしは思った。

揺らぐことはあったけれど、二人の心はまだ離れていない。家探し。引っ越し。不妊治療の開始。新しい生活のリスタート。それらを経て、二人の絆《きずな》は強まるだろう。体外受精をはじめ、妊娠のために有効な手段はいくつもある。子供が生まれれば、杏奈もこの土地にしっかり根を張ることができるだろう。母親になった彼女をもう誰もよそ者扱いはしないはずだ。

そう——そのときに、自分たちはようやく本物の家族になれるのだ。

「ここを……出ていくの……？　杏奈さんと二人で？」

祥子はこわばった表情でいった。

「ああ」

「なんで……？　みんなここで、一緒に楽しくやっていたじゃん」

「杏奈以外はな」

「ここを出るのは、杏奈さんのため？」

「……そうだよ」

「本当に？」

あつしは答えず、祥子の強い視線から目をそらした。

「……仕事、戻らなくていいのか」

「あつし」

「あんまりサボりすぎるとまずいだろ。いくら営業成績一位だって……雨もあがったみたいだし、そろそろ戻れよ。俺も午後の開店まで、少し休むから……」

あつしは帳簿《ちょうぼ》を手に、席を立った。レジにむかおうと背中をむけた次の瞬間、華奢《きゃしゃ》な両腕にいきなり後ろから抱きしめられた。

「祥子……」

とっさに押しのけようとした手がとまる。

嗅《か》ぎ慣れたクロエのトワレが彼を包んだ。薔薇《ばら》とシトラスの若々しい香りが、たちまち、彼を過去の思い出の中にひきずりこんでしまう。

やわらかくなびく祥子の髪。制服姿のまぶしい笑顔。

彼の両腕の中にすっぽりとおさまった華奢な身体《からだ》。

大人たちに隠れて抱きあい、求めあった十代の放課後。笑いながら、好きだとくり返しながら、幸福感に我を忘れ、火照《ほて》った肌に夢中でくちづけをくり返したあのころ――。

「――ここを出ていきたいのは、杏奈さんのためだけじゃないんでしょ？」

あつしを背中から抱きしめる恰好《かっこう》で、祥子がささやく。

「何を……」

「本当は、あつし……私に気持ちが戻るのが怖かったんじゃない？」

「——離、せよ……」

冷静であろうとする意志に反して、声は上ずり、何かが喉《のど》に絡まった。

「杏奈が帰ってくるから……」

「当たりだね？」

祥子は笑みを含んだ声でいい、いっそう身体を押しつけてくる。

トワレの香りと背中に伝わる温もり。豊かなふくらみの感触。

ただそれだけの接触で、十代のころと同じようにたやすく動揺《どうよう》する自分に腹が立った。

「もっと早くに、こうすればよかった」

祥子はいった。

「あつしから別れ話を切り出されたときにも、素直に嫌だ、っていえばよかった。意地をはらずに……プライドを捨てて……。私はあつしが好きだから別れたくない。他の男の子の気をひくようなことをしてごめん、って」

「祥子……」

「あのとき、つまらない意地をはって別れたせいで、その後もずっと、私たち、ボタンをかけ違えたようにズレた関係を続けてきた。ずっとタイミングが合わなかったよね。あつしに恋人がいないときは私に恋人がいて、私に恋人がいないときはあつしに恋人がいて……」

祥子は両腕にぎゅっと力をこめる。

「でも……そんなの、もう終わりにしようよ。私、もう一度、初めからやり直したい。他の人と暮らしていても、結婚していても、私、いつもあつしのことを考えていた。私の心の中にはいつでもあつしのためだけの場所がある。きっと、あつしも、そうでしょう？」

「それは……ムリだよ……わかってるだろ、祥子だって……」

「私に子供がいるから……」

ちがう、とあつしは即座に否定した。

「そうじゃない。そんなことは関係ないんだ。……俺は杏奈と結婚しているんだから、今さら祥子とやり直すことはできないだろ」

「私より、杏奈さんをとるの？　私より、杏奈さんが好きなの？」

「祥子……」

「そうじゃないよね」

祥子は確信に満ちた口調でいった。

「私が二人めを妊娠したあと、あつしは海外に飛び出して、一か月以上帰ってこなかったね。あれは、私の妊娠がショックだったからでしょう？　私と夫がうまくいっていないことを知っていたから、裏切られたように思ったんでしょう？　そこで杏奈さんと会って、周りが驚くようなスピードで結婚したのも、私とのことを完全に吹っ切るためだったんでしょう？」

「……」

「でも、できなかった。だから今、あつしはしあわせじゃないんだよ。ねえ、あつし、あなたは私を忘れられないよ。あつしの初めては全部私がもらったんだから。初めての恋も、初めてのキスも、初めてのセックスも……わたしたち二人は離れられない。あつしの運命の相手は、杏奈さんじゃない、私なんだよ」

　運命の相手、という言葉をあつしは心の中で反芻《はんすう》する。

　そうなのかもしれない。自分の三十二年の人生を振り返ると、すべての記憶の中に祥子がいる。やさしく、なつかしく、時に胸を痛ませるあらゆる思い出が彼女につながっている。祥子はすでに自分の一部であり、彼女にとっての自分もまたそうなのだろう。

　私なら、すぐにあつしの赤ちゃんを産んであげられるよ。祥子はささやいた。

「おじさんも、おじいちゃんも、里美ちゃんも、私たちのこと、歓迎してくれるよ。杏奈さんより私のほうがあつしとお似合いだって、いってくれたじゃない？　私、小さなころからこの家が大好きだった。家族みんなが仲良くて、あったかくて、清潔で、安全で……」

　そう、結婚したら、祥子はすぐにこの家に馴染《なじ》むだろう。彼女は人の心をつかむことに長けている。その美しさと頭の良さで他人をたやすく魅了し、支配する。ビジネスセンスに優れた彼女がこの家の嫁になったら、店はきっと今よりも繁盛《はんじょう》するだろう。これまでの仕事で培《つちか》った営業スキル、広い人脈をフルに使って客を呼びこみ、地域密着型の店だった岡崎庵を、温泉地の新しい観光スポットの一つへと昇格させることさえあるかもしれない。

そして、以前の結婚同様、彼女は必ずこの家にトラブルをもちこむだろう。

祥子の前の夫は複数の飲食店を経営する実業家だった。もともと祥子の母のカラオケ・バーの客で、店を手伝っていた祥子の客あしらいの良さに惚《ほ》れこみ、結婚後には市内の店の一つの経営を彼女に任せたらしい。店は繁盛したが、夫婦仲はしだいに悪化した。祥子が店の売り上げを着服している、と夫は疑い、酔うと彼女に手をあげるようになったのだ。

身重の祥子に代わって離婚の交渉に立ったあつしに、あの女は泥棒だ、と前夫はいった。

——いっとくがな、金の問題だけじゃない。祥子には男がいたんだ。店の客だの、従業員だの、何人もの男と関係をもって、マージンや売り上げを自分の懐《ふところ》に入れていたんだよ。もっともあいつは頭のいい女だから、俺と違って絶対に浮気のしっぽをつかませなかったけどな……お腹の子供？　それだって、俺の子かどうかわかるもんか。

ＤＮＡ鑑定によって血縁関係が正式に証明されたあとも、養育費を千円単位で値切ろうとしたクズのような男だったが、彼の言葉の大部分は事実だろう、とあつしは思っていた。祥子が男関係のトラブルを起こしたのはそれが初めてではなかった。長男の父であった最初の夫との結婚が破綻《はたん》したのもそのためだったと聞いているし、都会での生活をあきらめ、生まれ故郷であるこの町に戻らざるをえなくなったのも、その種のトラブルのせいだった。

あつしと恋人同士だった高校時代から、いや、それより幼いころから、祥子は異性の気をひき、そのつもりもないのに夢中にさせる、悪い遊びをやめなかった。

男と別れ、子供を抱え、職を変え、祥子はたくましく生きた。結婚の失敗も、二度の出産も、祥子のすらりとした肢体《したい》や美貌《びぼう》や魅力を損《そこ》なうことはなかった。他人から何かを奪うことはあっても、奪われることは決してない女なのだ。

化粧品《けしょうひん》の訪問販売、カラオケ店の雇われ店長、パーティーコンパニオン、健康食品や器具の販売員。怪しげなマルチ商法に関わっていたこともあるし、ばか高い健康食品をあつしの家族に売りつけようとしたこともある。彼女が生命保険会社に就職してから、あつしも家族も次々に新しい保険に入らされている。

――祥子ちゃんはもう、身内みたいなもんだから……。

身内同然だから、祥子の持ちこむ悶着《もんちゃく》を他人事《ひとごと》だと拒否できない。またか、とあきれながら、あきらめとともに、手助けするしかない。

色褪《いろあ》せた野心をいまだに胸に抱え、いつまでも本当の居場所を見つけられずにあがいている、誰よりもきれいで、哀れな、このはぐれ子を。

「ねえ、あつし、杏奈さんの不妊《ふにん》治療のためにこの家を出て、今後、おじさんやおじいちゃんの生活はどうするつもり？　これから、二人ともどんどん年をとっていくのに。あつしは長男だし、真面目《まじめ》だから、きっと将来、親と杏奈さんのあいだで板挟みになって苦しむと思う。私なら、そんな思いはさせない。この家でおじさんもおじいちゃんも面倒を見るし、店の手伝いもできるもの。ね……私なら、あつしを今よりもっとしあわせにしてあげられるよ」

あつしは目をつむった。

祥子の言葉は、なつかしいトワレの香りとともに、甘い毒のようにじわじわとあつしの心にしみこみ、理性や常識を麻痺《まひ》させていく。男を破滅させる爆弾のような女だとわかっていて、なお祥子をはねのけられないのは、彼女への同情や愛情ゆえではなかった。したたかで自信に満ちたこの女に、己の人生に反省のない女に、すべてを委《ゆだ》ねてしまいたいという願望が、三十二年間、一度も冒険も挑戦もしなかった自分のつまらぬ人生を覆《くつがえ》されてみたいという被虐《ひぎゃく》的な欲望が、あつしの中にはたしかにあるのだ。

十年一日のごとく変わらない蕎麦屋《そばや》の仕事。安定した生活。平凡な幸福。跡継ぎの長男という古くて重い枷《かせ》。

――そうだ、壊してしまってくれ、何もかも。

これまで築きあげてきたささやかな生活。平凡で、安全で、退屈で、ぼやけた世界。挑む前にあきらめ、行動する前に見切りをつけてきた過去。小心で、臆病で、曖昧《あいまい》な自分。そのすべてを、おまえの手で壊してくれ。家族というやわらかな鎖で俺をつなぐこの場所から、心地よいぬるま湯のようなこの地獄から、俺を連れ出し、破壊してくれ。

杏奈と祥子。自分が本当に求めているのはどちらの女なのか、あつしにはわからなくなる。一見、似ても似つかぬ二人だが、どちらも、自分の人生の手綱《たづな》を決して他人には渡さない人間だ。傷つくことを恐れない。捨てていくことをためらわない。変化することを怖がらない。

だから彼は祥子に惹《ひ》かれ、杏奈に惹かれたのだ。二人の女の、それぞれに異なる、しなやかな強さを愛したのだ。

「――雨音が、また強くなってきたね」

甘えるように、祥子があつしの背中に頭をこすりつける。

「こうしていると安心する。温かい……あつしの匂《にお》い……」

「祥子……俺は……」

「いいんだよ、あつしが迷うきもちはわかるから。すぐに決断できなくても、責めたりしない。それまで、私、いつまでもまてるもの。……杏奈さんは、たぶんしばらく帰らないよ。だからまだ……二人でこうしていようよ。一日じゅう、抱きあって過ごしたあのころみたいに」

ほら、と祥子は子供にいい聞かせるようにやさしくいった。

「まだ近くで、雷の音が聞こえるよ」

5 〈杏奈〉

「――私、五味田さんには本当に感謝してるの」

私はいった。

「初めは……正直いって、魔が差しただけだった。衝動的な浮気。いっときのあやまち。……でも、五味田さんがいなかったら、この場所がなかったら……私、たぶん、潰れていた」

祥子さんの存在。

子供ができない焦り。

どこにも自分の居場所をみつけられないという孤独感に耐えられず、もしかしたら今ごろ私は、あつしと別れる道を選んでいたかもしれない。

「雨宿り、だったんだろ。杏奈ちゃんにとって、この家は」

あつしと一緒にこの町を出ていくことを聞かされ、最初は驚いていた五味田さんだったけれど、説明を聞き、すぐに事情を呑《の》みこんでくれた。

私が本当はずっとそれを望んでいたこと、悩みながらもあつしを愛し、求めていたことを、五味田さんは知っていたんだろう。そう、粗暴で軽薄でちゃらんぽらんそうに見えて、本当はとても鋭いところのある人だから。

「手のかからない、真面目で働き者の嫁がまさか、外でこんな憂《う》さ晴らしをしてるなんて、家族の誰も思ってなかっただろうな」

「そう、だね……。だから、今は、すごい罪悪感」

一緒に不妊治療を開始しようといってくれたあつし。家族よりも祥子さんよりも私を選んでくれたあつし。あつしが私のためにそんな決断をしてくれるなんて、思ってもいなかった。

私は夫に愛されているのだ。彼に必要とされているのだ。それを知って、うれしさに涙がとまらなかった。それと同時に、彼のやさしさを裏切り続けていた自分の罪の深さに慄《おのの》いた。

「あつしを傷つけたくない。五味田さんとのこと、彼には絶対に知られちゃいけない……自分勝手なのは承知だけど、そう思ったの。だからもう、この関係は終わりにしないと」

「ふうん……ま、誰だってあるんじゃねえ？　墓場までもってく話の一つや二つ」

いつもと変わらない軽い口調に、私は微笑《ほほえ》んだ。

私がこの人に救われたと思うのは、こういうところだった。五味田さんは私の重荷を背負わない。私の悩みを解決しようとしない。私たちはどちらも同じくらいエゴイストで、逢《あ》っているあいだじゅう、たがいの身体《からだ》からたがいに好きなものを好き勝手にとりあって満足していた。そして、快楽に満たされた身体が渇《かわ》いた心をかろうじて癒《いや》してくれたから、私は今日までの日々を耐えてこられたのだ。

ふと窓の外を見る。いつのまにか雨があがり、灰色の雲のあいだから陽が差していた。

「あ……」

私はソファから立ちあがり、窓をあけた。

「虹……」

雨に濡れた青々とした山にかかる大きな七色の橋。

夢のようにきれいな光景だった。

「すごいよ、五味田さん。ほら、見て」

緑の香りをたっぷり含んだ風に吹かれながら、私は目を細める。

まるで、これから始まる私の新しい生活を祝福してくれているようだ。

「——あーあ、もう杏ちゃんには会えないのか……」

はしゃぐ私とうらはらに、五味田さんの表情はさえなかった。

「淋しくなる?」

「淋しくなるどころじゃないっしょ」

口調の軽さを裏切るようなまっすぐな視線で五味田さんは私をみつめた。

「かなり落ちこんでる。落ちこんでるっていうより、ショック? 失恋したみたいな気分」

「え……なんで……」

「なんでって、そりゃ、決まってるじゃん」

五味田さんが苦笑する。

「俺……杏ちゃんのこと……好きになっちゃったんだけど……」

「え……」

思いがけない言葉に、心臓が小さく弾んだ。

「何いってるの、五味田さん」

好き。彼の口からそんなストレートな言葉が出るとは思わなかった。だって、五味田さんが求めていたのは恋愛ではなかっただろうに。たがいの人生に干渉せず、寄りかからず、快楽だけでつながる気楽な関係。はずみで始まり、現実的な理由で終わる、はかない関係。彼の中に私への執着や未練があるとは思わなかった。

「なあ、杏ちゃん、旦那《だんな》と二人で家を出て、不妊治療を始めて、それで、ホントに全部が解決すんの？」

五味田さんはソファから立ちあがり、窓辺に立つ私にゆっくりと近づいてくる。

「五味田さん……」

「実家を出たって、例の元カノが旦那の前からいなくなるわけじゃないだろ」

「それは……そうだけど……」

「それに、杏ちゃん、治療のために、蕎麦屋の仕事セーブするつもりなんだろ。妻の目がなくなるんだから、今より元カノが旦那に接近するチャンスは増えるわけじゃん」

「そんなこと……あつしはそんな人じゃないよ。あつしは本当に誠実な人なんだから……」

五味田さんのいつにない剣幕に、私は怖気《おじけ》づく。

「それに、子供ができれば、さすがに祥子さんだって、もう……」

「治療したって子供ができるとは限らねえよ？　長いこと治療して子供ができなかった夫

婦、知ってるけどさ。時間もかかるし、金もかかる。それに、杏ちゃんが抜けるぶん、店は新しくバイトも雇わなきゃいけなくなるんだろ。新居代と治療費に加えて人件費もバカにならないんじゃねえの。あと、腰の悪いじいさんと舅《しゅうと》の世話はこの先どうすんの?」

「それは……」

「それは自分の仕事じゃない、って割り切れる? 今まで私をのけものにしてきたんだから自分たちだけで解決すればいい、って突き放せる? よそから来て、実家から旦那だけひき抜いて義理の親たちの面倒を見ない長男の嫁、って、こんな田舎じゃ鬼のように叩かれるぞ」

「……」

「そういうの、これから先、旦那も杏ちゃんも抱えていけんの。そこまでして、今の結婚、続ける覚悟があんの。この縁もゆかりもない田舎で、旦那とその家族につかまって、一生暮らしていく覚悟がさ」

　五味田さんが私を抱き寄せようと腕をのばす。

　私は反射的に身をよじり、その腕から逃れようとした。

「杏奈ちゃん」

「雨があがったから……」

　私はうろたえ、五味田さんから目をそらした。

「もう戻らなきゃ」

「一瞬の晴れ間だよ」

五味田さんは片手で窓ガラスを閉じた。

「またすぐ崩れる」

気づくと再び太陽は隠れ、墨色《すみ》の雲が空をおおい始めていた。

私は山のあいだの、ただぽっかりとひらいた空間に目を走らせる。

私の心を沸き立たせたあの虹は、まるでつかのまのまぼろしだったかのようだ。

引き寄せられ、抱きしめられる。五味田さんのたくましい両腕から、私は逃げられない。

それとも、本当は逃げるつもりなどなかったのだろうか？

「ん……」

馴染《なじ》んだ男の唇が、私のそれをいつにない情熱でおおった。

口中を激しく犯す舌を私は混乱と興奮とともに受け入れる。

ソファに押し倒され、湿ったジーンズを下着ごと乱暴にひき抜かれ、欲情を煽《あお》る卑猥《ひわい》な言葉をささやかれながら、私は必死に考える。——あつしとこの男。よそ者の男。身勝手で自己中心的できまぐれな男。夫を捨てて、自分を選べと誘う男。東京の男。

わからない。次の場所へと私を連れていくのは、夫ではなく、この男なのだろうか？

ここは私の終着地ではないのだろうか？

嵐の中のツーリング。通り過ぎていった異国の町々。捨ててきた町。これはまだ、あのころの長い旅の続きなのだろうか？

ぐっ、と男が入ってくる。激しく腰を打ちつけられる。乳房をつかまれ、揺さぶられる。

山を洗う激しい雨音。樹々を揺らす風。

やがて、すべてが遠ざかる。

私は目をつむり、何かの裁きのような雷鳴と閃光《せんこう》が徐々に近づいてくるのを感じながら、
私をのみこむ圧倒的な快楽の渦《うず》へ、思いきり自分じしんを投げ出した。

弁当妻

1

その日まで、津多《つた》にとって保ケ辺太朗《ほかべたろう》という男は、たんなる上司のひとりにすぎなかったのだ。

「——保ケ辺さんの弁当、いつも美味《おい》しそうですね」

オフィス近くの移動販売車で買ってきたテイクアウトのランチを手に、津多はいった。

隣に座った保ケ辺は、すでに市松《いちまつ》模様の包みをひらき、持参した弁当の蓋《ふた》をあけている。

「お。交換しよっか？」

「え？　いいんですか？　でも、僕のコレ、一番安いのり弁ですよ」

「いいよいいよ。おれはいつも食ってるから。君みたいな若手はもっと栄養つけないとなー」

津田の躊躇《ちゆうちよ》をとりあわず、保ケ辺はさっさと二つの弁当を取り替えた。

昼の一時半。

混雑のピークをやや過ぎ、中庭《パティオ》に面した明るい社員食堂の中には空席が目立ち始めている。

会社の一階にある食堂のホールは広く、無料のドリンクサーバーが充実しているため、昼食時になると、食堂を利用しない弁当組やテイクアウト組も三々五々集まってくる。

ピーク時の混雑を避け、遅めの休憩に入ることにしている津多は、同じく休憩後半組の保ケ辺とこうして昼を一緒にすることが少なくなかった。

「――美味《うま》いなあ。奥さん、料理上手で、保ケ辺さんは幸せですね」

しみじみと津多はいった。

世辞《せじ》ではなく、本心からの言葉だった。毎回、定食やテイクアウトを利用している津多とちがって、保ケ辺は必ず愛妻弁当を持参している。

きつね色の卵焼き、飴《あめ》色の餡《あん》をまとった肉団子、白身魚の一口揚げ、ほうれん草の白和《しらあ》え。隙間《すきま》を埋めるハムには繊細《せんさい》な花形の飾り切りがほどこされ、おかずの仕切りにはハランではなく、緑あざやかな大葉やフリルレタスが使われている。趣味のいい木製の弁当箱に彩《いろど》りよく詰められた弁当は、雑誌や料理本にそのまま載っていてもおかしくないほどだ。手料理に飢えている独身の津多には、高級フレンチなどよりもよほど貴重な手作り弁当である。

保ケ辺は交換したのり弁当を口に運ぶでもなく、彼の愛妻弁当に舌鼓《したつづみ》を打っている津多の姿をじっとみつめていたが、

「なあ、津多」

「はい」

「うちの妻とヤリたくないか？」

思わず、箸《はし》がとまった。

(——ちょっとまて。今、とんでもないことを聞いたような……)

頬《ほお》に血がのぼる。今のは相手のうっかりしたいいまちがいか、自分の馬鹿な聞きまちがいにちがいない。そうだ、そうにちがいない。あわてて保ケ辺を見ると、相手は今の発言への反応を観察するように、黒縁の眼鏡《めがね》の奥からまばたきもせずにこちらをみつめている。

上司のこの顔は知っている。

冗談をいっているわけではない。

津多は口の中のミニトマトをごくりと飲みこんだ。

「保ケ辺さん……あなた……な、何いってるんですか?」


保ケ辺の妻の朔子《のりこ》のことは知っている。

三か月前、家族同伴の社員旅行、ひとり参加だった津多は保ケ辺に誘われ、彼と朔子と三人で、昼の行動を共にしたからだ。

顔をあわせたのはそのときが初めてだったが、それ以前から、彼女のことを知ってはいた。保ケ辺さんの奥さん、すごい美人なんだよ、と同僚たちのあいだで、何度か彼女の話題がのぼったことがあったからだ。課内での飲み会のあと、酔った保ケ辺を彼女が車で迎えにきたことがあったらしい。とてもあのヌーボーとしたオタクの保ケ辺さんの奥さんとは思えない——と男の同僚たちは他人の伴侶《はんりょ》の話題でやたらと盛りあがっていた。

そうした事前知識があったにもかかわらず、旅行初日に「妻の朔子だ」と保ケ辺から彼女を紹介されたとき、津多はとっさに挨拶《あいさつ》を忘れるほど、驚いた。

彼女が話に聞いていたよりも、はるかに若く、はるかに綺麗《きれい》な女性だったからである。

「主人がいつもお世話になっています。朔子です。あの……今日はよろしくお願いします」

あっけにとられている津多にむかって、朔子は丁寧《ていねい》に頭をさげた。

澄んだやさしい声と、はにかんだような、あどけない笑顔が印象的だった。

子供のようにサラサラの黒髪。少女めいたほっそりとしたうなじ。

ガラス玉のような大きな瞳。それを守る長い睫毛《まつげ》。

陶器《とうき》のような肌は抜けるように白く、手足は少年のように華奢《きやしや》だった。清潔感のあるショートカットによく似合う、清楚《せいそ》なリネンのワンピース。のちに聞いた二十七歳という年齢は、津多よりも一つ上だったが、目元にも唇にもほとんど色をのせていない薄化粧《うすげしよう》のせいか、実際の年齢よりもゆうに五つは若く見えた。

旅行は天候にも恵まれ、名所や旧跡、土産物《みやげもの》屋などがふんだんにある場所だったので、津多は保ケ辺夫妻と楽しく一日半を過ごした。とはいえ、それをきっかけに、朔子と津多が特に親しくなったというわけでもない。最初の印象通り、朔子はひかえめな性格で、自分から話しかけてくることはあまりなく、会話はほとんど保ケ辺を介して行われたからだ。

美人で、可愛《かわい》らしく、上品で、楚々《そそ》とした風情《ふぜい》の、料理上手な年下妻。

保ケ辺朔子は、まさしく、世間一般の男が夢見る「理想の妻」そのものである。

「──ふーん、こののり弁、なかなかイケるな。この手のジャンクな食い物も、たまに食うと新鮮でいいもんだ」

保ケ辺はいった。

爆弾発言を口にしたあとは開き直ったのか、交換したのり弁当を健啖《けんたん》に食べ始めている。

いっぽう、とんでもない話をもちかけられた津多のほうは、もはや昼飯どころではない。

「朔子の料理は美味いんだが、太り気味の俺を気にして、カロリーや塩分を考慮《こうりよ》した健康志向のものでな。全体的に、野菜多めの薄味なんだ。ありがたくいただいているが、その反動で、時々、むやみやたらとこういう雑で大味なものが食いたくなってくる」

「はあ……そうですか」

「つまり、夫婦も料理も、問題はマンネリというところにあるわけだ」

「すごい強引に話をつないできましたね……」

保ケ辺の話はこうだった。

朔子との結婚生活は今年で八年目になる。新婚当初と変わらず、夫婦仲はいたっていい。早く子供がほしい、とおたがい強く思っているのも同じである。が、十年以上のつきあいで、夜の営《いとな》みに新鮮味が薄れ、倦怠期《けんたいき》に陥《おちい》りつつあるのも事実だった。

加えて、去年、他界した保ケ辺の父親の遺産に関する相続問題が親族間でひどく揉《も》め、そのストレスもあいまって、保ケ辺は男性機能に不調を抱えるようになり、夫婦はセックスレスになってしまった。主な原因は自分の側にあるのでなんとかしたい、と悩み、いろいろ試してみたものの、効果はなく、早く子供を、と思えば思うほど、気ばかりあせり、朔子を前にしてもいっこうその気になれない……。

「だから、奥さんが他人に抱かれているところを見れば興奮するんじゃないか、と……」

「うん」

（うん、じゃねえよ。なんだ、その突飛《とっぴ》な結論!?　どういう論理の飛躍だよ!!）

と友人なら怒鳴りつけるところだが、仮にも上司なのでそういうわけにもいかず、津多は内心の罵倒《ばとう》をぐっと喉元《のどもと》で呑《の》みこんだ。

「妻も津多なら許してくれると思うんだよね」

「なんで僕なんですか!?」

「うちの課で独身で彼女もいないのは君しかいないだろ？」

うっ、と津多はつまった。

その通りだった。若年層の恋愛離れ、未婚化、晩婚化が問題になっているにもかかわらず、津多の職場では彼以外の全員がパートナーを得ている。必然的に、合コンのたぐいの話なども起こらず、津多はもう一年以上、恋愛ごととは縁のない生活をしていた。

「あ、ごめん。怒った？」

「怒りませんよ……ちょっと傷つきましたが……」

「津多は五年つきあった彼女を友達にとられて、しかも二人が浮気をしている真っ最中の現場にうっかり踏み込んで修羅場《しゅらば》を経験しちゃったんだっけ」

「真っ最中じゃないですよ。前触れなしに彼女の部屋を訪ねたら、元友人がTシャツに短パン姿のくつろいだ格好で彼女のベッドに寝っ転がっていて、事情を問い詰めたら関係を白状したってだけで。漫画やドラマじゃないんですから、そうそうタイミングよくエロシーンに遭遇《そうぐう》しませんよ。……っていうか、その話もう忘れたいんですけど……」

「そのとき、どんな気分だったか教えてくれ」

「どんな、といわれましても……」

「興奮した？」

「しませんよ！」

津多は思わず声を荒げた。

近くの席の女性と目があい、あわてて声をひそめる。

「……まぁ、でも、浮気を疑って疑心暗鬼になってるときのほうがつらかったんで、浮気現場を発見したときは、謎が解けて妙にスッキリした気分でしたけど……」

もっとも、そんなふうに落ち着いて過去の自分を語れるのも、あれから一年以上という時間が経ったからだ。

心から信頼していた二人に一番手ひどい形で裏切られるという、当時の衝撃は大きかった。人間不信になり、精神的な不安定さから仕事のミスが続き、そのことでますます自己嫌悪感が強まり、食欲不振と不眠の症状に苦しめられ、酒量が増えた。

そこから元の自分と生活をとり戻すまでには、半年以上がかかった。

苦しみは時間とともに薄らいでいったが、完全に消えたわけではない。今でも、彼女の家の最寄《もよ》り駅を通りすぎるとき、彼女の好きだったテレビ番組にチャンネルを合わせたとき、当時の楽しかった思い出と裏切りの衝撃が同時によみがえり、胸の奥を鈍く痛ませる。

そんな経験から「彼女の浮気」がトラウマになった津多にとって、妻を他の男に寝取られてみたい、などという保ケ辺のアブノーマルな願望は、まったくもって理解不能だった。

「保ケ辺さんは、なんでその性癖《せいへき》に気がついたんですか」

津多の言葉に、保ケ辺は動かしていた箸をぴたりと止めた。

「三か月前の社員旅行で、昼に一緒にうなぎ屋に入った時のことを覚えているか」

「え？　──あ、はい、覚えてます。老夫婦が二人で切り盛りしてる……」

「あの時、津多の注文したうな卵丼だけがいつまでもこなかっただろ」

津多はうなずいた。

──そのうなぎ屋は情報収集好きの保ケ辺が事前に口コミで探し出してきた店だった。ガイドブックにも載っていない地元の穴場というふれこみ通り、昼時にもかかわらず、その日の客は津多たち三人だけ。そのぶん、接客も何もかもがスローテンポな店で、保ケ辺と朔子の頼んだうな重が来てからしばらく経っても、津多の注文した品が届かなかった。

「いくらなんでも遅すぎるだろう」

最初に不満の声をあげたのは保ケ辺だった。

「もう五分以上が経つぞ。うな重とうな卵丼でそんなに調理の手間が違うものか？」

「ひょっとして、注文、忘れているんじゃないかしら?」

「そうですね、聞いてみます」

高齢の女将《おかみ》を呼んで確認してみると、案《あん》の定《じょう》、津多の注文は忘れられていた。

「すみませんねえ、もう、うっかりしちゃって……」

ぺこぺこと頭をさげ、恐縮しながら厨房《ちゅうぼう》に入っていく老女の後ろ姿を見ながら、「やはり忘れていたか……」と保ケ辺は腕組みをし、顔をしかめた。

「まあ、口コミサイトのコメント欄《らん》にも、うなぎはどれも美味いが、出てくるのに時間がかかるとか、接客に少々難ありなどとは書いてあったんだが……うーむ、手抜かりだったな……最初の注文の際に、もう一度オーダーをしっかりくり返させておくべきだったか……」

「まあまあ。――僕に付き合わせてしまってすみません。お二人は先に食べてください。冷めてしまうと、せっかくの美味いうなぎがもったいないですから」

「気の毒だな。津多もずいぶん歩いて腹が減ってるだろう。あのようすじゃ、まだ出てくるのにしばらくかかりそうだぞ」

「そうですねえ……」

夕食までに旅館へ集まればいいという、フリープランの旅行である。高齢の店主たちを責めてまで急ぐ理由もない。空調のほどよく効いた店内は静かで快適だし、昭和初期に建てられたというレトロな建物は居心地がいい。あと十分かそこらまたされたところで、大した問題ではなかった。空腹の胃に、ホクホクとしたうなぎの味はいっそう美味く染み入ることだろう。

「今、ニワトリが卵を産んでいるところだと思って気長に待ちますよ」

津多は笑った。

そのとき、保ケ辺の横に座る朔子と、ふと目があった。

大きな目をかすかにみひらき、まじまじとこちらをみつめている。ふしぎな表情だった。まるで、今、初めて津多という人間に会ったとでもいうふうな。それまで、津多が話しかけると、恥ずかしそうに目を伏せて受け答えしていた相手がこんなふうにまっすぐ自分をみつめてくることに、津多は少なからず戸惑った。

「津多さん」

朔子は蓋《ふた》をしたままの重箱を彼にむかって差し出した。

「え……？」

「あの……私のうなぎ、良かったらどうぞ……」

――つまりは、それだけの話だったのだ。気配りの細やかな上司の妻が、注文を忘れられた気の毒な部下の男に自分の昼食を譲《ゆず》ったというだけの。

「接客はアレでしたが、評判通り美味いうなぎ屋でしたよね。奥さんが一生懸命勧めてくださるので、辞退しきれず、結局、うな重はあのまま図々《ずうずう》しく頂いちゃいましたが……」

そのときのことを思い返し、津多はいった。

「で……そのうなぎの話がいったい僕にどう関係が……」

「あのあと、旅館に戻って目茶苦茶《めちゃくちゃ》セックスした」

保ケ辺は潤んだ目で遠くをみつめながら、きっぱりといった。

「半年ぶりだったかなぁ……和風旅館に浴衣《ゆかた》に畳《たたみ》というシチュエーションの色っぽさも手伝って、新婚当時に戻ったみたいに燃えたもんだ。浴衣姿の朔子を目にして、自分でも驚くぐらい滾《たぎ》ったなぁ……あの夜は朝までに、何回、朔子の浴衣の帯を解いたことか……」

「……」

「何しろ、男嫌いの妻が自分からあんなことをいうと思わなくてなあ……君は知らないだろうが、朔子はあの通り、大人しいタイプだろう、これまで、男に強引にいい寄られて嫌な思いをした経験が少なくなくてな、俺以外の男には過剰《かじょう》なくらい警戒心が強いんだ。そんな朔子がなぜ自分からうな重を君に差し出したのか？　――たぶん、ささいなオーダーミス一つでブツブツ文句をいうような理屈屋で器《うつわ》の小さい夫と対照的に、誰のことも責めず、怒らず、のんびり笑って状況を受け入れるやさしい君に、新鮮なときめきを感じたんだろうな」

「と、ときめきなんて、そんな」

「いや、俺にはわかるんだよ。朔子のことなら、俺はなんでもわかるんだ。あの恥ずかしがり屋で奥手な朔子が君にうっすら好意を抱いている。真面目《まじめ》で潔癖《けっぺき》な朔子の心に、君への淡い思慕《しぼ》が生まれている。そう気づいて、恥ずかしそうに君と会話を交わしている朔子を見ていたら、こう、なんともいえない感覚が背中を這《は》いあがってきたんだ。高い崖《がけ》の上に立っているみたいにゾクゾクする……怖い……だが、どうしても下をのぞきこまずにはいられない……」

保ケ辺は恍惚とした表情で箸《はし》をぎゅっと握りしめた。

「おれの妻がおれの部下をひそかに好いている……あんなに可愛い朔子を前にしたら、当然、津多もその気になるだろう……もしも好意を抱き合った二人がおれの目を盗み、この旅館のどこかで抱きあっていたら……？　想像し始めると、むらむらと、どうしようもなく高ぶってきてなあ。たとえば、酔いと衝動にまかせ、旅館の庭の茂みの陰で激しいセックスをする朔子と津多……あるいは鍵《かぎ》のかかった個室風呂の湯船の中で、湯しぶきをあげながら交わる二人……あるいは真っ暗な空き部屋で……酔い潰れて寝たフリをした俺の横で……浴衣を乱し、声が漏《も》れないよう、帯で猿ぐつわをかまされている朔子……大きな目に涙をなじませながら津多に抱かれてる朔子……湯上がりのピンク色の肌に玉の汗を浮かべて……後ろから責められ、小ぶりな胸をふるふると揺らして……ハアアアッ、いいっ、今思い返してもたまらんっ！」

「ハイ、ごちそうさまでした」

残ったおかずを猛スピードでかきこみ、津多は空《から》になった弁当箱にむかって手をあわせた。

「さあ、午後も仕事をがんばろう。えーと、会議は第二会議室だったから……」

「待ってくれ、津多！」

「は、離してください、保ケ辺さん、人が見てるじゃないですか。っていうか、どう考えても昼休みに社員食堂で話す話題じゃないでしょう、コレ?!」

すがりついてくる上司の腕を津多は懸命にふりほどいた。

「だいたいそこまでの想像力があれば、僕が奥さんと寝る必要なくないですか!?」

「あれ以来してないんだ！」

「し、知りませんよ。夫婦の問題に僕を巻きこまないでください」

これ以上、相手をしていられない。津多は早足で食堂を出た。

「保ケ辺さん、しつこいですよ！　会議の準備があるんですから邪魔しないでくださいっ」

「大丈夫だ。準備なら休憩前に派遣の子にお願いしといたから、今はこの件についてじっくり話しあおう」

「なんでそう手回しがいいんですか!?　そういう用意周到なところが怖いんですけど！」

「なあ、津多。今の話、一度でいいから前向きに考えてくれないか」

「無理です」

「どうしても？」

「どうしてもです！　上司の奥さんと寝たなんてうちの両親が知ったら自殺します！　うちの家族は皆クソ真面目なんです！」

「うん、うん、そうだろうと思った。やはり君ほど信頼できる人間はいない！」

津多が常識を盾にふりきろうとしても、相手はその盾こそが必要なのだと執拗《しつよう》に食いついてくるのが厄介《やっかい》である。

何をいってもあきらめず、ひきさがらず、逆に津多のほうが反撃され、いいくるめられ、とうとう人気《ひとけ》のない廊下《ろうか》の隅にまで追いつめられてしまった。

「お願いだ……津多……」

「か、顔が怖いです、保ケ辺さん」

「恥を忍んでここまで話したんだから、助けると思って協力してくれ」

「そ、そんなことをいわれても」

「真面目な話、このままではいつまで経ってもわれわれには子供ができない。朔子もそのことで悩んでいるんだ。俺がその気になれないのは自分のせいじゃないのかと。そうじゃない、問題は朔子にあるんじゃない、そう証明するためにも津多の助けが必要なんだ。われら夫婦の危機を救えるのは君しかいないんだ！　この通りだ、たのむ！　津多くん!!」

「え、ええ――……」

十も年上の上司に手を合わせられ、頭をさげられ、津多は口ごもった。

――あなたって、本当にやさしい人だよね。

前の彼女の言葉が唐突《とうとつ》に頭に浮かんだ。

――穏やかで、寛大で、人に頼まれたらいやとはいえなくて。まるで怒るってことを知らないみたい。

それが誉め言葉ではなく、ある種の批判だったと気づいたのは、彼女と別れてからずいぶん経ってからだった。

そうだ、自分の意志を表明できないのはやさしさではない。たんなる押しの弱さではないか。そんな優柔不断さだから彼女にも見限られたのではないか？ いくら上司の頼みとはいえ、今回のことはあまりに非常識だ。怒るべきときには怒り、断るべきときには断らなくては。

津多は決意し、ごくんと唾《つば》を飲みこんだ。

「と……とりあえず……一度、お宅にうかがうだけなら……」

2

保ケ辺という男の社内での評価はさまざまだ。

仕事ぶりは堅実で、ミスも少なく、遅刻、欠勤はほとんどない。飲み会やイベント、社外でのつきあいにもマメに参加するほうなので、上からの評価は悪くないと聞いている。

いっぽう、女子社員の評判は、というと、こちらはあまり芳《かんば》しくないようだ。

「無表情でむっつりしていてなんだか怖い」「眼鏡《めがね》の奥の目がすわっていて、何を考えているのかわからない」「時々見せる、にやっとした笑顔がいやらしい」「オタクっぽい」

「キモい」「生理的にムリ」などと、相手が上司でも容赦《ようしゃ》がない。

同性の評価はこれとはまたちがい、趣味の広いところ、雑学が豊富なところ、マニアックな知識をもっているところ、普段は寡黙《かもく》だが、時々、会議などで思いがけない視点からの発言をするところなどが、「ちょっと変わっているが面白い人」という評価になって、一目置く人間も少なくなかった。妻が美人、ということも、彼への評価を底上げしている感は否《いな》めない。

（今思えば、女性たちの評価は正当だったんだな）

若くもイケメンでもない男にはずいぶん厳しい、とその時は思っていたが、彼女たちは女性特有の勘の鋭さで、保ケ辺の隠れた変態性に気づいていたのだろう。

パートナーを他の男に抱かせてみたい、などという倒錯《とうさく》した欲望を抱く男に対し、常識的な女性たちが拒否反応を見せるのは当然である。

（しかし、その変態行為につきあって、のこのこ休日を潰して出かけてくる僕も僕だ）

日曜日。

保ケ辺の執拗な誘いに押し切られる形で、津多は午後の遅い時間に彼の家を訪ねていった。

七月後半らしい晴天だった。学生たちはすでに夏休みに入っている時期である。

地下鉄の出口を出ると、駅前は人でにぎわっていた。下町らしい、雑多な喧騒《けんそう》の中に、アジア系、中東系、欧米系、とさまざまな外国人の姿が目立つ。道順はあらかじめメールで教えられていたが、迷うほどもなく目的の場所に辿《たど》りついた。保ケ辺の住まいは駅から歩いて五分ほど、桜まつりで有名な公園のすぐむかいにある、ひときわ目立つタワーマンションだった。

（すげえタワマン……五十階くらいはあるのか？　賃貸だって聞いたけど、家賃はそれなりにするんだろうな……そういえば、相続問題がどうこう言っていたし、保ケ辺さんってあんがい裕福な家の生まれなのかも）

約束の時間の五分前にエントランスへ入ると、Tシャツに短パンというラフな格好の保ケ辺がロビーで津多を出迎えた。

「よ、悪いな、休みの日に。駅から歩いて、暑かっただろう」

はあ、と額の汗をぬぐい、津多は小さく息を吐いた。乾いた冷房の風が心地よい。

「いいところにお住まいですね、保ケ辺さん。ホテルみたいなマンションですね」

まだ新しいマンションのロビーは、どこもかしこもピカピカしている。

壺庭《つぼにわ》風に配されたコンテナグリーン、人工の小川、真っ白な吹き抜けの天井、揃《そろ》いの制服に身を包んだコンシェルジェ。ワークスペースとカフェテラスを擁《よう》するロビーはウッディな造りで、庭に面した窓からは七月の明るい日射しがさんさんと室内に注いでいた。

「僕、北海道出身の田舎者《いなかもの》なんで、こういうタワーマンションって、入るだけで緊張しますよ……あ、そうだ」

広々とした共有部を見回していた津多は、手にした袋から土産《みやげ》をとり出して、

「北海道で思い出しました。これ、よかったらどうぞ。僕の地元のワインなんですけど」

「あ、これ、『アド街《まち》』で紹介してたやつだ。ありがとー」

全国的にはまださほど有名ではないが、地元では人気が高く、入手にそこそこ苦労する品である。情報通《つう》の保ケ辺はさすがによく知っていて、嬉しそうにワインを受けとった。

「それにしても豪華ですね……映画とかドラマに出てくるマンションみたいですねー」

「うちは低層階だから狭いけどなー。高層階には芸能人が住んでるんだぞー」

「おおー、すげー」

たわいもない会話を交わしながらエレベーターホールへむかう。

先にエレベーターに乗りこんだ保ケ辺が十七階のボタンを押したので、津多はちょっと驚いた。低層階というから、てっきり、四、五階あたりの住まいかと思っていたのだ。十七階が低層階なら、中古マンションの二階に住んでいる自分はなんなんだ、と思わず苦笑する。

しんとした内廊下を通り、小さなポーチのある部屋のドアを保ケ辺が開けた。

「お邪魔します」

「おう、入って、入って」

――初めての家に入るときは、いつも、ほんの少し無意識に身がまえてしまう。他人の家の玄関には日々の営《いとな》みから醸《かも》し出されるそれぞれの家庭の匂《にお》いが見えない境界のように漂っているものだ。食べ物の匂い。芳香剤の匂い。建材の匂い。タバコや酒や化粧品《けしょうひん》の匂い。

保ケ辺の家の匂いは、清潔感のあるアロマと花の香り、かすかな料理の匂いが交じりあった、家庭的で女らしいものだった。小さな玄関はよく整理され、シューズラックの扉代わりの全身鏡は指紋一つなく磨《みが》かれている。マリンランプ風の壁付き照明。アラベスク模様のシックなラグ。玄関正面に置かれた白のアンティーク風チェストには、素焼きの小さな鉢《はち》に植えられたアイビーと、名前の知らない、薄緑色のボンボンに似た花が形よく生けられていた。

（こういうの、おしゃれな花屋でよく見るよな……朔子さんって趣味がいいんだな）

マンションのゴージャスな外観に反し、家の中はこぢんまりとした造りだった。白いクロス貼りの壁には北欧風の明るい色調のパネルや絵が、壁をくり抜いた廊下の飾り棚《ニッチ》には、陶器《とうき》の猫の人形や、香水瓶《びん》、ガラス細工の置物、レトロな花模様の小さな缶などが飾られていた。

男の津多の目からはままごとの道具のようにも見える、こまごまと可愛《かわい》らしい雑貨のどれもが、きれいに埃《ほこり》を払われ、磨かれている。毎日の弁当を作るのと同じ丁寧《ていねい》な手つきで、彼女はこの家のすみずみにまで手をかけているのだろう、と、以前に会ったときの清楚《せいそ》なワンピース姿の朔子を思い浮かべながら、津多は思った。

「おしゃれなインテリアですね」

「朔子の趣味だよ。よく休日にアンティークショップとか雑貨店巡りとかしてるんだ」

「へえー」

「俺の趣味のフィギュアなんかは、寝室以外、飾らせてもらえないんだ。せっかくのナチュラルな雰囲気《ふんいき》が壊れるって。——おーい、朔子、津多くん、来たぞ」

ドアがひらくと、味噌汁の匂いがふわりと鼻をくすぐった。十五畳《じょう》ほどのリビングダイニングで、壁付けになっている奥のキッチンスペースに朔子がいた。

（うわ……可愛い……）

朔子は華奢《きゃしゃ》な体型によく似合う白のシャツワンピースに、明るいライムグリーンの縞模《しま》様が入った膝丈のエプロンをつけていた。以前と同じ、きれいに整えたショートカットで、薄化粧も相変わらず、今日は口紅すら塗っていないようだった。いかにも普段着らしい、くつろいだ姿、見慣れぬ他人の妻のエプロン姿に、免疫《めんえき》のない津多はひとりどぎまぎしてしまう。

「おひさしぶりです、奥さん。今日は、お邪魔します」

笑顔で頭をさげた津多に対する、相手の反応は意外なものだった。

ボウルを手にした朔子は、調理台にむかったまま、

「………こんにちは……」

横顔ばかりをちらりと見せ、つぶやくようにいうと、すぐにまた背中をむけてしまった。

無言でカチャカチャと菜箸《さいばし》を動かし始める。心なしか、細い両肩がこわばっている。

（あれ……）

津多は戸惑った。はにかんだ笑みをむけてくれた、以前の礼儀《れいぎ》正しい彼女とはまるでち

がう。冷ややかで、よそよそしく、とげとげしい態度だった。

（なんか……怒ってる……？）

「ははは、いやー、すまん、すまん」

保ケ辺が笑いながら津多の肩を叩いた。

「実は、例の件で喧嘩《けんか》になっちゃってさー」

「え……」

「喧嘩というより、俺が一方的に叱《しか》られただけなんだがな。――朔子いわく、あんな夫婦のプライベートな問題をぺらぺら他人に話すなんて無神経すぎる。だいたい自分は他の男性《ひと》とそんなことはできない、あなたは職場で部下にいったいなんて話をしてるんだ――と
……」

「そ、そりゃそうですすよ……！」

あらためて言われれば、一から十までその通りである。保ケ辺が非常識なのは言うまでもないが、それに従い、のこのこやってきた彼とて似たようなものだ。

朔子の冷たい態度も当然だった。あれは男たちの勝手な計画への明確な拒絶であり、軽蔑《けいべつ》でもあったのだ。津多はいったんひいた汗が再び背中にどっと噴き出してくるのを感じた。

「嫌がる君を説《と》き伏せて、とにかく家に来てもらう約束だけはとりつけた、と言ったら、またさんざん怒られてなー。若い人の貴重な休みに何をさせるんだと……」

保ケ辺の提案に、津多がさんざん抵抗したことは話してくれたようだ。相変わらずそっ

ぽをむいている朔子を見ながら、津多はわずかにそのことだけは安堵《あんど》した。

「朔子がそういうのなら仕方ない、と俺のほうが折れたんだ。――そういうわけだから、ま、仕方ない、今回の話はお流れということで。津多には無駄足を踏ませて悪かったな」

「い、いえ、そういうことなら。僕のほうは、かえって、ほっとしたくらいですから」

「というわけで、今日はメシだけ食ってってくれ」

「わ……」

二輪挿しの花を飾ったテーブルの上には、三人前の料理がすでにずらりと並んでいた。

「美味《おい》しそう……!」

「座って、座って」

保ケ辺に勧められるまま、津多は彼のむかいに腰をおろした。

まもなく、朔子がごはんと味噌汁の椀《わん》を運んでくる。

相変わらず、よそよそしい態度で、津多とは目をあわせようとしなかったが、台所と食卓は自分の領分、とばかりに、てきぱきと立ち働くところに生真面目《きまじめ》な性格がうかがえた。

普段の弁当作りから察せられる通り、朔子は和食が得意なようだった。白の角皿に盛られた刺身の盛り合わせ以外は、すべて手作りだという。

ごはんと味噌汁の他に、青葉を添えた厚揚げと大根の煮物。舞茸《まいたけ》の味噌炒《いた》め。鶏肉の山椒《さんしょう》煮《に》。鮭《さけ》と水菜のサラダ。柚子《ゆず》入りのハチミツをたらしたキウイフルーツのヨーグルトソースがけ。菊型の鮮やかなトルコブルーの豆皿には蓼《たで》や木の芽、茗荷《みょうが》といった、刺身用の薬味が美しく盛られ、各自の膳《ぜん》の横に置かれている。

（すごいな、店で食べる料理みたいだ……料理は目で食べるっていうけど、そうか、こういうセンスのいい器《うつわ》に盛ると、家の料理も美味《うま》そうに見えるんだなー）

その手のことには詳しくない津多にも、サラダには涼し気な青磁《せいじ》の丸皿、肉料理には大胆《だいたん》な彩色のあるおおぶりな素焼きの皿、といったふうに、それぞれの料理がひきたつよう、一つ一つの器がコーディネートされていることはわかった。ガラスの箸置きや白磁《はくじ》の花器も目にさわやかである。朔子はインテリア好きだというから、食器集めの趣味もあるのかもしれない。

「腹減ってるだろ。たっぷり作ったから、好きなだけ食べてくれ」

「はい、遠慮《えんりょ》なく」

その言葉通り、津多はしばし目の前の料理を味わうことに没頭《ぼっとう》した。食べることに集中していれば、隣に座る朔子とのあいだに流れている、微妙にぎこちない空気を忘れることができたからである。料理はどれも美味く、家庭料理に飢えている津多にとっては至福の味だった。煮物は薄味の上品な味付けで、嚙《か》みしめると、山椒の辛《から》みが口の中でさわやかに弾けた。

「美味い……」

思わずつぶやくと、「朔子の得意料理なんだよ、それ」と保ケ辺がうなずいた。

「やっぱり夏は辛いのがいいよなー。これ食べると、ビールがほしくなるんだよ」

「わかります。それと、この大根、味がしみててめちゃくちゃ柔らかいですね」

「あー、それ、昨日の夜から作っといたやつだから」

「ごはんがいくらでも進みますよ。あと、こっちの刺身も美味いです」

「あ……それ、駅前の魚屋さんのなんです」

朔子がいった。

「マグロのサク売りで有名なお店で……夕方にはいつも行列ができてるんですよ」

「あ、そうなんですか」

津多は惜しみなく料理をほめ、ごはん茶碗《ちゃわん》を三回空《から》にした。箸が進むにつれて会話もはずみ、場の雰囲気はうちとけた、和《なご》やかなものになっていく。かたくなだった朔子の態度も徐々にほぐれ、ぽつぽつと会話に参加するようになっていった。「津多さん、おかわり、どうですか?」と朔子に笑みを向けられたとき、津多は心からほっとした。

同時に、今さらながらの罪悪感がチクリと胸を刺す。

──保ケ辺は朔子が男性に対して相当警戒心が強い、といっていた。だとすれば、夫の部下の男が自分の身体《からだ》をめあてに訪ねてくる、と聞いたとき、朔子は怒りよりも驚きよりも、まず恐怖に近い感情を覚えたのではないか。

夫がそばにいるとはいえ、自分に対して生々しい欲望を抱く男と対峙《たいじ》しなければいけないなど、それを望まない女性にとっては恐怖と苦痛以外のなにものでもないだろう。腕力でまさる異性からの性的な視線に一方的にさらされること、セックスの願望をあからさまにされることは、非力な女性にしたら精神的な暴力を受けるのにもひとしいはずだ。

（保ケ辺さんがいうように、もしも朔子さんが僕にいくらか好感を抱いてくれていたなら……あんな提案を承諾《しょうだく》した僕によけいに失望しただろうし、男性不信の気持ちも強まっただろうな……しょせん、そこらのスケべな男たちと同じように、ゲスな下心を隠していたのか、と）

さいわい、津多がそうした露骨な態度に出なかったので、朔子も警戒心を解いてくれた。美味そうに料理を味わう津多を見て、彼が上司である夫の頼みを断り切れずに訪問の義務だけを果たしに来た、と理解してくれたのだろう。保ケ辺の非常識な提案に乗り、図々《ずうずう》しくがっついたマネをしなくてよかった、とつくづく思う津多であった。

「――津多さん、今日はごめんなさい」

料理の残りが三分の一ほどになったころ、朔子がいった。

「え……」

「あの……太朗さ……いえ、夫が、今回、津多さんにおかしなことをお願いして……」

朔子はほんのり頰《ほお》を染め、いいにくそうに声をひそめた。

「びっくりしたでしょう。この人、人畜無害《じんちくむがい》そうな顔してるのに時々とんでもないことをいうところがあるから……」

「あはは……そ、そうですね……」

人畜無害に見えるかはともかく、部下に〝寝取られ願望〟を打ち明ける上司がとんでもないのは事実である。ため息をついている朔子の隣で保ケ辺は平然としている。

「残念だ……」

「もう……まだいってる。津多さん、気にしなくていいですからね」

朔子は困ったように保ケ辺をにらみ、津多へ笑みをむけた。

世話のやける身内をたしなめる姉のような、母のような、包容力のあるものいいだった。十歳近くの歳《とし》の差があっても、家庭内での立場は単純にそれに比例するものではないらしい。

保ケ辺と朔子。あらためて見ると、年齢も、性格も、雰囲気《ふんいき》も、およそ似たところのない夫婦である。趣味もちがうだろうし、年齢の差から考えて、学校や職場関係で知り合ったとも考えづらかった。いったいどんなきっかけでこの二人は結婚にいたったんだろうか？

「奥さんは、保ケ辺さんのどこに惚《ほ》れたんです？」

そんな問いが自然と口をついて出た。

「ふむふむ、君のいいたいことはよくわかるぞ。つまり、なぜこんな冴えない男にこんな綺麗《きれい》な奥さんがいるのか、と……」

「そ、そんないい方してないじゃないですか」

「どうだ、朔子」

夫にうながされた朔子は、

「えーと……なんでだったかな……」

ごまかすように笑った。

「ちょっと……忘れちゃいました」

「朔子は俺がバイトしてた個別指導塾の生徒だったんだ」

「へえ……」

思いがけない話だった。

「じゃあ、最初は先生と生徒さんだったんですね」

「うむ。個人教授というやつだ。朔子は当時、中学生でな。当時も今のようにショートカットで、短い白ソックスにさわやかなセーラー服がよく似合って……それはそれは可愛かった」

「も、もう……恥ずかしいから、やめて」

「塾講と生徒って仲良くなること多いですよね。学校の先生よりも歳が近くて気安いですし。僕も、北海道時代に通っていた塾で、今でも年賀状のやりとりしてる先生いますよ」

「あら……」と朔子が顔をほころばせた。

「今も交流が続いているなんて、いいですね」

「ええ。先生も今は東京《こっち》に出てきてるので、就職したときに飲みにいったりもして。気さくで、授業も面白くて、みんなのお兄さんみたいな、すごく人気のある先生だったんですよ」

「俺はその中でもキモイと評判で全然人気のない講師だったがな」

「もう、またそういう自虐《じぎゃく》を……」

（想像できるな……）

むっつりと無表情にテキストを読み進める若き日の保ケ辺を思い浮かべると、少なくとも中高生が「お兄さん」と慕《した》いたくなるタイプでなかっただろうことはわかる。

「で、でも、少なくとも、保ケ辺さん、奥さんのタイプではあったんですよね」

「津多よ……」

黙ってうつむいている朔子に代わり、保ケ辺がいった。

「オランウータンの大人のオスには二種類のタイプがあってだな」

「え!?　——は、はい」

いきなりの話題転換に津多は戸惑った。

（なんでいきなりオランウータン？）

「体が大きく、頰の肉が肥大《ひだい》した多摩《たま》動物公園のボルネオくんのようなオスはメスにモテるが、小型で頰の肉が発達していないオスは全然モテないのだ」

「はあ……」

「そんなモテないオスがメスをゲットするには、どうすればいいと思う？」

「えーと、そうですね……食べ物をプレゼントするとか……？」

「フッフッ、そんな大人しい方法が通じるほど、野性の世界は甘くはないんだよ、津多くん。なにせ、交尾を成功させること、種を残そうとすることはオスの本能だからな」

「た、種を残すって……」

「オランウータンのオスの腕力は三百キロ以上あるといわれている。まあ、オスが本気になったら抗《あらが》えるものではない。そして、進化したとはいえ、人間もまた獣の一種ではあるな……」

津多は目をみひらいた。

「やめて……本当にやめて……」

津多から顔をそむける朔子のおもてが見る見るうちに赤くなっていく。

交尾。オスの本能。圧倒的な腕力の差。メスが逆らえるものではない。

そして、それは人間も同じ……。

「え……ま、まさか……保ケ辺さん、あなた……まさか、当時、中学生の奥さんを……」

津多は自分の顔からサーッと血の気がひいていくのを感じた。

「ムリヤリヤっちゃったんですか!?」

「ヤってません!!」

朔子が真っ赤になって声をあげた。

「そんなわけないでしょ！　もうっ、太朗さん、あなたが変な事いうからっ……！」

「はっはっは。どうだ、津多は可愛いやつだろう」

平然と笑っている保ケ辺を見て、津多は自分がからかわれていることにようやく気づいた。

「〰〰保ケ辺さん〰〰！」

「君は本当に素直だな。人が良すぎて少々心配になるほどだ」

「じゃあ、力ずくで奥さんを自分のものにしたわけじゃないんですね!?」

「当たり前だ。中学生相手にそんなことをしたら手が後ろに回ってる」

　それは相手が中学生でなくてもそうである。

「オランウータンの例を出したのは、彼らの知能が高いことで有名だからだよ。必ずしも力の強いオスだけが勝者になれるというわけではない。俺も身体的魅力や腕力ではなく、知能的な手段を使って、朔子を恋人にすることに成功したんだ」

「と、いいますと……」

「〝つきあってくれないと橋から飛び降りて死ぬ〟といって、朔子の目の前で欄干《らんかん》にのぼって脅迫《きょうはく》したんだ」

「最悪じゃないですか……」

　どこが知能的なのだ、と津多は得意げな顔をしている目の前の上司を心置きなく軽蔑《けいべつ》した。命を盾に女子中学生に交際をせまる二十代半ばの男。想像するだけで嫌すぎる。

「――というわけで、まぁ、雑談はこれくらいにして」

　箸《はし》をそろえ、保ケ辺はいった。

「二人とも、ちょっと手をつないでくれないか」

「はい!?」

脈絡のない保ケ辺の提案に、津多はぎょっとしてのけぞった。

「な、何をいいだすんですか、保ケ辺さん」

「いやいや、手をにぎるぐらい大したことないだろう？　せっかく場も和《なご》んだことだしな……一種のスキンシップということで。握手なんて、ホラ、たんなる挨拶《あいさつ》にすぎないじゃないか」

「いや、この流れで握手をするのは不自然でしょう、どう考えても!?」

「まあ、いいから、いいから。とりあえずやってみよう。いいだろう、減るものでなし」

「保ケ辺さんっ……」

「上司の俺がいいといってるんだから、君は何も心配することはないんだよ、津多くん」

口調は冷静だが、呼吸が荒い。眼鏡《めがね》の奥の目が妖《あや》しくきらりと光っている。

（こ、この人……まだ例の件をあきらめていなかったのか……！）

3

「あなた……！」

朔子が頬を染め、抗議の声をあげる。

「大丈夫、大丈夫。そういうんじゃないから」

「だって……！」

「手をつなぐだけ。手をつなぐだけだから！　ちょっとした実験みたいなものだから。それくらい朔子も良いじゃないか。なあ津多も？」

「えっ、僕？」

「君は朔子と手をつなぐのは嫌か？」

ストレートに聞かれ、

「い、嫌なわけないじゃないですか」

思わず正直に答えてしまう。

「えっ」と朔子が驚いたように大きな目をみひらく。

「嫌じゃないんですか……？」

（当たり前です。嫌どころか、うれしいに決まっています）

つい、口から出そうになった本音を、津多は急いで呑《の》み込んだ。

朔子はあくまで「おひとよしの部下が強引な上司につきあわされた結果ここにいる」とだけ理解しているのだ。津多の中に異性としての朔子への興味があることを彼女に悟られたら、再び、怯《おび》えさせ、警戒させてしまうだろう。

「ぼ、僕は、嫌じゃありません。あくまで、奥さんが嫌じゃなければ、ですが……」

「わ、私は……」

朔子は困惑したように津多と保ケ辺を交互にみつめていたが、しばらく思案するように黙りこんだあと、つぶやくような声でいった。

「——握手くらいなら……」

津多は内心ほっとした。

朔子の拒絶で、せっかく親しくなった雰囲気《ふんいき》が再び壊れてしまうのが怖かった。

(僕がリードするべきだよな……いつまでも、お互いもじもじしていても気まずいだけだし)

津多は朔子に近いほうの手をテーブルの上に置いた。

「じゃあ、奥さんのタイミングで……」

「あ……はい……」

朔子は少し驚いたように津多を見て、所在なさげに両手を胸の前で合わせた。

譲歩《じょうほ》したものの、実際の行動へ移すにはもう一つハードルを乗り越える必要があるようだ。朔子の白い頬がピンク色に染まっていくのを見ながら、津多は自分の鼓動もしだいに大きくなっていくのを感じた。手が触れるくらいで、何をドキドキしているんだ、それこそ中学生でもあるまいし——そう思うものの、胸が高まるのはどうしようもない。

やがて、決心がついたのか、朔子が小さく息を吐き、手をほどいた。

近づいてきた手がそっと津多のそれに重なり、きゅっ、と軽く握るように力をこめる。

次の瞬間、津多も朔子も同時にパッと手を離した。

手が離れた後も、胸のドキドキはいっそう大きくなっていた。

「うん……うん。うんうんうんうん」

面接官のように肘をついて両手を組み、一部始終をみつめていた保ケ辺がつぶやいた。

「なるほど……今少し、ムカッとした……」

「すみません！」

「もうっ……だからこんなこともうやめ……！」

「次」

朔子の言葉を遮《さえぎ》るように、保ケ辺が語調を強める。

「今度は、恋人つなぎで」

下げていた頭を上げると、困り顔の朔子と目があった。

どうやら保ケ辺の要求通りにしなければ、この場はおさまりそうにないようだった。

今度は先ほどのような躊躇《ちゆうちよ》はなかった。朔子の手が津多の手を握る。

細い指がゆっくりと彼の指の股にすべりこみ、どちらともなく指をからめあった。

「こ、こう？」

「うん」

頰を染め、手を握りながら互いに視線をそらしている津多と朔子を保ケ辺は身じろぎもせずに凝視している。

「うん」

——保ケ辺の要求はそれ以上エスカレートすることなく、津多はそれから十五分ほどで彼の家を後にした。

というよりも、追い出されたといったほうがいいかもしれない。

朔子と手を離してすぐに「まあ、あんまり津多を遅くまでひきとめてもアレだからな」とかなんとか保ケ辺が唐突《とうとつ》にいいだし、リビングのドアを開けられ、戸惑うひまもなく玄関へ送られ、気づくと廊下《ろうか》に立っていた。

「すまんな、下まで送っていけなくて」

「あ、いえ、大丈夫です」

「帰り方、わかるよな。右行って左行って右行ったら下行けるから」

「え、右？　すみません、もう一度……」

「じゃあな！　また明日！」

勢いよくドアを閉じられる。

津多はあっけにとられてその場に立ちつくした。

津多を追い出し、一刻も早く朔子と二人きりになって、ナニをしたいかは明らかだった。

（あんなワクワクした感じの保ケ辺さんは初めて見たな……）

津多は一つ息を吐き、頭をかいた。迷いながら廊下を進み、エレベーターに乗る。

誰もいない箱の中で、津多の目は自然と自分の手にむかった。

ほんの数分前に触れた、その人のほっそりした白い指の感触を思い返す。

(手。冷たくて、柔らかかったな……)

外に出ると、むっとする暑気に包まれた。マンション前の公園には、まだ多くの家族連れがたむろしている。遊具を楽しむ子供たちの姿。笑い声。目の前の健全な光景と、数分前まで自分が身を置いていたインモラルな状況とのギャップにしばし頭がついていかず、津多はぼんやりしたまま人の流れに足並みをあわせ、駅への道を歩き始めた。

灯《ひ》ともし刻《どき》、繁華街のネオンが青みがかった闇の中に浮かびあがり、町は昼間とは違う顔を見せ始めていた。太腿《ふともも》も露わなミニスカート姿の女たちが外国なまりで呼び込みをしている。〝人妻専門〟と銘打《めいう》たれた風俗店の看板写真に、エプロン姿の朔子が重なった。

(きっとまた、〝あのあと目茶苦茶《めちゃくちゃ》セックスした〟——っていうんだろうな)

——手をつないだ津多と朔子を貪《むさぼ》るようにみつめていた保ケ辺。

怒りと興奮とが複雑に入り混じったあの表情。

愛する女性の身体《からだ》が他の男に触れられることが、保ケ辺にとってはたしかに欲情の起爆剤になるらしい。

いっぽう、津多にとって、それはどう変換しても、快楽や欲情の手段にはなりえないものだった。モラルや常識の問題ではなく、どこをどう探しても、彼の中にそうしたアブノーマルな嗜好《しこう》の根付く素地がないのだ。恋人が他の男と寝ている場面を想像すると、興奮どころか、激しい拒否反応で欲望のスイッチがいっさい断ち切られる感覚にすら陥《おちい》る。

(そりゃそうだ——僕がそんなシチュエーションを楽しめる人間だったら、前の彼女の裏

切りに、あんなに傷つくこともなかっただろう）

人込みの中を歩きながら、彼の恋人を奪っていった友人のことが自然と思い出された。普段はつとめて避けようとしていた記憶だが、保ケ辺の家での異常なできごとでまだ感覚の一部がマヒしているのか、思い出しても、これまでのような痛みは覚えなかった。

——ごめん……津多、ごめん……。

うなだれ、かすれた声で謝意をくり返した友人は、津多にとっては大学入学当時からの、十年来の親友だった。慣れ親しんだ目の前の友人の顔と、親友の恋人にこっそり手を出した卑怯《ひきょう》な男の姿とがどうしてもうまく結びつかず、津多は怒るよりも混乱し、傷つき、途方に暮れた。恋人を寝取られた場面に遭遇《そうぐう》したからといって、誰もがドラマチックに激高したり、殴《なぐ》り合ったりできるわけではない。通り魔に遭《あ》った人間のように、津多はいきなり切りつけられ、血を流している自分の傷口を他人のそれのようにぼうぜんとみつめることしかできなかった。

けじめをつけなければいけないという生真面目《きまじめ》な義務感から、後日、男二人は向かい合った。駅前の喫茶店。ぽつぽつと交わされる会話。友人のすすり泣き。すべてが茶番じみて、むなしく、みじめだったが、津多は辛抱《しんぼう》強くその時間に耐えた。観客がいなくても、すべてのセリフをいい終えなければ舞台を降りられない役者のように、津多も、友人も、疲れきった顔で、ぎこちなく、ありふれた三角関係の終幕を演じていた。

——俺のほうが好きになっちゃったんだ……。

——いつから……？

今さら、そんなことを知ったところでなんの意味もない。わかっていながらも、津多は尋ねずにはいられなかった。

——初めて会ったとき……。

答えを聞いてしまったから、思い出さずにはいられなくなった。三人で出かけたドライブ。河原での水遊び、バーベキュー。彼の家で朝まで飲み、三人でゴロ寝をしたいくつもの夜。

それらのどこから裏切りは始まっていたのか？

彼女は友人の視線にいつ気づいたのか？

最初にたがいの手が触れ合ったのはいつだったのか？

セックスは？

彼らと過ごした五年間、そのすべてが津多の中で疑惑と嘘にまみれていった。泥中《でいちゅう》に落ちたアルバムを開くように、今ではあのころの思い出のすべてが汚れ、友人の笑顔も、彼女の愛の言葉も、やさしい記憶も、二度と綺麗《きれい》なままふり返ることはできない。

（僕は奪われるつらさを知っている）

津多は朔子に触れた手のひらをみつめた。

彼女に惹《ひ》かれている自覚はある。そのことには初めて会ったときから気づいていた。清潔感のある容姿も、生真面目な性格も、専業主婦として家を守り、夫を支える、というやや古風な価値観を凜《りん》として全《まっと》うしているさまも、すべてが好ましく、津多の理想だった。

だが、そのために、男の女のよじれた関係の中に、再び足を踏み入れるのはごめんだった。たとえ、夫の保ケ辺がそれを容認していたとしても。

(そんな非常識な関係はきっといつか破綻《はたん》する。それなら、最初から始めるべきじゃない……そうだ、僕は小心《しょうしん》で、保守的《ほしゅてき》で、つまらない、平凡な男だ。そんな背徳感を楽しめる奔放《ほんぽう》な種類の人間じゃない)

津多は大きく一つ息を吐くと、指に残るその人の感触をふりきるように、早足で町の雑踏を後にした。

4

翌日の出社はいささか憂鬱《ゆううつ》だった。

いったいどんな顔で保ケ辺を接すればいいのか——津多は気を揉《も》みながら朝の業務にかかっていたが、少し遅れて出社してきた相手は、

「おう、おはよう、津多」

驚くほど平素通りの態度で声をかけてきて、彼を拍子抜けさせた。

書類の作成の続きにかかり、そのあいまに他部署からの問い合わせの電話に応じる、いつも通りの仕事の流れの中で、津多の意識もいつしか昨日のできごとから離れていった。

昼になり、弁当を買いに出ようと席を立った津多を、保ケ辺が呼び止めた。

今日は、津多のぶんの弁当を朔子に持たされてきたという。

社員食堂に移り、保ケ辺の隣に座った津多は、渡された弁当の蓋《ふた》をあけて、目をみはった。

「うわー……すごい……」

いつもにも増して豪華な中身だった。俵《たわら》型に握られた二種類のおにぎり。卵焼き。大葉をはさんだ鶏肉の揚げ物。海老《えび》とウズラの卵のピンチョス。三種類の野菜スティック。フルーツはピオーネとオレンジで、小さな食用菊がおかずのすきまを綺麗に埋めている。

「朔子からのお詫《わ》びだそうだ」

ふと見ると、保ケ辺の弁当のおかずは唐揚げや和《あ》え物で、津多とは中味が違っている。保ケ辺の弁当のついでではなく、朔子は津多のために、わざわざ新しい弁当をもう一つこしらえてくれたのだ。

「昨日はすまなかったな」

「あ、いえ……」

そういう保ケ辺の顔は妙につやつやとしていて、血色がいい。満足できる、充実した夜を過ごしたようである。津多は保ケ辺から目をそらし、そのことには触れず、箸《はし》をとった。

「美味《おい》しい……」

自分のためだけに作られた手作り弁当を食べるのは何年ぶりだろうか。上品な味ととももに、朔子のやさしさが心にしみて、ジンとする。

「わあー、津多さんのお弁当、すごいですねえ」

通りかかった同じ課の女性グループが好奇心いっぱいの視線を向けながらテーブルを過ぎていった。「津多さん、彼女さんいるんだねー」「お料理上手だねー」という小声のおしゃべりが聞こえ、津多はあせるのと同時、うれしいような、くすぐったいような心地を味わった。

「津多は会社の女の子には興味がないのか？」

「え？」

津多は顔をあげた。

「そうですね、今のところは……」

「そうか～。津多に彼女ができたら楽しみだな～～」

「ちょっと！　何考えてるんですか!?」

津多はぎょっとして腰を浮かしかけた。

この変態上司なら、「津多の彼女とうちの妻の四人で相手交換《スワッピング》しよう」などと、とんでもないことでもいい出しかねない。

「朔子がな」

あせる津多を尻目に、保ケ辺はゆうゆうと箸を動かしている。

「津多となら、いい、と……」

「え……」

津多は一瞬、いわれた言葉が理解できなかった。津多となら、いい――

「えっ!!」

「朔子さ、君のこと、本当にいい人だっていってたぞ」

「あ、あの……」

「それでさ……今週末とか……また、どう……?」

いつのまにか、保ケ辺の声はあたりを憚《はばか》るように小さくなっている。

自分とならいい、とあの潔癖《けっぺき》な朔子がいった――手を触れ合った津多に対し、彼女も嫌悪ではなく好意を抱いてくれたのかと思うと、愚かしくも胸がはずみ、浮き足立ちそうになった。

とっさにうなずきかけた津多の胸に、しかし、昨日の帰り道での決意がよみがえる。

「……いや……やめときます……」

「えっ」

津多の答えは、保ケ辺には予想外のようだった。

「うちの妻じゃイマイチということか……?」

「ち、ちがいますよ。そういうんじゃないんですけど」

「じゃあなんで?」

「それは……」

津多は言葉に詰まった。

(もし奥さんが僕のことを好きになっちゃったらどうするんですか?)

——などと図々《ずうずう》しいことを、さすがに当の上司にいえるわけがない。

「あのー、今週は母のいとこの夫のお母さんの一周忌《いっしゅうき》がありまして」

津多は苦しまぎれの口実をひねり出した。

「じゃあ再来週は?」

「さ、再来週は……えーと、父の兄のはとこの娘の四十九日が……」

「津多はさ」

「は……」

「風俗行ったこと、あるか?」

「いや……ないっす……」

「なんで?」

「なんでっていわれると……うーん……」

唐突《とうとつ》な質問に、津多は答えあぐねた。なぜ急にそんなこと聞くのだろう。

(もしかして、風俗を利用するのと同じように、例の件も軽く考えて楽しめっていいたいのか……? でも、僕は金を払って女性を好きにする行為自体、抵抗感があるんだよな……そもそも、見ず知らずの相手とそんなことをしたいなんて思わないし……あ! そ、そうだ!)

「それはですね、保ケ辺さん！　僕は恋人とだけそういうことをしたい、常識人のカタブツの実につまらないクソ真面目《まじめ》野郎だからです！」

「そうかー」

納得したようにうなずく保ケ辺を見て、津多はほっとした。

――そうだ。これでいい。一度はその場の勢いで押し切られたが、やはり自分は保ケ辺の要望に応えることはできないのだから。このまま誘いを拒否し続けていれば、保ケ辺もいずれはあきらめるだろう。そうなれば夫婦のセックスレス解消のために、他の――たとえば、医療的アプローチその他のまっとうな方法を探さざるをえないはずだ。

おかしな経験をしたが、誰を傷つける結果にもならなかったのはさいわいだった。

彼は上司の妻にすばらしい料理を馳走《ちそう》になり、その礼のきもちから握手をしただけ……。

そう、それだけのことだったのだ。今後、朔子と会うことがあっても、気まずくなる必要はない。お互い、やましいことは何もしていないのだから。

揚げ物を口に運び、津多はその味をじっくりと嚙《か》みしめた。

美味《うま》かった。彼女は料理の味までが津多の理想通りなのだ。

（残念だけど、朔子さんの手作り料理を食べるのも、これが最後になるだろうな……）

――しかし。

「ほ、本当にいいんですか……?」

腕の中の朔子に、津多は何度目かの問いかけをした。

朔子は目をそらしながら、赤い顔で小さくうなずいた。

「ど、どうぞ……」

日曜日。

津多は再び、保ケ辺の家のリビングにいた。

九時を過ぎたころ、まだ寝起きの姿でゴロゴロしていた津多のもとへ電話がかかってきた。保ケ辺からだった。もしも例の法事の予定を変えられるようだったら、やはりちょっと出て来られないか、という誘いだった。実は今日、津多がこられないことを朔子に言い出せないままでいたため、朔子がはりきって大量の料理を作ってしまった、二人ではとても食べきれない、朔子は君の好きそうな食事を数日前から考え、用意してまっていたんだ——と。

「津多はこないかもしれない、っていったら、動揺《どうよう》してさ。このあいだのことで、きみに嫌われたんじゃないかって、朔子は気にしてるんだよな」

それが保ケ辺の作戦であることも、法事の話が断る口実であることを見抜かれていたこともわかっていた。たぶん、弁の立つ保ケ辺は朔子にも同じようなことをいって、津多の再訪をうまいこと納得させたのだろう。保ケ辺の思惑はわかっていて、それでも津多は断れなかった。

もしかしたら保ケ辺のいうことは本当で、朔子が真実、津多をまっていたら？　――そう恐れたからだった。

（そうだ……僕が来たのは朔子さんが心配だったからだ。断じて性欲に負けたわけじゃない）

自分にいい聞かせ、津多はふたたび保ケ辺の家の、あの豪華なタワーマンションのインターフォンを鳴らしたのである。

部屋を訪れると、ダイニングテーブルには先日と同じように手の込んだ料理が並んでいた。

茗荷とわかめときゅうりの酢の物。セロリと烏賊《いか》とじゃこの梅酢サラダ。海老《えび》とそら豆の炒《いた》め物。白身魚の天ぷら。前回、津多が絶賛した鶏肉の山椒煮《さんしょうに》もあった。

食事は前回とはちがった緊張感の中で進んだ。美味いにちがいない料理の味が今日の津多にはほとんどわからなかった。箸を置いたあとに何が起こるか、予想がついたからだった。

――案《あん》の定《じょう》、食事が終わると、保ケ辺は、シンクへ食器を運ぼうとする朔子を呼び戻し、

「それじゃ……そろそろ、始めようか。ふたりとも。例のアレ……」

ふたりを順番にながめ、当然のようにいった。

「ほ、保ケ辺さん、あの……」

「そうだな、ふたりとも、今日は立ってみようか。せっかくだから、このあいだより、も

うちょっと先に進んでみてもいいと思うんだよね。座ってるとお互い近づきにくいしさ……いや、ちがう、津多、そこだとソファが邪魔になるから、こっちにきてくれ。朔ちゃんはそっちに……そうそう、そのへんで」

その口調と熱っぽい視線の迫力に圧《お》され、津多も朔子も否《いな》ということができなかった。

結局、理性や良心や常識や羞恥心《しゅうちしん》、さまざまなものを抱えて身動きがとれなくなっている人間よりも、自分の欲望にどこまでも忠実で貪欲《どんよく》な、エゴイストのほうが強いのだ。

「太朗さん、わたし……」

「大丈夫、朔子が嫌がったら、その時点で終了だ。どこまで進めるかは朔ちゃんしだいなんだからさ……怖がらなくていいんだよ……ね……じゃ、また握手から……始めてみよう」

そしていま、朔子は津多の腕の中にいる――。

「――じゃあ……次は、キス……いってみようか……」

ひとり椅子《いす》に座ったまま、保ケ辺がいう。

手を握り、抱きあい、朔子の髪や頬《ほお》に触れる。額や頬にやさしくキスをする。それらを経て、津多はようやく朔子の唇に触れることを許された。

津多は彼女の反応を慎重に見きわめながら、固くこわばる身体《からだ》のあちこちに唇をよせ、その心から薄皮をはぐように、羞恥やためらいをはぎとっていった。

キスを命じられたいま、朔子はもう拒否するようすを見せない。小さくあえぎ、助けを求めるように潤んだ大きな目で津多をみあげている。——自分はなんてことをしているのか。なぜ拒否しないのか。彼女の中でもさまざまな感情が激しく葛藤《かっとう》しているのが見てとれた。

（本当にいいのか？　こんなこと……上司の奥さんに……）

ささやかな理性の声は、しかし、激しい胸の鼓動と突き上げてくる欲望、その場の淫靡《いんび》な空気に呑《の》みこまれ、かき消されてしまう。それほど、腕の中にいる朔子の肉体は魅力的だった。

唇が重なった瞬間、朔子の身体がピクッ、と震えた。

（や、や……やわらけー……）

久しぶりの行為に、思った以上に緊張している自分に気づく。

津多はぎこちなく唇をあわせたまま、しばらく動けなかった。そっと角度を変え、唇がぴったりと合わさると、朔子を抱き寄せ、強く吸った。

しっくりときた。朔子の反応が少しずつ変わっていく。彼に貪《むさぼ》られるだけだった初めから、徐々に変化し、おずおずと自分から応え始める。ふたりの呼吸が、感覚が、徐々にシンクロしていく。クチュ、クチュ、と淫《みだ》らな音が響き、熱い喘《あえ》ぎがまじりあう。

「——ふぅ……ん……っ」

思わずのように漏《も》れた女の甘い声に、津多の背筋はぞくりとした。

「いいね……」

かすれた声で保ケ辺がつぶやく。

「舌……入れてみたら……？」

悪魔のささやきに、もはや抵抗する気にはなれなかった。朔子がかすかにあけたその中へ、津多はそっと舌をさし入れた。ぬめりのある、冷たい小さな舌に自分のそれをからめた瞬間、

「んんッ……！」

朔子がキスをやめ、顔をそむけた。

津多はあわてて身体を離した。

「あっ、すみません……！」

(しまった……！　ガツガツし過ぎたか!?)

いえ……と朔子が目をふせたまま、喘ぐようにいった。

「大丈夫、です……ちょっと……びっくりしただけで……」

そしてまた、目を閉じる。

津多は唇を重ね、今度は朔子が自分から動くまでまった。ためらいがちに小さな舌が津多の口の中でうごめき、からみあう。しばらくして、朔子の戸惑うようすを見てとると、津多はふたたび主導権を握った。朔子は目をとじ、従順にすべてを彼にゆだねている。

もう遠慮《えんりょ》はせず、津多は温かく湿った朔子の中をじっくりと味わった。朔子さんとキスしている――そう思うと頭の奥がしびれ、舌の感覚にすべての思考がのっとられていく。

快感だった。キスでこれほど高ぶるものなのかと思うほど。舌を動かすたび、ぴく、ぴく、と朔子の身体が小刻みに動き、火照《ほて》った身体からコロンの香りが強く匂《にお》い立つ。

朔子さんも感じている——そう思うと、津多の身体も熱くなり、下半身が痛いほど疼《うず》いた。

それはたしかに性行為だった。服を脱いでいないというだけの……。

夢中になって貪り、ふと見ると、保ケ辺がすごい顔でふたりをにらんでいた。

まばたきもせず、ふたりの反応のすべてを頭に焼き付けるように凝視している。目だけがぎらぎらと輝き、その表情に快楽を感じているようすは見えなかった。それでいて、保ケ辺はけっして、もうやめろ、そこまでだ、とはいわないのだった。

（こわいな……）

「——次は、胸……」

指示に従い、彼女のひかえめなふくらみに、津多はエプロンの上からゆっくりと触れた。

朔子は恥ずかしそうに目をつむり、顔をそらしている。

円を描くようにふくらみを揉《も》む。唇を噛《か》み、快感に耐える朔子の反応は可愛《かわい》らしかったが、厚手のエプロンのコットン越しの感触はもどかしく、ものたりないものだった。

津多はエプロンの脇から片方の手を入れ、さらさらした手触りのブラウスに触れた。開いた胸元から服の中へと指をすべりこませると、キャミソールのレースの感触が指にあたった。内側へ忍ばせた指が汗ばんだ肌を這《は》い、胸のふくらみをのぼり、小さな突起にたどりつく。

「あっ……」

朔子が目をひらき、津多をみつめる。

保ケ辺の位置から、彼の片方の手の動きは見えない。もう一つの手は行儀《ぎょうぎ》よくエプロンの上から彼女の胸を愛撫《あいぶ》している。津多は息をひそめ、朔子の目をみつめながら指先を動かした。

何かいいかけた唇がとじられ、瞳から抗《あらが》いの色が薄れていく。朔子の白い頬が桃色に染まっていく。指先で転がすようにいじると、突起は固く、大きく、ぷっくりとふくらみ始めた。

「あ、あ……あ……」

朔子が痛いほどの力で津多の腕にすがりつく。それまでとは明らかに異なる快感が朔子の身体を襲っていた。胸にむしゃぶりつき、吸いついて舐《な》め回したいという衝動と闘いながら、津多は乳首を愛撫し続けた。朔子の膝が震え始める。大きな快感の波に必死で抗う姿がたまらなく可憐《かれん》で、いやらしく、興奮した。朔子の唇から涙まじりの声がもれた。

「だめ……ぇ……」

5

SM。スワッピング。乱交。スカトロ。寝取られ《NTR》。

アブノーマルと呼ばれる性の世界は自分のいる場所からははるかに遠く、もしもその世界へ足を踏み入れるのなら、特別な門をくぐるような覚悟がいるものなのだろう、と津多は思っていた。

だが、実際にはちがった。

それは自分たちの日常と平行した場所に同じような顔をして存在していて、気づいたときにはあるはずの境界をとっくに踏み越え、その世界に入りこんでいる――そうしたたぐいのものだったのだ。

二度目の訪問もまた、保ケ辺の言葉で唐突《とうとつ》におひらきとなった。高ぶった行為の最中でいきなり水をかけられ、津多は身の内にうねる欲望をもてあまし、ぼうぜんとなった。

しかし、それもまた、保ケ辺の計算だったのだろう。

「――じゃ、津多、気をつけて。また、来週な……」

そういって、保ケ辺が家のドアをしめたとき、津多は来週もこの家のインターフォンを押しているだろう自分を、ありありと想像できたのだから。

その翌日から、朔子は毎日のように津多のぶんの弁当を作ってくれるようになった。礼なのか、詫《わ》びなのか、口止め料の代わりなのか、たぶん、そのすべてなのだろう。

月曜から金曜日、社員食堂の一画で、津多は保ケ辺と並んでそれを食べる。

朔子は津多のために、弁当箱や箸《はし》を新しく買いそろえてくれた。

二人の男の弁当は器《うつわ》も中味もちがう。

だから、二人が同じ料理人を共有していることに気づく人間はひとりもいない。

彼らは符丁《ふちょう》のようなやりとりで、秘密の交流の約束を交わすようになった。

「――そういえばさ、こないだ出た例のゲームの新作、買ったよ」

「あ、ほんとですか」

「まだ封も明けてないけどな。今週末、うち来ない？　対戦しようよ」

「いいですね。じゃあ、実家からまたワイン送ってきたので、もっていきますよ」

「おー、あれ、美味《うま》かった。あんまり飲めない朔子も美味しいっていってたよ」

「そうですか、よかった」

「朔子、次の日曜は何作ってくれるかなー」

「楽しみですね」

そうして、日曜日ごとに、津多は彼らの暮らすタワーマンションを訪ねるようになった。

訪問が重なるにつれ、三人のあいだでは行為の流れやルールがきちんと定められていった。

昼過ぎに津多が家を訪ね、三人で朔子の手料理を味わう。ゲームや雑談でしばらく食後の時間を過ごしたあと、保ケ辺の合図で行為が始まる。そのあいだの飲酒は禁止。保ケ辺の見ていない場所での二人だけの行為も禁止。朔子の口にする「いや」「だめ」が合言葉《セーフワード》で、その言葉が出たらそれ以上の行為は決してしない。終了のタイミングは保ケ辺が決める。彼と朔子が寝室へいったら、津多はひとりで家を出る——。

（いったい、何をしているんだ、僕は。こんな不道徳な関係、長く続くはずもないのに）

葛藤《かっとう》を抱えながらも、津多は日曜日の訪問をやめることができなかった。

会うたびに、触れるたびに、朔子への好意は募《つの》っていき、もっと先へ進みたい欲望がどうしようもなく高まっていく。罪悪感に苛《さいな》まれながらも、津多には、人妻である朔子に触れるチャンスを自分から手放すことがどうしてもできなかったのだ。

「——津多さんは、好きな食べ物は？」

食事を終え、食卓を片づけながら、夫と対戦ゲームをしている津多へ朔子が尋ねる。

「えーと、そうですね、ハンバーグが好きです……」

「じゃあ、明日のお弁当に入れますね」

「やった！」

津多が子供のようによろこぶと、朔子も笑った。

初めのころの緊張感は彼らのあいだにすでになく、いつからか、津多は週末ごとに夫婦の家のリビングで、長年の友人のようにくつろいだ時間を過ごすようになっていた。

「——最近、朔子の味つけがちょっと変わってきたなー」

ある日、弁当を食べながら、保ケ辺がいった。

津多のリクエストに応え、その日の弁当にはマッシュポテトを添えたハンバーグが入っていた。あらびき肉を使ったらしいそれは、香辛料がきいた大人向けの味わいで、津多がこれまで食べたどんな有名店のものより美味かった。

「前は野菜多めの薄味だったけど、濃いめになってきたな。おかずに肉ものが増えたし」

「そうですか。僕が肉類、好きだっていっちゃったからですかね……」

「たぶんな。ま、美味いし、腹にたまるからいいんだけど」

「僕の味覚にはどんぴしゃですよ」

「そっかー。おれより、津多の舌にあわせるようになってきたのかもな」

保ケ辺の言葉に、どきりとする。

「舌」というのが料理を味わう意味だとわかっていても、つい性的な連想をせずにはいられなかった。

実際、行為を重ねるごとに、朔子の身体《からだ》は彼に馴染《なじ》み、愛撫への反応も著《いちじる》しくなっている。

朔子はもう津多を拒《こば》まない。二人が最後の一線を越えるのは時間の問題だろう……。

「――ごちそうさまでした。僕、先に戻って弁当箱洗ってきますね」

「おう」

給湯室へいき、空《から》になった弁当箱を洗っていると、同じく自炊《じすい》組の女子社員たちが入ってきて、シンクの後ろに並んだ。

「わー、津多さんって、お弁当箱、毎回洗って彼女さんに返してるんです?」

「あ、はい。美味《おい》しい弁当作ってもらってるんで、それくらいは、と思って」

「えー、やさしいー。彼女さん、しあわせだー」

「うちの旦那《だんな》にも聞かせてやりたーい」

津多は笑いながら、洗った弁当箱をペーパーナプキンで拭いた。

それから自分のデスクに戻り、個別包装のラングドシャを三つ、空の弁当箱に入れる。

(割れないかな？　朔子さん、気に入ってくれるといいんだけどな……)

女子社員のあいだで美味しいと評判の菓子だった。仕事帰りに近くのデパートへ寄ると、その洋菓子店のテナントには長い行列ができていたが、津多はかまわず四十分ほど並んで一番人気のクッキーを買った。借りた容器を空で返すのは無粋《ぶすい》なこと――と実家の母がおすそ分けのお返しには、必ず何かを入れて渡していたことを思い出したからだった。

津多は業務用の付箋《ふせん》に〝ごちそうさまでした〟と書いて弁当箱の蓋《ふた》に貼ると、ポーチに弁当箱と箸を入れ、保ケ辺のデスクに目立たぬように戻しておいた。

――翌日、保ケ辺から渡された弁当をとり出すと、

〝クッキー、とっても美味しかったです。ありがとうございました〟

と書かれた猫の形の小さなメモ帳が弁当の蓋に貼ってあった。

その人らしい、丁寧《ていねい》な文字だった。津多は微笑《ほほえ》み、隣の保ケ辺に気づかれないよう、そっとメモをワイシャツの胸ポケットにおさめた。

食後に弁当を洗い、菓子を入れ、短い伝言のメモを貼る。

返すと、翌日には、同じようにまたメモのついた弁当箱が津多の手元へやってくる。

そんなやりとりが津多にとって日々のささやかな楽しみとなった。

小さなメモ帳の往復を保ケ辺は知らない。


〝――朔子さんは猫派なんですか？　メモ帳、かわいいですね〟

〝キャンディーごちそうさまでした。犬も好きなんですけど、雑貨は猫ものが多いですね〟

〝ぼくは犬派です。北海道の実家ではラブラドールを飼ってます〟

〝マロングラッセ美味しかったです。ラブちゃんは何色ですか？　うちの実家にはフレンチブルがいるんですよ〟

〝うちは黒ラブです。ブルドッグもかわいいですよね〟

〝今度、ラブちゃんの写真見せてくださいね。いつも可愛《かわい》いお菓子をありがとうございます〟


それは秘密の文通であり、交換日記だった。

保ケ辺に見られながら行うセックスまがいの行為よりも、ほんの数行のメモや、毎日丁寧に作ってくれる弁当の味からのほうが、はるかに素の朔子を知れる気が津多にはした。彼女の好きな色。好きな花。いつか行ってみたい外国の土地。こんな何気ないやりとりからゆっくりとおたがいを知り、近づいていく関係のほうが、自分にとっても朔子にとってもふさわしかったのではないか。こんなふうに健全《プラトニック》な関係でいたほうが、余計な苦悩や罪悪感を抱えることなく、どちらもしあわせになれたのではないか。津多はそう思わずにはいられなかった。

だが、いったんセックスの領域に踏み込んでしまった以上、もうただの「上司の妻と部下」の関係に戻ることはできない。まちがった関係をいまさらどう正せばいいのかわからない。

(僕たちは、前に進むことも後ろに戻ることもできなくなってしまった)

——そしてまた、次の日曜日がやってくる。

「——下……触って」

保ケ辺の言葉に従い、津多は朔子の長いコットンスカートをまくりあげると、中の下着へ手をのばした。

いや、と保ケ辺が首をふる。

「それじゃ、見えにくいから、テーブルの上で」

「テーブルの上……？」

「朔子をテーブルに座らせて、こっちにむかって大きく足をひらかせて。……そう、スカートも上までまくってさ」

「こ、こうですか……？」

「そう、いいね……触ってるところが俺からよく見えるように……朔ちゃん、もう少し足をひらける？　……うんうん、いいよ……よく見える……すっごくやらしい……」

その場における保ケ辺の言葉は絶対で、津多も朔子も逆らうことはできない。舞台監督を前にした役者のようにひたすら彼の指示に従うだけだった。

津多は下着の上からすでに湿りつつある中心に触れた。すべすべしたシルクの感触が指先にすべる。黒の下着はレースなどの装飾のいっさいない、スタイリッシュなデザインで、清楚《せいそ》な朔子の印象とはややそぐわない。保ケ辺の好みなのではないか、と思えた。

保ケ辺のこだわりは色々あったが、着衣のままでの行為を好む、というのもその一つだった。津多が朔子のどこに触れても保ケ辺は怒らないが、服を脱がせようとすると、とたんにストップがかかる。あくまで日常の延長、普段の姿のままの朔子が津多に抱かれる――というシチュエーションが保ケ辺を興奮させるらしいのだ。そのため、行為はいつも明るいリビングダイニングで行われ、朔子はいつもエプロンをつけたままで津多の愛撫をうけさせられている。

ゆっくりとこすりつづけるうちに朔子の中心が下着越しにもそれとわかるほど濡れてきた。津多はゆっくりと下着の中へ手を入れる。

処理をしているのか、元からなのか、朔子の恥毛はごく薄く、津多の指は容易に潤みの中心に辿《たど》りついた。濡れてはいるが、まだつつましく閉じたままのその場所をなでるように動かし、ほぐれるのをまった。新しい箇所《かしよ》に触れたときの朔子の反応は臆病で、いつも以上に慎重でなければいけない。彼女は性急な行為や乱暴な愛撫を好まない。

「──あの……昨日のお弁当も美味しかったです」

少しでも朔子をリラックスさせようと、津多はいった。

うっとりと津多の愛撫に身をゆだねていた朔子が目をあけて微笑んだ。

「あ……本当？　よかった……」

白い花がふんわりとひらくようなその笑顔が、津多はとても好きだった。

「いつも和食なので……たまにはそれ以外がいいかなと思って……サンドイッチとナゲットにしてみたんですけど……」

「あのナゲット、すごく美味しかったです。サクサクで……」

「んん……津多さんは好き嫌い……あまりないですよね……」

「はい、なんでも食べられます」

「卵は……甘いのと辛《から》いの……どっちが好きですか？」

「甘いのが好きです」

言葉をつづけながら、津多は潤みきった襞《ひだ》をかきわけ、中心に指をさしこんだ。

「んっ……！」

朔子の身体が大きくはねる。津多は徐々にふくらんでくる敏感な芯を指先で転がしながら、朔子の耳たぶを舐《な》め、首筋に唇を這《は》わせた。朔子は自分で自分の指を噛《か》み、はあはあと喘《あえ》ぎながら必死に声をおさえている。じっくりとかき回し続けると、その部分はどんどる。


ん熱く、潤みを帯び、したたるほどに濡れていった。

　エプロンの下へ片手を潜りこませ、揉《も》みながら中心を探ると、乳首は固く尖っていた。

　上と下を同時にもてあそばれ、倍になった快感が朔子の細い背をビクンビクンと波打たせる。

「あ、あっ、あっ……」

（――気をつけないと、勘違いしてしまいそうになる）

　彼女も自分と同じだけの好意を抱いていてくれているのではないかと錯覚《さっかく》しそうになる。この関係があくまで夫の保ケ辺を介したものであることを忘れてしまいそうになるのだ。

　目尻からこぼれた朔子の涙を舐めとりながら、津多は柔らかくほころびたその部分へ指を入れた。狭く、湿った肉の壁が彼の指をやさしくしめつける。彼はゆっくりと朔子の中で指を動かした。その動きにあわせ、朔子の細い腰がひかえめに揺れ始める。

「あ、ん……ハ、アッ……んんッ……」

　口から洩れる甘い喘ぎが徐々に大きくなっていく。保ケ辺に自ら見せつけるように大きく足がひらいていく。あふれる蜜で下着はもうドロドロだ。自分の愛撫で清楚な朔子が快楽に呑《の》みこまれ、我をうしなっていくさまを見るのは、津多の男としての征服欲をおおいに刺激した。

「あっ……津多さん……！」

（好きです、朔子さん――あなたが好きだ）

津多は彼女の胸に顔を埋め、濡れそぼった秘孔の中で激しく指を動かした。

——その日も二人の関係は最後の段階にはいたらなかった。

朔子が津多の名前を口にした直後、保ケ辺が行為の終了を告げたからだ。

ルールに反したわけではないが、夫以外の名を呼ぶのは、やはり一種のタブーではあった。

「ご、ごめんなさい、太朗さん……さっき……名前呼んじゃって……」

「いいよ、いいよ。さっ、こっち来て」

うろたえる朔子の手を強引に引き、保ケ辺がリビングを出て寝室にむかう。その顔は火照《ほて》って汗ばみ、目には興奮の色が隠せなかった。

一人残された津多の耳に、ほどなくして朔子の涙まじりの声が聞こえてくる。

「——あんっ！　あっ！　あああ……っ！」

激しいベッドのきしみ。

廊下《ろうか》をはさんだその場所での物音がこれほどはっきり聞こえるのは、保ケ辺がすべての扉をわざとあけ、津多に聞こえるようにしているからだった。

妻が他の男に抱かれるところだけでなく、他の男に触れられた妻を抱き、それを相手に知らしめることで、保ケ辺は歪んだ興奮を味わっている。

「ああっ、あっ……い、いや……太朗さん……」

「いいよ、朔ちゃん、もっと声出して……ホラ……」

「あんっ！　あっ、だめ、ああッ、あああっ……！」

「綺麗《きれい》だよ、朔ちゃん……」

津多はダイニングテーブルに座ったまま、釘づけにされたように動けない。

今、さっきまで自分の愛撫に震えていた朔子の身体を保ケ辺が抱いている。あまりにも生々しく想像ができ、毎回天国から地獄へ突き落とされるような感覚に心が引き裂かれそうになる。悩ましい朔子の嬌声《きようせい》を聞くごとに下半身は熱くなり、こめかみはズキズキと痛み、それでいて心は冷えていく。氷と炎を同時に呑みこまされているような苦痛。

(わかってる。しょせん僕の役目は前座なんだ)

保ケ辺と朔子の子作りを手助けするための踏み台でしかない。

早くこの場から立ち去らなければ。そう思っているのに津多はいつまでも動けなかった。掃除《そうじ》のいき届いた明るいリビングダイニング。料理の匂《にお》いの残るキッチン。二輪挿しのトルコキキョウ。可愛らしい雑貨類。そうした健全な風景の中にひとりとり残され、好きな女性が夫に抱かれている声を貪《むさぼ》るように聞いている馬鹿げた自分の姿が、ガラス窓に映っている。

いつまでこんなことを続けるのか？　どこまで進めばこの関係は終わりになるのか？

「ああっ、ああんッ！」

(頭がおかしくなりそうだ)

津多は目をつむり、ギュッと両手で強く耳を覆《おお》うと、朔子の声を世界から消した。

6

その晩、家に戻った津多は、絶交した友人が前の彼女と結婚したことを知った。

何気なくひらいたフェイスブック。

共通の友人がシェアした写真には、小さなレストランで身内だけの披露宴をひらいたという、礼服姿の二人が映っていた。

津多の彼女を寝取ったことが知られ、男の友人たちはいっせいに彼から離れたが、女の友人の中にはその後もつきあいを続けていた人間が少数いたようだ。彼女は胸元の開いたブルーのドレス、友人はシルバーグレーの三つ揃《ぞろ》いを着て、カメラに控えめな笑顔をむけている。

津多の記憶の中の最後の二人は、どちらも泣きすぎて腫《は》れぼったくなった顔を申し訳なさげにうなだれていたが、写真の中の二人の表情にそんな陰りはない。彼女は髪の色が変わり、前よりも少しふっくらして見えたが、友人は学生時代とあまり変わらなかった。ソファの上で寄り添う二人は、二十代後半の、落ち着いた、似合いのカップルに見えた。

（――結局、ここでも僕は前座だったんだな）

津多はフェイスブックを閉じた。

あれは浮気ではなく、本物だった。結ばれた経緯はどうあれ、二人はそれをいっときのまちがいでは終わらせず、結婚という選択をして今後の人生も共にすることを決意したのだ。自分は彼らが出会うための通過点、二人を結びつけるための踏み台にしかすぎなかったのだろう。

怒りはなかった。そうした激しい感情はすでに風化していた。もし目の前に二人がいたら、大人らしく祝福の言葉を口にできるかもしれない、と思った。とはいえ、やはり少なからず落ち込まずにはいられなかったので、翌日は風邪《かぜ》を理由に有給を消化することにした。

朝から、うんざりするほどの晴天だった。

衝動的に休みをとったので、会社に連絡を入れたあとも特に何をしようという気にならず、津多はネットニュースを見たり、ゲームをしたりして怠惰《たいだ》な午前中を過ごした。空腹を覚えたが、外の暑さを考えると外出する気はとうてい起きない。ひさびさにピザでもとるか、と考えていた時、インターフォンが鳴った。テレビ画面をのぞきこんだ津多は目をみひらいた。

朔子が立っていた。

津多はあわてて部屋を飛び出し、ドアをあけた。

「あ、あれ?　朔子さん!?　どうかしたんですか!?」

「こんにちは」

白のストローハットをかぶった頭を朔子はぺこりと下げた。

「寝ていましたか？　ごめんなさい、具合の悪いときに……」

「い、いえ」

「あの、夫から、今日は津多さんが風邪でお休みと聞いたので……あ、住所は、以前いただいた年賀状で見て……ひとり暮らしだから、お薬のこととか、お食事のこととか、大丈夫かなって、心配になったので……あの……これ、よかったら……食欲のあるときに……」

一生懸命、来訪の理由を話しながら、朔子は手にした四角いクーラーバッグから、きれいに包んだ弁当箱らしきものをさし出した。

突然押しかけてきたりして迷惑に思われていないか？　と不安そうにしている表情を見て、津多は華奢《きゃしゃ》な朔子の身体を抱きしめたくなった。

「すみません、わざわざ……」

「いえ……こっちに来る用事がたまたまあったので」

朔子はぺこりと頭をさげた。

「どうぞ、お大事に。それじゃ、私はこれで……」

「あ、あの！」

津多の体調を気遣ってだろう、早々に立ち去ろうとする朔子を津多はあわてて呼び止めた。

「実は……風邪じゃないんです」

「え……」

朔子が大きな目をみひらき、ふしぎそうに津多をみつめる。

——彼女を部屋に招き入れ、津多は会社を休んだ本当の理由を話した。

前の恋人と友人が結婚したこと。

親友だと思っていた男に五年付き合った彼女を寝取られたこと。

三人で仲のいい学生時代を過ごしたが、今ではすべてが苦い思い出になってしまったこと。

このまま、自分の歴史をすべて話してしまうんじゃないかというほど、津多は吸う息と吐く息のあいまにしゃべり続けた。話が途切れたら、すぐにでも朔子が帰ってしまうのではないかと怖かったからだ。

コーヒーテーブルの上に出した氷入りの麦茶に口をつけたのは津多だけだった。

しゃべり終えた津多がグラスの中味を飲み干すのを見てから、朔子が口をひらいた。

「あの……」

「は、はい」

「津多さんはとてもひどい裏切り方をされたのに、そのおふたりの結婚を知って、祝福したいと思えたんですよね。なぜ……前の彼女とお友だちを許すことができたんですか……?」

「それは……」

(――あなたが、彼女とのことを過去のものにさせてくれたから)

とっさに浮かんだその答えを津多は喉《のど》の奥に呑みこんだ。

「それは……そうですね、時間が忘れさせてくれたというか……」

「そうですか……」

納得できる答えだったのか、朔子はうなずいた。

「時間が経てば、そんなふうに、いろいろなことを許せるようになるのかしら……そのときには、受け入れがたかったことも……」

朔子は睫毛《まつげ》を伏せた。

「――あの……私のことも少しお話しさせてもらっていいですか……？」

「はい」

その口調のいつにない深刻さに、津多は、はっとして顔をあげた。

「最近……私、夫とのことをよく考えるんですけど……」

ためらいがちに、朔子は重い口をひらいた。

「正直、わからなくなるんです……わたしたち、本当にこれでいいのかしらって……今の状況で子供ができても、私はそれを本当に素直によろこべるのかしら、って……でも……だめなんです、夫にはそんな葛藤《かっとう》なんて、まるでないみたいで……津多さんとのことは、あくまで子供を作るための手段にすぎないんだから、合理的に割り切って楽しめばいい、って……気に病む必要は何もない、って、そういうんです……」

かなしみの色が横顔によぎる。

「私が何に悩んでいるのか、あの人には本当にわからないみたいなの……それで、考えてしまうんです……男の人って……結婚って……夫婦って、いったいなんなのかしらって……」

――毎週日曜、津多が来た日には、彼が帰ってからも、保ケ辺は執拗《しつよう》に自分を抱きたがる、と朔子は告白した。インポテンツに悩んでいた以前の夫とは別人のように。

朔子を抱きながら、保ケ辺は決まって「津多と俺、どっちの方が上手《うま》い？」「正直にいって良いんだぞ」「あいつのこと、好きなんだろ？」と執拗に彼女に尋ねるという。

まるで津多にライバル心やコンプレックスを抱いているような言動だが、たぶんそうではないのだろう、と聞いている津多には思えた。

おひとよしで押しに弱く、何より〝部下〟という目下《めした》のポジションにいる津多は、保ケ辺にとっては寝取られ願望を適度に満たし、刺激してくれる、便利な存在なのだ。本当の意味での脅威《きょうい》にはなりえないと思っているからこそ、保ケ辺は朔子とのセックスにも安心して自分の名をもち出してくるんだろう、と津多は思った。

「太朗さんのほうが上手……私が愛してるのは太朗さんだけ……そういってあげると、あの人、子供みたいによろこぶの」

朔子は膝の上で重ねた手をきゅっと握りしめた。

「だけど、そのセリフを口にするたびに、なんだか、自分の中が、からっぽの、がらんどうになっていくみたいで、怖くなるんです………それは彼が聞きたい言葉であって、私の中にある言葉じゃないから……彼は私の口を……私の身体《からだ》を使って……自分で自分を慰めているだけじゃないかって……そんなふうに思えてきて……」

津多は朔子をみつめた。

彼女の口から、こんなふうに夫婦間の話を聞くのは初めてだった。

朔子はうなずいた。

「あの……立ち入ったことを聞いてもいいですか」

「前にも尋ねたと思うんですけど、朔子さんは、保ケ辺さんのどこに惹《ひ》かれたんですか……？　十九歳で結婚って、早いですよね。保ケ辺さんとの結婚を決めた理由はなんだったんですか」

朔子は少し迷ったように黙りこんだあと、口をひらいた。

「……私、昔から、男性が苦手で。苦手というより、ちょっと、恐怖症のようなところがあって。小学校のときから、男の先生や、男の子たちに、いろいろ嫌なことをされたので、高校は女子高を受験しようと思って、塾に通い始めたんです……夫とはそこで知り合って……」

子供のころから大人しく、華奢で可愛らしい容姿の朔子は、厄介《やっかい》な性格の男子にからまれることが多かったという。

強引で乱暴な同級生。可愛い子に目ざとい上級生。はては部活の男性顧問《こもん》まで、つきまとわれたり、交際を迫られたり、性的なハラスメントを受けたり、怖い思いをさせられることがたびたびだった。受験校を女子高に絞《しぼ》る理由を塾講師であった保ケ辺に聞かれ、事情を打ち明けると、保ケ辺はひどく憤慨《ふんがい》し、部活の顧問の件を両親に知らせたり、揉《も》めたときに備えて大学時代の弁護士の友人を紹介してくれたりと、親身に対応してくれたという。

「――夫に交際を申し込まれたのは中三の、卒業間近だったんですけど、そのときは、正直、勢いに押されてはっきり断われなかっただけで、恋愛感情みたいなものはほとんどなくて……夫も、私の男性不信を知っているので、私が嫌がることは絶対しない、と約束してくれて、実際、その後、一年近く、手を握ることもしなかったんです。私が夫を、そういう対象として見られるようになったのは、第一志望の高校に入学して、数か月してからでした。わたし、通学のために電車を使っていたんですけど、たびたび車内で痴漢《ちかん》に遭《あ》って……」

名門女子高の制服を着た大人しそうな黒髪の美少女。

痴漢にとっては格好のターゲットだ。

あまりに頻繁《ひんぱん》に被害に遭うので、恐怖心から通学自体に支障が出てくるほどだったという。朔子から相談を受けた保ケ辺の行動は素早かった。朔子の家の最寄り駅から高校の駅まで、保ケ辺は毎朝彼女に同行するようになったという。

これにより、痴漢の被害はぴたりと止んだ。

当時の保ケ辺はまだ塾講師の仕事をしており、始業時刻が一般よりもやや遅めだったとはいえ、毎朝、一時間早く家を出て、通勤とはまったく逆方向の沿線に往復四十分も乗って朔子を送っていくことは、彼女への相当の愛情がなければできることではなかった。生徒たちから多数の痴漢被害を報告された学校側からの要請で、朝の決まった時間に女子高専用の一車両が設置されるまで、保ケ辺の朝の同伴は続いたという。

「そのことがあって、私も夫を他の男性とはちがう、信頼できる相手だと思えるようになったんです。つきあってみると、夫はちょっと変わったところもありましたけど、面白いと思える人で、たくさん笑わせてくれましたし、私の知らない趣味や知識がたくさんあって、そういうところも、殻《から》に閉じこもりがちな自分とちがって尊敬できると思えましたし……」

津多はうなずいた。保ケ辺と朔子。不釣り合いなふたりだと思ったが、そうした経緯があったのかと思えば納得もいく。――いわゆる非モテの保ケ辺にしてみれば、自分好みの美少女で、まだ初恋さえ未経験な朔子の心を得るためならば、朝の数十分、電車に同行して彼女のボディーガードを務めることぐらい、なんでもないことだったのかもしれない。

朔子は高校から付属の短大へ進み、そのあいだも保ケ辺との交際を続けた。保ケ辺は彼女に終始やさしく、献身的だったという。交際中、保ケ辺からつねに、

『男嫌いの朔ちゃんがこんなふうにリラックスして付き合える相手は自分しかいないよ』

『この先、自分以上に朔ちゃんを幸せにできる男はいない』

といわれていた朔子は、だんだん自分でも、そうかもしれないと思うようになっていった。

まだ早すぎる、と反対する両親をなんとか説得し、短大卒業前の結婚に踏み切ったのは、早く家庭に入っていい母親になりたい、という昔ながらの夢もあったが、何より、一日も早く朔子と夫婦になりたいという、保ケ辺の強い懇願《こんがん》があったからだという。

「一生幸せにする、不自由な思いはさせない、経済的にも精神的にも頼れる存在になるから、って……ムリに就職しないでも、子どもができるまでのんびり主婦業をすればいい、って……卒業時がかなりの就職難だったこともあって、私、その言葉に甘えて、家庭に入ったんです。実際、結婚してからも夫はやさしくて、私の希望をなんでもかなえてくれました。子供ができないことで親戚《しんせき》から嫌味をいわれたときも、親兄弟とケンカをしてまで私を庇《かば》ってくれて……やさしい人なんです、本当に。家に長くいるのは朔ちゃんなんだから、っていって、私の気に入るマンションを買ってくれて。パートに出てローンの返済を助けたいといったときも、そんなことは考えなくていいんだよ、家で好きなインテリアの勉強でも続けていればいいよ、って……」

朔子の話を聞きながら、津多の中ではなんともいえない違和感が膨《ふく》らんでいった。

朔子が保ケ辺と出会ったのは中学生のときだ。彼女は保ケ辺に進路を相談し、付属の短大がある女子高へ進み、卒業をまたずに彼と結婚した。

彼女は社会を知らない。

保ケ辺以外の男を知らない。

それは保ケ辺が巧みに、そちらの方向へと彼女を誘導してきたからではないか？

彼女の美貌、性格の素直さ、男を惹きつける魅力を一番知っているからこそ、保ケ辺は自分以外の男と朔子が接する機会を、ことごとく先回りして奪ってきたのではないか？

人工の川や緑を内部に配した豪華なタワーマンションのあの一室は、保ケ辺が朔子のためにこしらえた、居心地のいい檻《おり》だったのではないか？

「――朔子さん。あの……こんなこと、保ケ辺さんの共犯みたいなことをしている僕が、いえることじゃないことはわかっていますけど……」

朔子が話を終えるのをまって、津多はいった。

「でも、朔子さんは……実際、平気なんですか。僕との……あんな……」

「……あきれますよね……いくら夫の頼みだからって、あんな非常識な要求を受け入れて……」

朔子は困ったように目をそらした。

「ごめんなさい、恥ずかしいです。津多さんには、軽蔑《けいべつ》されても仕方ないと思っていました」

「い、いえ、そうじゃなく」

「もう一年近《ちか》く、夫とは夫婦生活がなくなっていたので、追いつめられていたというか、他に選択肢が見つけられなくて。……そんなとき、あの提案を夫からもちかけられて……

このままずっとセックスレスなのと、同志を見つけて皆で気持ちよくなってセックスレスも解消するのだったらどっちがいい？　って夫に聞かれて……」

（ア、アドラー心理学を悪用している……）

「わたし、子供ができないことにずっと悩んでいたから……夫にそういわれたら、他に方法はないのかもしれない、って思えてきたんです……彼がそういう行為をできなくなった理由や責任は妻の私にもあるはずでしょう？　でも……恥ずかしいですけど、私、そうした方面の経験や知識に疎《うと》いので、どうすれば状況を改善できるのか、わからなくて……私なりに勉強したり、調べたりしたんですけど、主人にはどんな提案も受け入れてもらえなくて……他の人に抱かれている私の姿でしか、もう興奮できないんだ、っていわれてしまって……」

朔子はつらそうに目を伏せた。

「それで……正直……仕方なく……合わせていました……」

「そう……でしたか……」

（――本当は嫌だったんだ）

その事実が、津多の心に重くのしかかった。

彼の腕の中で快感に震えていた華奢《きゃしゃ》な身体。

モラルや罪悪感に引き裂かれながらも、自分と同じように、行為自体は朔子も楽しんでいるのだと思っていた。戸惑いながらもだんだんと快楽に目覚め始めているのだと思っていた。

（いや……本当にそうだったか？）

津多が恋した保ケ辺朔子という女性。

生真面目《きまじめ》で、古風で、礼儀《れいぎ》正しく、潔癖《けっぺき》で、異性に対して臆病な女性。

細やかなもの、古きよきもの、家庭的なものを愛し、母親になることを夢見ている女性。

そんな女性と、夫の監視のもと、彼の部下とのインモラルな肉体関係を楽しめる、性に奔放《ほんぽう》で淫蕩《いんとう》な女性が一致するだろうか？

するはずがない。聖女でありながら求めに応じて娼婦《しょうふ》にもなれる。そんな矛盾《むじゅん》だらけの、男の欲望《ファンタジー》を切り貼りしたキメラのような、都合のいい存在があるわけがないのだ。

本当は、津多もどこかで気づいていた。朔子が夫の希望をかなえるため、自分の意志を放棄して、あの行為を半ばあきらめとともに受け入れていたことに。気づいていながら、事実から目をそらし、彼女も楽しんでいる、と、思いこもうとしていたのは、津多が結局、朔子の葛藤《かっとう》よりも自分の欲望を優先したからだ。手に入れられるかもしれない魅力的な肉体に目をむけ、罪悪感を刺激する、不都合な真実には目をつむっていた。朔子を保ケ辺の所有物のようにとらえ、自分と対等な存在として見ていなかった。だから、彼女の苦しみに気づかなかった。

（そして、それは、保ケ辺さんも同じだ）

保ケ辺にとって、素直で貞淑《ていしゅく》な朔子はまさしく「理想の妻」だろう。

教師と生徒の関係の延長線上にある夫婦生活は、教え、導く立場の保ケ辺には、心地よく、都合のいいものだったはずだ。

朔子はたぶん、愚直《ぐちょく》に、誠実に、セックスレスという夫婦の問題を解消しようとしただけだったのだ。「健《すこ》やかなるときも病めるときも」伴侶《はんりょ》によりそうべきだという、結婚の誓いを信じて。だが、朔子が従順であればあるほど、保ケ辺の要望は際限なくふくらんでいった。

いつまでも出会ったころの少女のようなイノセントさをうしなわないでいてほしい。保護欲をそそる可愛《かわい》い妹のような存在でいてほしい。家庭的で料理上手な妻であってほしい。子どもじみたことをいう自分をやさしくいさめ、見守る、ものわかりのいい母親のようでいてほしい。同時に、適度に性的で刺激的な恋人でもいてほしい。決して裏切らず、逆らわず、非難せず、夫の欠点も、劣等感も、インモラルな欲求も、そのまま丸ごと受け入れてほしい……。

「……すみませんでした……」

津多は絞《しぼ》り出すような声でつぶやき、深く頭をさげた。

自分も含めた男の幼稚さ、身勝手さに吐き気がする。

情けなさと罪悪感で死にたくなった。

「あ、あの……」

津多の落ち込みようを見て、朔子がいった。

「私……相手が津多さんじゃなかったら、絶対断ってました……」

「……」

「でも……もう、これ以上……」

津多はうなずいた。

もうこれ以上、こんなことは続けられない――そういわれるのが当然だった。夫に従ったことを後悔《こうかい》しているので、あのことは忘れたい、もう二度と自分の前に顔を見せないでほしい。そう告げられても、従うしかない。自分も、保ケ辺同様、彼女を利用し、傷つけたのだ。

だが、朔子の口から続いたのは、思いがけない言葉だった。

「これ以上、一緒にいたら……好きになっちゃうから……」

津多はのろのろと顔をあげた。

「……え……？」

耳にした言葉をきちんと理解するのに、数秒を要した。

聞き違いではない、と確信できたのは、朔子の表情を見てからだった。

彼女は津多をまっすぐにみつめていた。うっすらと頬《ほお》を染め、緊張した顔で。だが、決して彼から目をそらそうとはしなかった。高校時代、真っ赤な顔で、泣きそうになりながら、好きだと告白してきた後輩の少女のことを津多は思い出した。

「あなたのことを思いながら……夫に抱かれるのは……もう……私……」

言葉の語尾がたよりなく震える。

津多は朔子の肩に触れた。それから、髪に。頬に。唇に。確かめるように。

彼女の身体《からだ》のどの部分にも、もうすでに触れたことがある。それなのに、今、心臓が爆発しそうなほど緊張しているのは、目の前の相手が、「上司からさし出された妻」ではなく、彼が惹《ひ》かれ、恋し、心を触れ合わせた「保ケ辺朔子」という、ひとりの女性だったからだ。

どちらともなく顔が近づきあい、唇が重なりあった瞬間、初恋のように、全身が震えた。

「津多……さん……」

朔子の華奢な背を、津多は息が止まるほど強く抱きしめた。

7

——なあ、津多、人間の男性器《アレ》の形って、なんであんなんなんだと思う?

以前、保ケ辺とそんな会話を交わしたことがあった。

——また、唐突《とうとつ》な話題ですね。……形、ですか?

——うん。アレって、こう、亀の頭みたいで、返しがついているっていうか、くびれてるだろ。同じ哺乳類《ほにゅうるい》でも、他の動物はあんなふうになってないいんだよ。なんでだと思う?

——さあ……わかりません。

——あれはさ、前に射精した男の精子を効率よく掻《か》き出せるよう、進化したんだとさ。苦労して交配《こうはい》にこぎつけても、先客の置き土産にメスの膣《ちつ》内を独り占《ひとじ》めされていては意味がない。自分の遺伝子を残す可能性を少しでも高め、確実にするために、人間のオスは戦略的に武器《アレ》を改良、進化させてきたのだ——と、動物の生態に詳しいらしい保ケ辺はいった。

だが、と津多はそのとき思ったのだった。

それは、つまり、男の身体は、女が複数の男性と交わることを前提に進化した、ということになるのではないか、と。

友人に寝取られた前の彼女のことが頭にあったのかもしれない。男に生殖《せいしょく》への戦略があるのなら、当然、女の側にもあるだろう。誰を選ぶか。どの男の子を産むか。どの遺伝子を残すか。繁殖《はんしょく》に関する知恵は担《にな》い手である女のほうがよほど長《た》けているはずではないか？　だとすれば、男の進化は結局、女の変化を必死に追いかけるものでしかなかったのではないか？

自分はこの女を理解している。この女のことならなんでもわかっている。そんな男の自惚《うぬぼ》れをやすやすと超えて、女たちは自由にその身を変えていくのではないか？

そんな思いが、快楽に絡めとられつつある津多の頭の中を、とりとめもなくよぎっていく。

「──朔子……さん……」

カーテンをしめた薄暗い寝室に、じゅぷ、じゅぷ、と淫靡《いんび》な音が響いている。

「んっ……んっ……」

津多の下腹部に覆《おお》いかぶさる格好で、朔子は一生懸命彼のものを口と手で愛していた。はあ、はあ、と喘《あえ》ぎながら彼のものを頬張り、大きな目に涙を浮かべながら朔子が尋ねる。

「──っ……津多、さん……気持ちいいですか……?」

「は……はい……」

彼を悦《よろこ》ばせようと懸命な姿、上目遣いにみつめてくるその表情に、突き上げるようないじらしさを感じたものの、正直、巧みな口淫《こういん》、とはいいがたかった。彼女の小さすぎる口では津多のものを存分にしゃぶり、根元までを包みこむことはむずかしい。

──朔子が自分から彼のものを咥《くわ》えたとき、津多は口には出さなかったが、驚いた。好きな女性にその種の行為をさせたいという欲求が彼の中にはない。性に奥手な朔子がためらいもなくその行為に及んだのは、八年間の夫婦生活における保ケ辺の仕込みに他ならなかった。嫉妬《しっと》よりも強い怒りが胸にわき、快楽とは別の刺激が彼の下半身を固くさせた。

朔子を傷つけないよう、行為はとめず、津多は息継ぎに休んだその身体をやさしく引き寄せた。一方的な奉仕はさせたくなかった。愛しあいたかった。

「ん……」

抱きあい、まさぐりあい、飽《あ》きることなくキスをくり返した。

急いでつけたクーラーの冷気は二人の発する熱に追いつかず、六畳《じょう》の寝室の中で、どちらの身体もたちまち汗まみれになる。朔子の服を夢中で脱がせながら、もう着衣のままの不自然なセックスをする必要はないのだ、と津多は今さらながらに思い、よろこびに胸を震わせた。

（この悦びは、僕たち二人だけのものだ）

下着をはぎとると、朔子のそこはすでに汗とはちがう、粘り気のあるものでぐっしょりと濡れていた。ぬるぬるとあふれ出る潤みの中心に舌をさし入れ、ふくらみつつある肉粒を吸いあげる。すすり泣く朔子の脚を大きくひらかせ、指を入れると、ぬぷり、といやらしい音がした。ぐちゅ、ぐちゅ、とわざと音を立てて指を上下させ、腰をもちあげさせて朔子にその場所を見せつける。濡れそぼったその場所は二本の指を貪欲《どんよく》に呑《の》みこみ、ひくついている。

閉じた目の端から涙をこぼし、朔子が大きく身体をのけぞらせる。

「あ、あ、あ……！　だ、だめ……そんな、激しっ……も、もう……私……！」

「朔子さん……」

「ああっ！　津多さんっ……！」

「すみません……」

すがりつく身体を抱きとめ、津多はささやいた。

「僕も……好きになっちゃいました……」

朔子の唇を貪《むさぼ》るように吸い、津多はうつ伏せにしたその身体にのしかかった。

「んん……ッ！」

朔子の中に押し入ると、逃げを打つ華奢《きゃしゃ》な身体を引き寄せ、いっそう深く結合した。

「あああんっ！」

肉が肉を打つ淫靡な音が室内に響く。ハッ、ハッ、と獣じみた息遣い。それまでの慎重さをかなぐり捨て、津多は滅茶苦茶《めちゃくちゃ》に腰をふり続けた。高まる心音にこのまま心臓が止まってしまうのではないかと思うほど。朔子の細い腰が砕《くだ》けてしまうのではないかというほど。

彼女の中に残った保ケ辺の残りをすべて掻き出すように。

のけぞる朔子の身体を後ろから抱きしめ、腰を打ちつけ、快楽の極《きわ》みへと押しあげる。果てを告げる朔子の声を聞きながら、津多もまた、彼女の中へ欲望のすべてを吐き出した。


——その三日後、朔子は保ケ辺の家を出た。

「——仕事が終わって家に帰ったら、家中、がらーんとして、真っ暗でさ……出かける予定は聞いていなかったから、おかしいな、と思って、テーブルを見たら、〝ごめんなさい。実家に帰ります。もうこれ以上一緒にいることはできません〞って手紙があって……俺、しばらく頭、真っ白になって、それから真っ青になっちゃってさ……」

保ケ辺の声は地獄の底からのように低かった。

「あわてて家の中を確かめたら……服とか、化粧品《けしょうひん》とか、アクセサリーとか、通帳とか、朔子の身の回りのものがスーツケースと一緒にあらかた消えてたんだよ……何度かけても、朔子の携帯、通じないし……彼女の実家に電話しても、居場所、教えてもらえないし……」

「そう……ですか……」

「電話の両親の口調からすると、行っても、まず会わせてもらえないっぽいしさ……もうどうすりゃいいんだか……中学生の教え子に手を出したとか、学生結婚をそそのかしたとかで、前からむこうの親に嫌われてたんだよなー、俺……」

大人げもなく保ケ辺は泣いていた。

昼休み。

人の出払ったオフィスの片隅で、保ケ辺は朔子の家出の愚痴《ぐち》を津多に吐き出していた。

心労でろくに眠れなかったらしく、保ケ辺の頬は一晩でげっそりこけていた。顔色も悪く、身なりに気を遣う余裕もないのだろう、ひどい寝ぐせがついている。

「やっぱり、あの件で、俺、朔子を怒らせちゃったのかなー……」

がっくりとうなだれ、保ケ辺は頭を抱えている。

「さすがにやりすぎたのかもしれないと反省してるんだよ。俺、つい、調子に乗っちゃって……でも、謝りたくても、朔子と話ができないしさー……」

「……すみません……僕も、責任を感じています」

「津多のところには連絡ないか？」

いいえ、と津多は首をふった。

「番号、知りませんし……」

「そうか……そうだよな……」

保ケ辺はハーッ……と深いため息をつき、しばらくグチグチと弱音を吐き続けていたが、

「俺、外で蕎麦《そば》食ってくるわ……昨日の昼から何も食ってないから、さすがになんか胃に入れないと身体がヤバい……」

しょんぼりとうなだれ、津多のデスクを離れた。

「津多は？　一緒、行く？」

「あ……僕、今日は、弁当あるんで」

「そっか、後でな」

「はい。気をつけて」

「朔ちゃん……うぅー……」

保ケ辺は背中を丸め、フラフラとした足どりでオフィスを出ていく。

——悲哀にあふれたその背中を見ながら、津多もさすがに同情を覚えずにはいられなかった。自業自得《じごうじとく》とはいえ、保ケ辺の朔子に対する愛情は本物だったはずである。軽はずみな行動で、かけがえのないものをうしなってしまった上司に対する彼の思いは複雑だった。

ＬＩＮＥの着信音が鳴った。

携帯をとり出して見ると、ラブラドールと一緒に津多が笑うホーム画面に、愛嬌《あいきょう》のあるフレンチブルドッグの写真のアイコンが表示されていた。

〝——今日は遅くなりますか？〟

津多は保ケ辺の出ていった方向をちらりと見たあと、〝できるだけ早く帰る〟と返信した。

それから、弁当箱をとり出し、包みをほどいた。

砂糖入りの卵焼き。塩麹《しおこうじ》の唐揚げ。ひじきの煮物。アスパラとミニトマト、ウサギの形に皮をむいたリンゴ。ごはんの上にはほどよく焼けた鮭《さけ》の切り身が形よく載っている。

家出した朔子がもってきた荷物の中から、津多用の弁当箱と箸置《はしお》きを大切そうにとり出すのを見たとき、津多は思わず彼女を抱きしめたものだった。

〝——お弁当、ありがとう。唐揚げ、すごく柔らかくて美味《おい》しいです〟

〝——よかった。お仕事、頑張ってくださいね〟

朔子とＬＩＮＥで会話をしながら、津多はあいまに箸を動かし、ＳＮＳをチェックした。

大学時代の女友達からの投稿《とうこう》があった。元彼女と友人の披露宴に出席していた子だった。くだんの二人のあいだに、半年後、子供が生まれるという。

以前よりふっくらしていた写真の中の彼女を思い出し、津多はそうだったのか、とうなずいた。十代の終わりから二十代の初めを共に過ごした彼らがもうすぐ人の親になる。

恨む気持ちはどこにもなかった。いつまでもしあわせに、と今は心から思えた。

(僕は奪われる側の気持ちも、その逆もわかる)

だからこそ、過去の自分や保ケ辺と同じ過ちは二度とすまいと思う。

慣れない、小さな台所で、夕食の準備をしながら彼の帰りをまっているであろう朔子の姿を思いうかべながら、津多は卵焼きを口に運んだ。

甘く、なつかしい、しあわせな味が口の中に広がった。

「――津多さんの弁当、うまそうっすねー」

テイクアウトの袋を手に、後輩たちがオフィスに戻ってきた。

「だろ」

「俺のと交換しませんか? ここの弁当、うまいんですけど、毎回だとさすがに飽《あ》きちゃって……マンネリっていうんですかね、たまにはちがう味のものが食いたくなるでしょ?」

テイクアウトの袋を出し出す相手にむかって、津多は微笑《ほほえ》み、静かに首をふった。

(あげないよ)

見舞妻

1

折り鶴を最後に折ったのはいつだったっけ。

小学生のとき？　それとも中学生のとき？

いや、中学時代のアタシが折り紙をするようなほのぼのしたキャラだったわけがない。

アタシの中学時代は「ほのぼの」というより「サツバツ」としていた。あのころ、アタシも友達も子供のくせに朝から晩まで恋愛に明け暮れてて、彼氏と遊んだりエッチしたり喧嘩《けんか》したり仲直りしたり浮気されたり家出したりで超忙しかった。彼氏の歯を折ることはあっても――浮気の証拠の携帯を投げつけたら虫歯でグラグラの前歯が折れた――鶴なんか折ってるヒマはなかった。

　だからあれはたぶん、小学生のときだ。たしか「ケガで入院したクラスメイトに千羽鶴を届けよう」とかなんとかいわれて、ひとり何個かのノルマで鶴を折った記憶がある。

　当時からアタシはバカで、何かに呪われてんじゃないかってレベルで勉強ができなくて、漢字は読めないし分数の割り算はできないし都道府県の位置はわかんないし昭和の前が何時代かも知んないし（江戸時代？）で、先生たちはアタシにテストを返すたびに〝返済の遅れたブラックリストの客を見るヤミ金業者〟みたいな地獄みのある顔をするもんだから、子供心にも「小学生、辛《つら》みがすげえ」って感じで毎日けっこうしんどかった。

でも、手先はわりと器用なほうだったから、家庭科とかだけはわりと得意で、そのときも、渡された折り紙でスイスイ十個くらいの鶴を折って渡したら「お、真冬《まふゆ》、早くてうまいな」って担任の先生にほめられた。「てっぺんに大きいのを一つ作って飾りたいんだけど、折れるか？」って模造紙《もぞうし》を渡されて、頑張って折ったらすごいよろこばれて、「みんなも真冬のコレをお手本にしろ」なんていってくれた。学校の先生にほめられることなんてめったにないから、すごい嬉しかったのを覚えてる。シーサーそっくりの目力《めぢから》の強い、いい先生だった。

そういうわけで、折り鶴にはいい思い出がある。

あるんだけど——そのときアタシが折ったのは、こんなヘンテコな鶴じゃなかったと思う。うん、断じてちがう。

「どうしたんですか？　さっきからじーっと折り鶴を見て」

「この鶴、足生えてて超ウケる」

アタシが手のひらに載せた折り鶴の胴体からは二本の足がにょっきり生えていた。ふんばってしっかり大地を踏みしめてます、って感じのガニ股《また》の足と、翼をバッサーと広げた凶悪そうな上半身。どう見ても鶴じゃない。なんだ、これ？　プテラノドン？

「鶴ですよ」

平野《ひらの》先生はいった。

「それ、尻尾《しっぽ》にする部分にハサミを入れるんですよ。普通に鶴を折って本来後ろにくる羽根を下にもってきて、ハサミで切って足にするんです。〝足のある鶴〟って、少し前に子供たちのあいだで流行《はや》ったんですよ」

「へえー、さすが先生、知ってんねー」

平野先生のベッドの上には他にも二、三個の折り鶴と折り紙で作ったアサガオ、ファンシーなパステルカラーの封筒とおそろいの便せんなんかが置かれている。

〝はやくげんきになって、がっこうにもどってきてください〟

キラキラ光るジェルペンで書かれたひらがなのお見舞いを見て、アタシは微笑《ほほえ》んだ。

「可愛《かわい》いねー。つーか、事故から数日でもう生徒たちからこんなにお見舞いが届くとか、平野先生、人気者じゃね？　この手紙、アタシが読んであげようか？」

「いえ、結構です」

「まあまあ、遠慮《えんりょ》せずに、片手使えないから不便っしょ。なんなら尿瓶《しびん》のお世話とかもアタシがしてあげますから」

「結構ですから！」

アタシが足のある折り鶴をギプスで固められた左足の上にちょこんと置いて、ケラケラ笑うと、先生は心底あきれた顔をした。

「お母さん……」

「え？」

「あなた、あっけらかんとしていますけど、自分のしでかした事の重大さ、わかってます？」

「あ……ハイ……。さーせん……」

すごい冷静に諭《さと》されて、アタシもさすがに笑顔をひっこめた。

一児の母になった今でも、子供時代に冷遇されたおちこぼれのトラウマで、学校の先生には苦手意識がある。お説教される、と思うと身がすくむ。

まして、今の状況じゃ……。

そう、アタシは数日前の晩、この小学校教師を車で撥《は》ねてしまったのだ。

正確には撥ねたというよりも、アタシの運転していた車が横道から出てきた先生のスクーターの前をひっかけて、バランスを崩した先生がスクーターごと土手を滑り落ちて、田植え直後の田んぼに全身ずっぽり突っこんだ、って感じだったんだけど、まあ、事故を起こしたことに変わりはない。

友達の家からの帰り道。時間は夜の十時を過ぎていた。照明もろくにない、真っ暗な田んぼ道での事故だった。

最悪なことにアタシはそのとき酒を飲んでいて、警察を呼ばれたらどんないいわけも通らない、一発アウトの状況だった。

さすがにヤバいことになったと血の気がひいて、あわてて車から飛び出したアタシが、

「生きてますか!?」

と土手の上から呼びかけると、

「——う……ううう っ……」

泥だらけの相手がゾンビみたいなのろのろした動きで立ちあがった。

「大丈夫？　どっか折れた⁉　すぐ救急車呼びますからー！　マジごめんなさい‼」

「うう……その声は……」

ふりむいた相手はずり落ちたメガネをかけ直し、アタシを見て目をみひらいたけど、アタシも相手と同じくらい驚いた。

「あーっ、あなたは河北《かわきた》たかひろの……‼」

「あれ⁉　平野先生じゃね⁉」

相手は小二の息子の担任教師だった——。

よりによって息子の担任を車で撥ねるとか悪夢すぎる、アタシの人生、終わった——と、そのときのアタシは自分の運のなさにクラクラめまいがして座りこみそうになったけど、それはまちがいだった。

事故の相手が教え子の保護者で、しかも飲酒をしている、という状況に気づいた平野先生は手足の痛みにうめきながらも、あれこれ必死に考えてくれて、

「と、とにかくいったん病院にいきますから、お母さんも一緒についてきてください！」

と、救急車を呼ぶようアタシに指示し、とりあえず警察に通報することは思いとどまってくれたのだ。

先生は小学校からそう遠くない、高台にある総合病院へ運ばれた。

診断は左手首と左足の不全骨折《ふぜん》（ひびのことをこういうらしい）。全治二か月だった。足のギプスがとれるまで、先生はそのまま入院することになった。

平野先生は二十八歳。結婚している。でも、奥さんは妊娠《にんしん》中で、しばらく前から北海道の実家に帰っていて、入院に必要な支度《したく》を調えてくれる人間が現在近くにいないらしい、ということを知り、アタシはハイハイハイ！　と鬼のいきおいでその役を買って出た。

それは罪滅ぼしのきもちが半分、事故のことを警察沙汰《ざた》にしないでほしい、っていう計算が半分からの行動だった。

もちろん、頭のいい先生はそんなこと百も承知だったろうけど、現実的な問題として、着替えの調達とか、毎日の洗濯物《せんたくもの》の始末とか、こまごまとした買い物とか、今の自分には助けてくれる人間が必要だってことを判断した結果、渋々アタシの提案を受け入れてくれたのである。

「とはいえ、それで飲酒運転のことを揉《も》み消すわけじゃないですから。ご厚意には感謝しますが、それとこれとは別ですからね、お母さん！」

「ハイ、了解っす」

というわけで、以来、アタシは毎日こうやって先生のお見舞いにきているというわけだ。

「先生……ケガ、まだ痛い？」

無言で天井をみつめている先生に、アタシは恐る恐る尋ねた。

起きた時のままで櫛《くし》を入れていないんだろう、ゆるくクセのある長めの前髪がメガネの黒縁《くろぶち》にかかっている。意志の強そうなくっきりとした眉。大きな一重《ひとえ》の目。こうして近くで見ると意外と睫毛《まつげ》が長くて濃いな、なんてことを思う。あちこちはねた髪をそのままにした平野先生は、学校で会うときよりも、二、三歳は若く見えた。

「もちろん痛いです」

「やっぱ事故のこと警察にチクる?」

「考え中です」

「お願い! 警察に届けるにしても、学校の……たかひろの友達にだけはいわないで!!」

アタシは両手をあわせて懇願《こんがん》した。

「クラスの子たち、みんな平野先生大好きだし! 先生を撥ねたのがアタシだってわかったら、息子のたかひろがクラスで超肩身の狭い思いするし! へたしたらイジメられるかもしんないし! だから、それだけは内緒にしてください! お願いします!」

「それはたかひろ君のお母さん次第です」

先生はきっぱりいった。

「えっ、アタシ次第?」

「そうです。お酒を飲んで事故を起こしたことを本当に反省しているというのなら、口でそういうばかりではなく、きちんと行動なりなんなりでそれを示してみてください」

「何いってんのかよくわからないんだけど」

「だから！　あなたのふるまいからは反省しているようすが全然見られないんですよ！　もう二度としないといわれてもまったく信用できないんです！」

「ええ〜、じゃあどうすればいいの〜？　土下座《どげざ》とか〜？」

「そんなことはのぞんでいません」

「頭を丸めて坊主《ぼうず》にする？」

「やめてください」

「お金？」

「ちがいます！」

「んー、じゃあ、これでもダメー？」

アタシはジャージーワンピの前ジッパーをおろし、Eカップの片乳をポロン、と見せた。

先生が固まる。

「あれ、足りなかった？　ホイ、もういっこ」

と気前よくもう片方の乳も見せる。

だって、言葉でも金でもなく誠意を見せろ、ってなったら、後はもうこれしかないでしょ。

平野先生は真面目《まじめ》な先生だ。でもゴリゴリのカタブツというわけではなく、適度にさばけたところもあるから、子供たちだけじゃなく、保護者からも慕《した》われている。

そういう先生がEカップの人妻おっぱいを見たらどうなるか。

考えられる反応としては①真っ赤になってうろたえる②ふざけるのはやめてくださいと怒り出す③ぎょっとしたあとに笑い出し、まったく、そこまでされたらかなわないな、とかいって例の件を手打ちにしてくれる④思わず興奮してしまい、それをアタシにからかわれて真面目な人らしく恥じ入り、アハハ先生ウブだねー、ちょっともう勘弁してくださいよ……みたいになんかいい感じになってうちとけた結果やっぱり例の件を手打ちにしてくれる、のどれかだろうとアタシは（自分に都合よく）想像したんだけど、全然ちがった。

「お母さん…………何やってるんですか……？」

先生は〝全国冷ややかな目コンテスト〟があったらぶっちぎりで優勝できるだろうなという冷たい目つきでアタシをみつめ、とにかくまず乳をしまえと冷静にいい、大人しくそれに従ったアタシはそこから「保護者の自覚とは」「常識とは」「羞恥心《しゅうちしん》とはナニカ」という説教を延々一時間近く食らうはめになったのだった。

「僕も教師としてまだまだベテランとはいいがたいですし、経験値の少なさや能力不足を自覚していますから、保護者のみなさんに完璧《かんぺき》を求めるつもりなどみじんもありませんが……それにしてもたかひろ君のお母さんは！　ちょっと！　問題がありすぎじゃないですか!?」

「どーもスミマセン……」

さすがに先生らしく、叱《しか》りかたが堂《どう》に入《い》ってて威厳もある。反論する余地がない。長い長いお説教は「次までに作文用紙二枚の反省文を書いてくる」ということでようやく決着した。

ああ、やっぱりアタシ、学校の先生って苦手だ。

家に帰ってから落ちこんだ。

冷静になってみると、自分のことながらあれはない、と頭を抱える。

真冬のアホ。マジでアホ。いくら飲酒事故のことを見逃してほしくて必死だったからって、担任の前でおっぱい丸出しにするとか、何考えてんだ、アタシは？　平野先生とはこれから先四年間、学校で顔をあわせるっていうのに、どうすんの……ああ、マジ死んじゃいたい。

「ただいまー！」

元気いっぱいの声とともに、玄関ドアの開く音がした。

ガチャガチャとランドセルにつけたキーホルダーや防犯ブザーがにぎやかに鳴る。たいして長さもない廊下《ろうか》をバタバタと走り、「ママー！」と息子のたかひろがリビングダイニングに飛びこんでくる。

「ねえねえ、ママ！　バイクでこけた平野先生を助けたのってママだったんだってー!?　すっげー！　えれー！　今日、オレ、学校でくっそ褒《ほ》めたたえられたー！」

誇らしげに頰《ほお》を染めて入ってきたたかひろは、魚市場のマグロみたいに床に伸びているアタシを見つけて、「えっ、ママ、どした!?」とぎょっとした。

「……たかひろ……」

「大丈夫、ママ？　なんで泣いてんの!?」

「う、うううっ……」

「お腹痛いの!?　いつものやつ？　オレ、薬、もってきてやろうか!?」

アタシは息子の小さな肩をがっしとつかんだ。

「たかひろもママのこと馬鹿だと思う～!?」

「えっ、よ、よくわかんないけど、えーと、ちょっとおっちょこちょいだなーとは思う……」

たかひろはやんちゃで活発でいたずらな「ザ・男の子」っていう性格だけど、根は繊細《せんさい》で、小さい子とかにもすごくやさしくて、普段から母親のアタシをすごくいたわってくれる。

アタシの落ちこみようを見て、いつもの生理痛かと考えたらしく、薬箱をもってきてくれたり、せっせと背中をさすってくれたりするたかひろは、我が息子ながら本当に本当にいい子だ。それにくらべて、二十三にもなって、アタシは……。

「帰ったぞ」

ばあちゃんに電話する？　アイス食べれば？　と懸命にアタシを元気づけていてくれたたかひろは、部屋に入ってきたダンナを見て、パッと笑顔になった。

「父ちゃん！　おかえりー！」

「ごはんは……」

「マサト……」

アタシはよろよろ立ちあがった。

「お、おかえり……ごめん、気づかなくて……ご、ごはんは……」

「いらね。食ってきた」

ネクタイをゆるめ、そっけなくいう。

そういうときには先に連絡してほしい、といつもならいうんだけど、今日はそれどころじゃないし、まだ夕食の準備に全然かかっていなかったから、ほっとした。

旦那のマサトは半年前に転職した。前の会社のときはだいたい八時前後に帰宅していたけど転職以来、それがやたらと不規則になった。三日連続で日付が変わる時間に帰ってくることもあれば、こんな早い夕方にふらっと帰宅することもある。

ここ何日かは深夜帰宅で、夜に顔をあわせることがなかったたかひろは、マサトの顔を見て、たちまちテンションがあがった。普段はママっ子の甘えん坊だけど、やっぱりパパのことも大好きで、マサトの周りでウサギみたいにピョンピョンはねている。

父親の足に抱きつくたかひろは、細い眉毛《まゆげ》も、一重《ひとえ》の目も、広い額の形も、笑っちゃうほどマサトにそっくりだ。

「ねー！　父ちゃん、遊ぼ！　遊ぼ！」

「後でな。――真冬」

「え」

「ちょっと」

六畳《じょう》の部屋のドアを顎《あご》で示す。

興奮気味のたかひろをなんとか鎮《しず》め、部屋に入った。

マサトはアタシに背中をむけたままワイシャツを脱ぎながら、

「今日も病院、いったのか」

「あ、うん」

「で、担任……なんだって？」

「あ……えーと……」

うまく話をおさめようと思っておっぱいを見せたら逆にめっちゃ怒られた——なんていったらえらいことになるので、

「なんか先生、バイクの修理代と医療費だけでいいってー……」

とりあえず嘘をついた。

「あっそ」

マサトの反応はまるきり他人事《ひとごと》みたいだ。

「で……その金、誰が出すの」

「それはっ、もちろんアタシが……！」

「出せんのかよ」

「出せるよっ、一応パートの貯金あるし、足りなかったら分割《ぶんかつ》にしてもらってでも

「……！」

「全部自分で払うっつったこと忘れんなよ。今回俺は一円も出さねえからな」

「うん……」

「こっちの車の修理代だってあるんだぞ。警察に届けられねーから保険もまず使えねーし、修理終わるまで車使えねーし、おかげで仕事になんねーし。マジ何やってんの、おまえ」

「ごめん……」

「担任教師を車で撥《は》ねたなんて近所の噂《うわさ》になったらどうすんだよ。母親の自覚なさすぎだろ。とにかく、事故の件は任せたからな。俺たちにこれ以上迷惑かけんじゃねーぞ！」

バタン！　とすごいいきおいでドアを閉め、マサトは部屋を出ていった。

「うん……わかってるし……」

ドア越しにたかひろのはしゃぐ声が聞こえてきた。それから、マサトの好きなサッカー中継の音。アタシはその場に座りこんだまま、ハア……とため息をついた。

転職以来、マサトはずっと機嫌が悪い。いつもピリピリ、イライラしている。

前の会社のときは、そんなんじゃなかった。たとえ遅くに帰ってきた日でも、晩酌《ばんしゃく》をしながらくたびれた笑顔を見せてくれたし、アタシのごはんを美味《おい》しいっていってくれたし、たかひろとも休日ごとに遊んでくれた。

今は朝から晩まで不機嫌そうで普通に雑談もしにくいし、ごはんを食べても美味《うま》いとも不味《まず》いともいってくれないし、休日にたかひろの相手をしているあいだも上の空だ。

でもわかる。

前の会社のほうがよかったんだろうな、ってことは、就職なんてしたことのないアタシ
前の会社はマサトが高校卒業後にすぐ入ったところで、七年近く働いていたから、仕事内容ももう完全に呑《の》みこめていたし、アットホームな雰囲気《ふんいき》で人間関係もよかったし、このアパートから車で十五分くらいのところだったから、通勤の負担も少なかった。

今の会社は四十五分くらいかかるし、聞く限りではブラックっぽい雰囲気で上下関係の風通しも悪そうだし、前職とまるきりちがう仕事だから、マサトのストレスも大きいんだろう。

──前の会社に戻ったら？　社長もいつでも出戻り歓迎するっていってくれてたじゃん。

本当はそういいたいけど、それはマサトの決断だから、アタシは口出ししないことに決めている。マサトが居心地のよかった前の職場を離れることを決めたのは、お給料のため、つまりはアタシとたかひろの生活のためだ。

小学校にあがって以来、学童とか、サッカークラブとか、スイミングとか、以前より格段に出費が増えた。この先、子供のお金はまだまだかかる。アタシは高校中退、マサトは高卒だけど、たかひろにはアタシら親たちよりもっと広い世界を見てほしい、って思ってるから、本人がのぞむなら大学へもいかせてあげたいとアタシはひそかに考えている。

「俺とおまえの子が大学いける頭なわけねーだろ」

ってマサトはいうけど、それでもマサトなりにたかひろの将来のことを考えてくれてい

て、たかひろの身の回りの物、おもちゃや洋服や学用品、他の子にあの子が引け目を感じることのないように、ってがんばってそのためのお金を稼《かせ》いできてくれる。

そう、マサトはいつもアタシとたかひろのために働いてくれているのだ。頑固で不器用で口下手《くちべた》な人だから、嫁のアタシにも泣き言とかいわず、ストレスとか理不尽なこととか、黙ってひとりで呑みこんで、色々なものを犠牲《ぎせい》にして。

だから、マサトに多少つっけんどんにされても、アタシは我慢しなくちゃいけない。マサトのおかげでアタシもたかひろも暮らしていけるんだから。浮気したり殴《なぐ》ってきたり嫁に稼がせて自分は全然働かない元ダンナたちにさんざん泣かされてきた友達なんかに比べたら、殴らないし浮気しない、正社員のダンナをもっているアタシはめちゃくちゃ恵まれてるんだから。

でも、そう思っても、やっぱり、つれなくされ続けていると、さみしい……。

その夜はたかひろを真ん中にして、三人で寝た。

三人一緒に眠るのは久しぶりだ。帰宅が遅かったり翌朝の仕事が早かったりのとき、マサトは隣の六畳の部屋で、ひとりで寝ることが多い。エッチのときも。

「――マサト……」

たかひろの寝息が聞こえる暗闇の中、広い背中にむかってアタシは小声で呼びかけた。

「あ?」

「エッチしよ……」

短い沈黙のあと、

「……場合かよ……」

あきれたような、軽蔑《けいべつ》したようなつぶやきが返ってくる。

アタシは赤くなって、もぞもぞと毛布をかぶった。

「ごめん……」

拒否されるのって、何回されても慣れないし、傷つく。アタシたち、もう何か月エッチしていないいんだろ。結婚して八年経って子供もいれば、夫婦ってみんなこんなもんなの？拒《こば》まれれば拒まれるほど、満たされたくなって求めてしまう。やさしい言葉がもらえないなら、せめて温もりで愛情を感じたい。別にセックスでなくてもいい。手をつないでくれるだけでも、抱きしめてくれるだけでも、キスしてくれるだけでも。

でも、マサトは背中をむけたまま、アタシの顔を見ようともしなかった。

アタシは布団の中で、すがるように、たかひろの小さな背中をぎゅっと抱きしめた。

2

週に三回、アタシは駅前の化粧品《けしょうひん》店の二階にあるネイルサロンでパートをしている。

地元の友達のママがやっている店で、たかひろの小学校入学と同時に始めた仕事だ。

たかひろは保育料の安い二年保育の市立幼稚園に入れたから、四歳過ぎまで自宅保育だった。近くに住んでいるアタシの母親もちょこちょこ預かってはくれたけど、基本的に正社員のフルタイム勤務だから、それまでアタシが働くことはできなかった。

働きたいな、ってたかひろを産んだあとからずっと思っていた。あの子はよく寝てくれる赤ちゃんだったから、産後の回復は順調だったし、もともと体力はあるし、アタシが稼げば貯金もできて、マサトの負担も軽くなる。でも、アタシは高校中退で、なんの資格もないし、働ける時間や曜日にも限りがあるから、できる仕事は限られている。

そんなとき、友達から、ネイルサロンの仕事を聞いた。

もともとネイルは大好きだったし、髪をいじったりメイクするのも好きだったから、将来は美容系の仕事に就《つ》きたいなー、なんて学生時代、漠然《ばくぜん》と思っていたことを思い出した。美容師になるには美容師免許の取得のために国家試験を受ける必要があるけど、ネイリストにそれはいらない。スクールに通うか、通信教育で勉強すれば、店で働くのに必要な資格がとれる。アタシはさっそく通信教育の資料をとりよせると、子育てのあいまに時間をみつけて検定資格の勉強を始めた。たかひろが幼稚園に入ったあとは、母親にお金を借りて、市内のネイルスクールに一年間通った。スクールで勉強して、休みの日には友達に片《かた》っ端《ぱし》から頼んでネイルをさせてもらって、家でもたかひろが寝たあとに練習して。

ふり返っても、今までの人生で、あんなに一生懸命勉強したことってない。

検定一級に一発合格したときにはホントに嬉しかった。なんていうか、これでアタシもちゃんとした大人になれた、社会に認めてもらえる資格が手に入った、って自信がついたから。

それまでアタシがもっていた免許は運転免許だけで、資格といえば「母親」だけど、これには合格の基準も試験もない。だから、何度となく投げつけられた、

「そんなんじゃ母親失格だ」

っていう言葉に、アタシはずっといい返す言葉をみつけられずにいた。

妊娠《にんしん》して高校辞めて、十代でママになって、周りの友達もまだ学校を続けていたから、子育ての相談ができるのは自分の母親しかいなくて。検診とか、児童館とか、育児支援センターとか、スポーツセンターの体操教室とか、同じ月齢の子が集まる場所で、十歳近く、へたすれば二十歳近く年上のママたちの中で、若すぎるアタシは浮きまくっていた。

栗色のロングヘアをきっちり巻いて、ネイルとメイクもばっちりして、たかひろにも小綺麗《こぎれい》な服とか着せて、なんとか周りに溶けこもうと頑張ってたんだけど、まあ、最後までうまく輪には入れなかった。「子供がいる」ってだけの共通点で、大卒バリキャリのアラサー・アラフォーママと、高校中退のギャルママのアタシがそう簡単に仲良くなれるわけもない。鳩の群れの中にフラミンゴがまぎれこんだくらい、アタシはあそこで場違いだったと思う。

そんな感じの空回《からまわ》りで、年上ママたちとはあんまり仲良くなれなかったけど、別にイジワルをされることもなかったから、よかった。嫌だったのは、電車とかショッピングモールとかで通りすがりに悪意をぶつけてくる人たちだった。

「ちょっと、お姉ちゃん、アンタ、ずいぶん若いけど、いくつ？」

「まだ学生じゃないの？　十六？　十七？」

「そんな齢《とし》で子供産む気？　父親はいいんの？」

「まったく、子供が子供を産んで！」

　妊娠中から、見ず知らずの相手に、何度そんな言葉をぶつけられたかわからない。相手はおじさんだったりおばさんだったりおじいさんだったりおばあさんだったりした。いつも同じなのはアタシがひとりのときか、母親といるときだけそういう嫌がらせに遭《あ》ったこと。マサトが一緒のときには一度もそんなことはいわれなかった。卑怯《ひきょう》だ、と思う。

　今でもそういう人たちはいて、アタシとたかひろをジロジロ見ては、

「アンタ母親だろ？　こんな子供にゲームだのなんだの渡して、自分はボーっと携帯見て！」

「昔は母親がちゃんと責任もって自分の子を見てたよ。今の若い子は本当に、まったく」

　とかいってくる。

　さすがにアタシも母親八年めで、慣れてきたから、その手の相手には、

「ハイハイ、そーっすねー、粗探《あら》し警察ごくろーさん」

　で相手にしないか、

「え、そんなに昔がいいなら、アナタも着物にふんどしにちょんまげで暮らせばいいっしょ。そんなふうにユニクロTシャツ着てマックシェイク飲んでる場合じゃないっしょ」

とかいって撃退することにしている。

でも、十代のときは、そういう攻撃にいちいち怯《おび》えたし、傷ついた。罵倒《ばとう》されるたび、やっぱりアタシが母親になるなんてまちがってるのかな、って不安になって、家に帰ってしゃくりあげて泣いた。今でも、あのころの自分を思い出すと、ちょっと泣けてくる。二十三歳のアタシがあのころのアタシを抱きしめて「真冬はまちがってないよ、それでいいんだよ」っていえてあげたらどんなにいいだろう。

だって、あのとき、アタシはまだ十五だった。

子供ができたとき、アタシの母親は産むことになかなか賛成してくれなかった。あんたはまだ若い、産んだらこの先の自由はなくなるよ、途中で放り出すことはできないんだよ、もったいないよ、といった。友達の意見も同じだった。マサトだけが、真冬が産みたいならそうしよう、といってくれた。

でも、二十三になった今では、あのときの母親のきもちもわかる。

ネイルサロンの一階の化粧品店には、学校帰りや部活帰りの女の子たちがたくさんくる。大きなスポーツバッグや楽器の入ったケースを抱えて、数百円のネイルや、グロスや、フェイスパウダーを手に、わいわい騒いでいる女の子たち。日焼けしてたり、ニキビがあったり、すっぴんだったり、ぽっちゃりしてたり。矯正《きょうせい》していない、完成していない、未成熟の、素のままの、無防備な女の子たち。

――まだ、子供じゃん。

アタシは衝撃に打たれて、笑い転げる女の子たちを見ていた。聞こえてくる会話のたわいなさ。彼氏とか、アイドルとか、もうすぐ始まる試験の範囲とか、部活の怖い先輩とか。「お母さんがうるさいから今日は先帰る」といって店を出ていく女の子がいた。

お母さん。アタシと女の子たちの齢の差は六、七歳しかない。でも、この子たちはまだ自由な子供のフィールドにいて、アタシはもうとっくに「お母さん」の側にいる。

そうだ、アタシもあのとき、まだ、子供だったんだ。

母親が産むことに反対したのも当然だった。こんな齢の子供に、自分の大事な子供に、赤ちゃん産ませようってこと、なかなか思えるもんじゃない。母親だから、自分の子供には自由な時代をできるだけ長く過ごしてほしい、早くから苦労する道を歩かせたくないって思ったんだな、って、ようやくそのとき、心から理解できた。

それでも、アタシはたかひろを産んだことを一度も後悔していない。

もう少し後にすればよかった、とか、チャンスはまだいくらでもあったんだから、とか、そういうことも考えない。あのとき決断して産んだから、今のたかひろがいるんだから。ちがうチャンスで産んだら、それはそのときできた子で、今のたかひろではやっぱりない。

子供を産むのも、育てるのも、何もかもがぶっつけ本番で、体当たりで、無我夢中で、手探りで、壁にぶつかりまくりの冒険で、めちゃくちゃだった。とにかく毎日必死でたかひろを育てていくうちに、たかひろを産むまでの十五年のアタシも、いろいろ後悔とか反省はあったけど、でも、もういいや、ってアタシはだんだん思えるようになっていった。

帝王切開《ていおうせっかい》をゲームの必殺技かと思っていたくらいアホなアタシだったけど、そういうアタシでなかったら、たかひろは生まれてこなかったかもしんないし、アタシはたかひろを愛してるから、大好きなあの子ごと産んだ母親の自分もオールオッケー、肯定しよう、って思えるようになった。産むことを選んだのはまちがってなかった、って思えるようになった。

はじめはあんなに不似合いで、重苦しくて、身の丈《たけ》にあわなかった「お母さん」がいつのまにか自分の一部になっている、って気づいたのはいつだったろう？

アタシはたかひろのお母さん。息子《このこ》を授かったのは十五の冬でした。

今では、アタシ、誰にだって胸をはってそういえる。

水曜日と木曜日はパートの休日だ。

たまっていた家事を午前中に終わらせて、テキトーに残り物でお昼をすませたあと、スーパーと銀行に寄ってから、アタシはいつもより早めに平野先生のお見舞いにいった。

とはいえ、修理に出している車がまだ返ってこないから、買い物も病院も徒歩でいかなくちゃならなくて、移動するにも荷物を運ぶのにも時間がかかり、先生のいる病院の個室へと顔を出したのは、予定していた時間よりもだいぶ遅くになってからだった。

「――なんか、今日は元気ないですね」

スツールに腰をおろしてぼーっとしているアタシを見て、平野先生がいった。

「はー……そっすか？」

「覇気《はき》がないじゃないですか。いつもみたいにテンション高いおしゃべりもしないし。心なしか髪の巻き具合もグルングルン感が足りないような」

「いや、犬のしっぽじゃないんで、アタシの元気と髪の巻き具合は関係ないんすけど……」

アタシはため息をついた。

「ちょっと疲れちゃってー。最近色々ありすぎてー、なんか、ぽかーん……って感じ？」

「僕の世話が負担になっているならムリはしないでください。洗濯物《せんたくもの》をもってきてくれたり、手作りの差し入れをしてくれたり、毎日ありがたいですが、そんなに疲れるようなら……」

「あ、イヤイヤ、それは関係なくて。ちょっと家でもいろいろあったっていうか……」

アタシはあわてて手をふった。

実際、平野先生のぶんの洗濯物だの差し入れの料理だのは、たいした手間でもない。マサトの機嫌が日に日に悪くなっていて、それがアタシの精神的な部分を削《けず》っているのだ。たかひろの前で喧嘩《けんか》をすることだけは絶対したくないから、マサトの機嫌をそこねないようあらゆる部分まで気を遣わなくちゃいけなくて、ひどく疲れる。

事故のことをまだ怒っている、っていうんでもないと思う。原因はやっぱり仕事だろうな、と電話で会社の人間と話しているようすからアタシは察していた。どうも、マサトが今、担当している仕事が相当うまくいっていないみたいなのだ。

アタシに問題があるわけじゃない、とわかっていても、毎日のようにキツイ言葉を投げつけられるのはやっぱり辛《つら》い。

パートの仕事を終えて、買い物して、重い荷物をもって帰ってきて、ごはん作って、お風呂沸かして、洗濯物をたたんで、たかひろの宿題を見てやったあとに、

「クリーニングに出しておいたワイシャツの染み抜きができていない」

って理由で二十分も三十分もお説教を食らうと、さすがにしんどくなる。心も、身体《からだ》も。

ハアー、いったいどうすればいいんだろ。一度、前の会社の社長さんに相談してみようかな……面倒見のいい人でアタシやたかひろのこともずいぶん可愛《かわい》がってくれたし……でも、勝手なことするな、男の仕事によけいな口出すんじゃねえ、ってマサトに怒鳴られるかな……あーダメだ、わかんない、アタシってこういうとき全然役に立たないなー……。

数分間、アタシは自分の悩みにどっぷり入りこんで、平野先生の存在を完全に忘れた。ピンポンパン、とチャイムが鳴り、どこかの科の先生を呼びだす放送を聞いて、やっと我に返った。

あわてて見ると、平野先生はギプスをした左手を器用に使って本を読んでいた。アタシに気づいて本を閉じる。児童心理学のナントカ、という難しそうなタイトルが見えた。

「お母さん」

「ご、ごめんなさい、先生、ぼーっとしちゃって……！」

「前から思っていたんですけど」

「えっ」

「それ、綺麗《きれい》ですね」

先生はアタシのネイルを指していった。

今のカラーはシンプルな赤、一本の爪にだけビジューを施《ほどこ》したデザインにしている。

「えっ……そ、そう……？」

思いがけない言葉に、アタシはうろたえてしまった。

「あ、ありがとう。えへへ、一応、アタシ、ネイルサロンで働いているから……」

「ああ、なるほど。すごく器用だなーと思っていました」

平野先生はまじまじとアタシの爪をみつめた。

「前から不思議に思っていたんですけど、そういう爪をしている場合、お米を研《と》ぐときとかはどうするんですか？　その爪、外れるんですか？」

「えー、つけ爪なら外すけど、これは自爪だから。ジェルネイルなら、定期的にメンテナンスしてれば、米研ぎぐらいではがれることはまずないよ。アタシは念のため、専用の道具でお米研ぐことが多いけど……それに、お米って、そんなにガシガシ研ぐ必要ないし」

「ジェルネイルっていうのは、マニキュアなんかとはちがうんですか」

「ちがうよー。マニキュアは自然揮発《きはつ》で乾かすけど、ジェルは紫外線とかＬＥＤライトで固めるものだから、マニキュアより断然持ちがいいし、耐久性があるし、発色も綺麗なんだよね。えーと、なんか樹脂《じゅし》っぽい感じ？　あー、実物を見せればすぐちがいがわかるんだけどな……」

平野先生は本当にネイルのことを何も知らないみたいで（まあ、だいたい男の九割はネイルに興味がない）、アタシの説明を興味深げに聞いてくれた。

なんか、ヘンな感じ。

いい大学を出ている頭のいい先生に、アタシなんかが教えてあげられることがあるなんて。

「先生の奥さん、ネイルとかはしない人？」

「そうですね。うーん、たしか、学生時代にマニキュアとかは時々していたような気がしますが……たぶん、あんまり……」

あやふやな口調でいった。

「あまりメイクとかファッションとか、そういうのに興味ないタイプなんじゃないかな。まあ教師だから、そういうのにけっこう制限があるっていうのもあると思いますが」

奥さんも先生なのか、と知り、アタシは妙に納得してしまった。

真面目《まじめ》な平野先生にふさわしい、真面目でしっかり者の奥さんなんだろうなあ……。

きっと大学時代に知り合って、一緒に先生の道を目指して、ふたりでちゃんと夢をかなえて結婚した、きちんとしたおうちで育った、きちんとした二人なんだろう。

「すみません」

急に謝られて、アタシはきょとんとした。

「すみませんって、何が？」

「えーと……正直いって、僕は今まで、そういうネイルをした女性に少なからず偏見をもっていたようだな、ということに気づいたんです。そんな長い爪で、きちんと料理や家事ができるのかな、と……あなたを含め、他にもいるネイルのきれいなお母さんたちを見て、勝手に自分基準の〝理想の母親像〟にあてはめて、ジャッジしていたというか……でも、すみません、それは僕の勝手な思いこみでした」

平野先生は申し訳なさそうな顔をして、頭を搔《か》いた。

「関係ないんですよね。ネイルをしていようが、ヒールの高い靴《くつ》をはいてようが、派手な服を着ていようが。みんな、それぞれのやりかたで家事や仕事を頑張っているお母さんたちなんだな、と今さらながらですが、思って。たかひろ君のお母さんは料理も上手だし、洗濯物のたたみかたなんかを見ても、きちんとされているの、よくわかります。何より、あなたの育てているたかひろ君が、あんなに元気で素直ないい子なんだし」

アタシはとっさに返す言葉がみつからなかった。

数秒遅れで胸の中に温かいものがじんわりと広がっていく。

あー……ヤバい。コレ、震えるほど嬉しい……。

だって、大事なたかひろを元気でいい子だっていってくれて、母親のアタシのことも、料理とか、仕事のこととか、頑張ってる、って認めてくれたんだもん。今まで、そんなふうに褒められること、ほとんどなかった。母親なら当たり前、っていわれることはあっても。

感動すると同時に、あんまり思い出したくない事実が胸によみがえってくる。

――アタシ、こんないい先生におっぱい見せちゃったんだった……。

「普段からあんなことしているわけじゃないでしょうね？」

いきなりいわれて、ぎょっとした。

「えっ!? ま、まさか！　してない、してない！　そんな頻繁《ひんぱん》におっぱいポロンポロン出してたらヤバいっしょ！　あのときはなんつーか、とにかく見逃してほしくて必死すぎてテンパっちゃったつーか……！」

「飲酒運転の話です！」

「あっ……」

そっちか。

いつのまにか平野先生の膝の上にはアタシの書いた作文用紙二枚の反省文が置いてあった。

褒められた感激にひたっているうちに、話題が変わっていたことに全然気づいていなかった。本当にアタシっておっちょこちょいだ。

「漢字その他の誤字、脱字についてはまあ置いておくとして……一応、真摯《しんし》な反省のきもちは伝わってきました。だから、確認しておきたいんです。お母さん、事故を起こす前は飲酒運転を常習的にしていたんですか？」

「しないし！　そんなことしてたら最低っしょ！」

「じゃあなんでしたんです？」

「それは……」

アタシはためらった。でも、事故のことを公《おおやけ》にしないでくれた先生に、ずっと本当のことを隠しておくわけにもいかない。

「──あの日は、たかひろをばあちゃんちに預けて、友達んちでちょー久しぶりに宅飲みしてたんだ……」

土曜日の夜。中学時代からの親友のさやかの家で、同じく親友のリサと三人だった。

二人ともシンママで、うちよりもまだ子供が小さいから、仕事とか子供の世話とかで、なかなか三人一緒に集まる時間をとれずにいた。だから、それぞれの子供たちを親に預けて、朝まで飲めるその日を、アタシは前から楽しみにしていた。

毒舌《どくぜつ》でバリバリ仕事のできるさやかと、天然系でほんわり可愛いリサ。大好きな二人。仕事の話とか子育ての愚痴《ぐち》とか中学時代の話とかで三人でめちゃくちゃ盛りあがって、缶ビールを三本あけたくらいのとき、アタシの携帯が鳴った。マサトからだった。

「──おい、車は？」

不機嫌丸出しの声。ちょっとヤバいな、って予感はそのときにもうあった。

「アタシが使ってるけど。今、さやかの家。明日の昼まで貸してくれるっつったよね？」

「はあ!?　聞いてねーぞ!!」

「え？」

「ふざけんじゃねーぞ。何、俺の予定も聞かねーで勝手なことしてんだよ！」

「えっ、まって、まって！　アタシ、いったよ!?」

アタシは焦った。

「飲み会決まったときと、先週と、今週と、三回くらい。土曜にさやかのとこ泊まるから、車使うって。たかひろも昨日、明日はばあちゃんちにお泊まりだ、ってはしゃいでたじゃん！」

「知らねえよ！」

「そんな……」

「明日の朝、仕事仲間と出かけるんだよ。すぐ返せ」

「そんなん無理だし……！　もーお酒飲んじゃったし……！」

「ダンナが仕事で使うっつってんのに、飲み会やってるから車返せないとか、真冬、おまえ、たいがいにしろよ」

「だって……」

「だってじゃねえんだよ、ごちゃごちゃいってんじゃねーぞ。今すぐ返せないなら二度と帰ってくんな！　わかったな？　離婚だ、離婚!!」

直後に電話は切れた。

その後、何度かけても、マサトの携帯はつながらなかった――。

「――それで……やっちゃった……」

アタシの話を平野先生は黙って聞いていた。

非常識なダンナにあきれているのか、それを拒否できなかったアタシを軽蔑しているのか、そのどっちもかもしれない。

「友達にいわれた。そんな奴、別れな、って」

さやかもリサも帰ろうとするアタシをひきとめて、車がいるなら自分でとりにくりゃいいじゃん、話聞いていなかったのは自分っしょ、と、マサトのことを本気で怒ってくれた。代行呼《だいこう》びな、っていってくれたけど、そのお金をケチって運転して、事故を起こしたのはアタシだから、やっぱり責任はアタシにある。

「御主人、いつもそんな暴言を吐くんですか」

「ん……最近は……。なんか仕事がヤバいらしくてね……でも、昔はめっちゃラブラブだったんだよね。アタシたち。あ、うちらの結婚式の写真、傑作《けっさく》なんだけど見る？」

「いえ、結構です」

「コレねー、カメラマンがちょーヨボヨボのじーさんで、手とか震えてて、アタシもマサトもマジ笑いとまんなくて。ホラ、コレ、マサトの顔、ヤバくね？　眉毛、消えてね？」

「お母さんもたいがい人の話を聞かないですよね……」

携帯の画面に映っているのは、ウエディングドレスを着た二十歳《はたち》のアタシと白いタキシード姿のマサト。入籍だけで同居生活を始めてしまったアタシたちは結婚式をしていなかった。だから、アタシが二十歳になったら成人式の代わりに結婚式をしよう、ってマサトがいってくれたとき、アタシは本当に嬉しかった。

「たかひろ妊娠《にんしん》したとき、アタシが十五でダンナが十八だったんだけど」

「若っ」

「アタシが高一、ダンナが高三で。アタシは産みたかったけど、子供できたって親に報告するとき、やっぱりすごく怖かったんだよね。でも、マサト、そういうことから逃げないでくれて、ちゃんとうちの親に、結婚させてください！　って頭さげてくれてさー、親の支援は受けない！　っつって会社とバイトの掛け持ちして稼いでくれてさー、子供のこともすっごい可愛がってくれるしさー、あー、マジ最高のダンナ様！」

「そうですか……」

「でも……半年前ぐらいから、なんかいろいろおかしくなっちゃったんだよね……仕事がキツイせいだろうと思っていたんだけど……」

何を話しかけてもろくに返事が返ってこなくなって、日ごとにアタシへの興味が薄れていくみたい。関心をむけるのは、怒るときだけ。

「もしかしてダンナ……自由になりたいのかなぁ……」

たかひろが生まれてからの八年間、周りの友達が酒や車や趣味に自由にお金を使って遊んでいたときも、マサトはひたすらアタシとたかひろを養うために仕事をしていた。

そういうのに、嫌気がさしてしまったのだろうか。

マサトは本当は、何に怒っているんだろう。

「なんか、疲れちゃったなー……」

ため息をついてうなだれる。

しばらくして、すっ、と目の前に何かを差し出された。

折り紙のチューリップだった。

アタシは顔をあげた。

「ヒマだったので、作ってみました」

平野先生はいった。

赤と緑の二色の紙で折られたチューリップを受けとり、アタシはふふっと笑った。

「可愛いー。懐かしいなー、昔、よく折ったよ……。コレ、アタシに？」

「ええ、まあ。元気出してください。たかひろ君のお母さんは毎日頑張ってますよ」

「うん……」

「疲れたなら、ちょっと、休んでください。病院《ここ》はそのための場所ですから」

「……ありがと、先生……」

アタシは目をつむった。

「——平野先生って……アタシが昔好きだった担任の先生に、ちょっと似てる、かも……」

「どんな先生だったんですか?」

「んーとねー、シーサーそっくりの顔の先生だった」

「……」

家とスーパーと銀行と病院。朝から動き回っていて、自分で思っていた以上に疲れていたらしい。

先生のベッドにもたれかかり、アタシはそのまま本当に眠ってしまった。

3

目覚めると、ベッドに平野先生の姿がなかった。

あわててはね起きると、ちょうど入ってきた看護師さんが、

「あ、ご主人、洗髪《せんぱつ》の番が来たので、シャワー室にいってますよ」

と教えてくれた。

「疲れているから起こさないでくれって。やさしいですねー」

アタシ、奥さんとまちがえられている、とそのとき初めて知った。

「明日から三階の四人部屋に移りますから、奥さん、ここのお荷物、明日の十時までに動かせるよう、準備しておいてくださいね」

「あ、ハイ、わかりました」

とかなんとか答えて、アタシは急いで病室を出た。さすがにそのまま居眠りを続ける度胸はない。

そういえば、ふさがっていた大部屋が空いたからそっちへ移るっていっていたっけ。個室は高いから、四人部屋に移ってもらえるなら、そのほうがアタシとしてはありがたいけど。

今日は先生にお金を払うつもりできたから、このまま帰るわけにもいかなかった。アタシは一階の売店へいって、雑誌や飲み物を買ったあと、ロビーのソファに座って時間つぶしにテレビを見てから、病室へ戻った。

ドアをあけかけて、中からの話し声に気づいた。

「――で、これ、今日のプリントです」

「ありがとうございます、山内《やまうち》先生」

山内先生。

隣のクラスの担任だ。たしか、平野先生より、三つ四つ年上の男性教諭だった。

「すみません、ご迷惑かけて。クラスのほうは大丈夫ですか」

「問題なし、問題なし。副担の先生、うまく子供たちをまとめてますよ。いいなー、入院生活。僕も仕事に疲れたら自転車で田んぼに突っこもうかなー、はっはっは」

どうやら学校のプリントだの書類だのを届けに来てくれたらしい。齢《とし》の近い先生同士、仲もいいらしく、二人はくだけた感じで話をしている。

また後で来たほうがいいみたいだ——とドアをしめかけたアタシは、

「——たかひろのお母さん、よく来てくれるみたいじゃないですか」

山内先生の言葉に、思わず手をとめてしまった。

「ああ……ですね」

「まさか、先生のコレ？」

えっ、と思った。コレ、がどういう意味かは、会話の感じで、なんとなくわかる。

「はははは。……いやいやいやいや」

「いやいやいやいや」

男二人はヘンなトーンで笑いあった。

「正直いっていいよ？」

「ちがいます！」

平野先生がムキになっていった。

「あちらが車ですれ違うとき、僕がコケたもんだから、自分のせいなんじゃないかって心配しているみたいなんですよねー」

「ふーん……そうですか」

——平野先生、そんなふうにいってくれているんだ。まるで自分のせいで事故ったみたいに。そういえば、たかひろも学校で、アタシが先生を助けた、って話になってるっていったっけ。悪いのは全面的にアタシなのに……。

アタシは胸がトクン……とするのを感じた。

「知ってます？　たかひろのお母さん、けっこう職員のあいだで人気あるんですよ」

「へえ～……そうなんですか」

「美人で明るくて可愛《かわい》いじゃないですか。ちょっと抜けてる感じはありますけど。正直、僕、タイプですねー。あっはっは、おっぱい大きいし！」

山内先生……こういう感じの先生だったのか……。

いつもきっちり髪を整えて、ワイシャツにネクタイ姿で、真面目《まじめ》なタイプの先生かと思っていたけど、そうでもなかったみたい。

そうだよなー。先生たちだって、プライベートではただのひとりの男だもんなー。

「平野先生はどうなんです？」

「どう……と聞かれても、僕、奥さんいるからなー。もうすぐ親父《おやじ》になりますし」

「知ってますよ、今、北海道に里帰り中で見舞いに来られないんでしょ？　グッドタイミングじゃないですか」

「変なことばっかりいわないでくださいよ、もう……！」

「あっはっは」

山内先生は真面目な平野先生をからかって面白がっているみたいだった。

「でも、奥さん、ずいぶん早くから里帰りしてますよね。里帰りって、普通、予定日の一か月くらい前からじゃないんですか」

「ああ、それは……つわりが相当キツかったみたいで、僕も帰りが遅くて、なかなか手伝ってやれなかったんで……毎日つらい、実家に帰りたい、って泣きながらいわれたら、反対できなくて。それで、予定日にはまだ三か月くらいあったんですけど、早めに帰ったんです。生まれてからも、たぶん二か月くらいは戻ってこないんじゃないかな」

「夫が全治二か月のケガで入院しても、見舞いにこられない？」

「今は子供が最優先なので……。あなたは大人だから、身の回りのことはどうとでもなるはずだけど、赤ちゃんを守れるのは私しかいないから——と」

「ははあ……」

「たしかに身重の身体《からだ》で飛行機に乗るのは不安だと思いますし……仕方ないですね」

——そうだったんだ。全然知らなかった。

たしかに病室には奥さんからのものとかも全然なかったし、先生の口からも聞かなかったけど、それはアタシの知らないところできちんとフォローされているんだと思っていた。

三か月前から奥さんが実家に帰っていて、生まれてからも二か月戻ってこないってなったら、平野先生、半年近くひとりきりなんだ。

たしかに大人だから生活はなんとかなるだろうけど……やっぱりさみしいだろうな。特に今は入院中で、話のできる相手も限られているから。

「あー、そうそう、僕、入籍しました」

山内先生がいった。

「え、そうなんですか？　おめでとうございます」

「ありがとうございます。なんだか、トントントンと話が進んでしまいまして」

「でも……あれ？　先生、結婚はしないっていってませんでした？」

「あはは、そうですね。……いやー、妻以外の女性とは一生恋愛しませんって神に誓うとか、おっかねーことさせるよな、って思ってますよ、今でも」

「はは……何があったんですか？」

「なんもなんも。ただ血迷っただけっつーか」

山内先生の口調はどこまでも軽い。

「ま、いいじゃないですか、そんな相手、そうそう出会えるもんじゃない……」

――血迷える相手、か。アタシは結婚した相手をそんなふうに考えたこと、なかった。

マサトの顔を思い浮かべる。子供ができたってわかって、マサトが結婚しようっていってくれたとき、アタシは泣くほど嬉しかった。お腹の中の赤ちゃんを、ちゃんと父親のいる子供にしてあげられる、アタシみたいに片親の家庭で育てなくてもいいんだ――って思えたから。

もちろん、マサトは大好きな彼氏だった。でも、子供ができていなかったら、今、マサトと同じように結婚していたかどうかはわからない。十五と十八。喧嘩《けんか》したり、すれ違ったり、他の人に気持ちがむいたりすることもあっただろう。

でも、いったん結婚してしまったら、親になってしまったら、そういう変化や心の揺らぎはないことにして、それぞれの胸の内に黙って呑《の》みこんで、母親だったり、父親だったり、自分たちにふられた役割を全《まっと》うするために生きるしかなくなる。

今、マサトはそういうものを重苦しく感じているんだろうか。

アタシとたかひろの存在を負担に感じて、それから自由になりたいと思っているんだろうか。だとしたら、アタシはいったいどうすればいいんだろう。

結婚ってなんなのかな。夫婦っていったいなんなんだろう……。


山内先生は二十分ぐらいしてから帰っていった。

「――あれ、お母さん」

顔を出したアタシを見て、平野先生は驚いた顔をした。

「まだいてくれたんですか？　もう帰ったんだと思っていました」

「黙って帰るとかしないし。売店で買い物してただけ。山内先生が来てたから、顔を出さないほうがいいかなーと思って」

「ああ……すみません、気を遣わせて」

それからアタシは明日の病室の移動のために、衣類やら小物やらを整理してスポーツバッグに詰めこんだ。入院してまだ数日だけれど、本だの、タブレットだの、充電器類だの、書類だの、細々としたものがけっこうあった。

「お見舞いの折り紙とか、手紙とか、このジップロックに全部まとめて入れておいたから」

「ありがとうございます。助かります」

「それと……これ」

アタシは自分のバッグから封筒をとり出した。

四年間のパートで貯めた貯金のほとんどを、アタシは今朝銀行からおろしてきた。

「バイクの修理代と医療費……とりあえずだけどもってきました。足りなかったらいって」

封筒を手に、アタシは深く頭をさげた。

「今回のこと、心から反省してます。迷惑かけて、痛い思いをさせてしまって、本当にごめんなさい、平野先生。もうあんな馬鹿なこと、絶対に絶対にしません！」

本心からの謝罪だった。――もしも、もっと大きな事故になっていたら。平野先生のケガが重かったら。先生が警察を呼んでいたら。今ごろ、アタシだけじゃなく、たかひろやマサトにもずっとつらい思いをさせていたはずだから。

感謝と謝罪の気持ちの深さからいえば、土下座《どげざ》をしたっていいくらいだったけど、先生が迷惑がるだろうから、やめた。そのままじっと頭をさげ続けていると、

「お金はいりません」

思いがけない言葉がふってきて、アタシはえっ？　と顔をあげた。

平野先生は淡々といった。

「これは僕の不注意で起こった事故ですから」

「は!?　いやいや、意味わかんないし！　そんなわけにいかないっしょ！」

アタシはあせって、お金の入った封筒を布団の上に置いた。

「ここ！　ここに置いとくから！」

「受けとれません」

「いやいや！　そんなバカな！　受けとって！」

「いりません」

「そういわずに、ハイ！」

「いえ、もらえません」

「いいから！　ここはアタシが出しとくから！」

白い封筒が布団の上でいったりきたりする。

なんだかレジで会計のとりあいをしているおばちゃんたちみたいになってきた。

「平野先生ったら……！」

「こんな大金、受けとれません、それなら、今からでも警察に通報して事故証明書を出してもらいますよ。そうすれば保険がおりて、おたがいの自己負担ぶんも軽くすむでしょう」

「だって……！」

「いいんです。警察に通報しないことを最終的に決めたのは僕なんですから、そのためにこうむる不利益も僕が呑みこむべきだと考えているんです。大丈夫ですよ、医療費はほぼ生命保険でカバーできますし、さいわい、バイクの修理代もそれほどかからないようですから」

　平野先生は微笑《ほほえ》んだ。

「あなたは毎日、お見舞いにきてくれて、僕の世話をしてくれているじゃないですか。謝罪も謝礼も、もうそれで充分です」

「先生……」

「それでもう、この件は終わりにしましょう。僕も感謝しているんです。そのう、つい、職業柄《がら》、あなたの顔を見てはお説教ばかりしてしまいましたが……本当は、毎日、来てくれて、嬉しかったんです。あなたは明るくて楽しい人だから……たかひろ君のお母さん、毎日お見舞いに来てくれて、ありがとう」

　ぺこりと頭をさげる。

　アタシは思わず下腹部をおさえた。

　――何、これ？

　子宮が――痛いくらいに疼《うず》いた。

　アタシはぶんぶんと頭をふる。

「だめ……！　先生、いい人すぎ……！　そんなの困る！」

「何が困るんですか!?」

「だって、だって、やっぱり悪いしー！」

お金が戻ってきてラッキー、なんてとても思えない。全治二か月のケガをさせて、不自由な思いをさせて、仕事も休ませてしまっているんだから。

「お願い、他に何かさせて！　アタシ、このままお金受けとって帰れないよー！」

「あ～……」

平野先生は困ったように頭を掻いて、

「わかりました。それじゃ……」

「何!?」

掃除《そうじ》でも洗濯《せんたく》でもパシリでもなんでもやる気でアタシは尋ねた。

「本当にいいですか？」

「本当にいいよ!!」

「もう一回、このあいだのあれ、やってください」

先生はちょっと照れたようにいった。

このあいだのあれ――

なんのことかわからず、アタシはぽかんとしてしまったけど、先生の視線がアタシの着ているニットワンピの胸にむいていることに気づき、目をみひらく。

あれって――あれのこと？　このあいだの――ポロリとやっちゃった、例のあれ……？

アタシと先生は目をあわせ、二人同時に真っ赤になった。

「はあああぁ!?」

――病院を出たころには日が暮れ始めていた。

山並みの上、薄紫の光る空を背景に、ペールブルーとマンダリンオレンジの細い雲がグラデーションになってかかっている。

綺麗《きれい》だなー、あんな色合いをネイルにしたらどんな感じになるだろう……ぼーっとしながら坂道をくだり、小学校のそばの道を歩いていると、

「おーい、マ……じゃなくて、母ちゃーん」

後ろから声をかけられた。

見ると、たかひろと同級生の男の子二人が手をふっていた。

「おー、みんな、学校おっつー」

「ちーっす」

三人ともランドセルを背負っている。学童保育の帰りだ。うちの学童は小学校の敷地内の別校舎に設けられている。

どこに行っていたのかとたかひろが聞くので、平野先生のお見舞いだと答えると、

「おーっ、いいなーっ」

歓声があがる。

「母ちゃん、平野先生、元気だった!?　もうギプスとれたかな!?」

「あはは……元気だったけど、まだギプスはとれないよー」

「また明日も先生のお見舞いに行くんですか？」

「うん……ちょろっとねー」

「じゃ、これ、また平野先生に渡してくださいっ」

「おー、かしこ、かしこ」

アタシは差し出された紙袋を受けとった。

学童で、クラスの子たちが集まって書いた手紙や寄せ書きなんかが入っているという。

みんな、けなげで可愛《かわい》いなー。平野先生、愛されてるなー。

「あーあ、オレたちも先生のお見舞い、行きたいのになー」

たかひろの友達のひとりが口を尖らしていった。

「なんで子供は病室入れないんだよー」

「病院の決まりじゃしょうがないべ」

平野先生の入院を知り、子供たちはすぐに病院へ行くことを計画したものの、「他の患者さんの迷惑になるから」と副担任の先生にお見舞い禁止をいいわたされ、渋々あきらめたそうだ。

まあ、ムリもない。元気いっぱいの小二の子供たちがクラス単位で病院に突撃したら、子羊の群れが突進してきたみたいな大騒ぎになるのは目に見えている。

「みんな、平野先生に会いたいの？」

「え。そりゃ、まあ……なぁ？」

「うん……」

ちょっと恥ずかしそうにうなずきあう男の子たち。

アタシはうなずいた。

「みんな、ちょっとついてきな」

おりてきた階段をもう一度のぼり、アタシは病院の裏の高台へ子供たちを連れていく。

あたりは黄昏《たそがれ》の光に染まり、空気も橙《だいだい》色に染まっている。

手で目の上に庇《ひさし》を作り、病院の窓を見た。――やっぱり！　よかった。さっき、出ていく前に先生の病室の窓を開けてきたのが、まだそのままになっている。

アタシは子供たちに指差しで先生の病室を教えた。

そしてアタシたちは大きく深呼吸し、せーの、のタイミングで、

「おーーい！」

声を揃《そろ》えて呼びかけた。

「平野先生――！」

――やった！　平野先生がこちらに気づき、驚いたように肩を揺するのが見えた。

アタシたちのテンションはたちまちあがり、呼びかける声がいっそう大きくなる。

「はやく良くなってね――!!」

全員で両手をブンブンふった。

「あ～、先生、手ふってる！」

「うひひっ、やったあ！」

「明日、クラスでみんなに報告しよーぜっ！」

男の子たちはバッタみたいに飛び跳ね、代わる代わるハイタッチをしては、よろこんだ。

「さ！　そろそろ行こ」

小さなプロジェクトを成功させ、満足げに階段をおりていく子供たちにアタシも続いた。

「なぁ、母ちゃん」

たかひろがアタシを見あげていう。

「ん？」

「母ちゃん、平野先生と結婚したら？」

「はあ～!?」

思いがけない言葉に、ドキッとした。

同時に、少し前の病室でのできごとが鮮やかによみがえった。

――アタシ、さっき、平野先生と、病室で……。

その記憶をふり払うように、アタシはあわてて、

「なーにいってんだ！　親をからかうんじゃないの！」

「いでででっ」

ヘッドロックをかけられたたかひろはアタシの腕の中でジタバタした。

なんだなんだ、という顔で男の子たちがふり返る。

「平野先生、やさしいじゃんかー」

「だからって結婚するわけにいかないっしょ、ママは父ちゃんと結婚してるんだから！」

「だってよ……」

「何よ」

「オレ、父ちゃんがママにひどいこといったりするの、すっげえ嫌なんだもん」

はっ、とした。

——知ってたんだ。アタシとマサトのこと。たかひろの前では喧嘩《けんか》しないよう、気をつけていたつもりだったけど、子供は親が思っているより、ずっと敏感だから……。

「たかひろ……」

「ママ、オレがいるからって、ガマンしなくていいかんな！」

たかひろの小さな手が、アタシの手をぎゅっと握りしめる。

まだまだ赤ちゃんみたいだと思っていても、子供は時々びっくりするくらいの早さで大人に近づいてくる。たかひろもそう。まだ人生たったの八年めだけど、アタシのためにマサトを怒ってくれて、こんなふうに凜々《りり》しい顔ができるし、友達の前で「ママ」と「母ちゃん」を使いわけられるくらいには社会性もあるし、大人になってきているんだ。

「あのね、たかひろ。……ママのきもち、聞いてくれる？」

たかひろはこっくりうなずいた。

「ママ、父ちゃんとは絶対別れないよ」

「なんで？」

「たかひろはさ、学校でヤなことあったとき、家でいつもみたいに笑える？」

「えーっ？　ん……んんんーっ？」

たかひろはいわれた状況を一生懸命想像しようとして、混乱した顔になる。

「ママは無理ー。イライラして、パパやたかひろにあたっちゃうかも。……でも、理由は聞かないでほしいし、許してほしい。……ワガママだけど、家族だから」

「父ちゃん、仕事でヤなことあったのか!?」

「さーね！　わかんないけど、ママならそうなっちゃうかもって話！」

「うーん……そっか……オレも学校でヤなことあったら、そうなっちゃうかもなー……」

「ママはさぁ」

アタシはたかひろの手をしっかりと握った。

「パパがママのこと嫌いで……ママに消えてほしくて、どっか行けって思ってて、それで酷《ひど》いことをしちゃうってわけじゃないなら、全然大丈夫！　ガマンできるよ。きっとそういうのも今だけのことだと思うし、ママ、こう見えても強いからさ」

アタシはにっこり笑った。

「でもさぁ、なんでママのことばっか怒るんだ？」

「それはパパがママに甘えてるからっしょ。たかひろと一緒じゃん」

アタシはたかひろのぷにぷにしたほっぺを指でつついた。

「えへへへ」

嬉しそうに笑うたかひろを見ていると、お腹の底から愛《いと》しさが湧きあがってくる。

そう、マサトはきっとアタシに甘えているんだ。新しい職場に移って、人間関係も変わっちゃって、仕事のストレスをぶつけられるのはアタシしかいないから。

まだ小さいたかひろを不安にさせたくない。だから、今、マサトの中で荒れ狂ってる嵐がおさまるまでは、アタシが我慢するしかない。強くならなくちゃいけない。たかひろを守れるように、強く。アタシはありったけの愛情をこめてたかひろを抱き寄せた。

アタシの宝物。この子はアタシの道しるべだ。

4

その晩は三人そろって夕食をとった。

夜、早い時間にマサトが帰っていると、たかひろは興奮してなかなか寝ない。お風呂からあがったあとも、特撮モノの変身ごっこをしていつまでもギャーギャー騒いでいる。

「ホラ、たかひろ、もう寝よ！　ママが本読んであげる」

「よっしゃー！」

布団に入ってヒーロー図鑑を読むのが最近のたかひろのお気に入りだ。

「父ちゃん、おやすみ！」

「おやすみ、たかひろ」

携帯をいじっていたマサトが顔をあげる。

「おやすみ。いつもお仕事、ありがとうね」

アタシもたかひろを寝かしつけて、そのまま寝落ちしてしまうことが多い。マサトはアタシの言葉に小さくうなずき、携帯にまた視線を戻した。

布団に入り、図鑑を四分の一読んだところで、たかひろは眠ってしまった。

布団をかけ直し、ポンポンとお腹を叩いて、電気を消す。

いつもなら、アタシもそのまま一緒に眠ってしまうんだけど、今日は眠気が訪れない。

子供用シャンプーの匂《にお》いに包まれながら、アタシは暗闇の中でじっと目をみひらき、昼間のできごとを思い出した。

本当のところ、食事を作りながら、たかひろをお風呂に入れながら、あのことを思い出さないようにするには、相当の努力がいった。気づけばあの記憶を反芻《はんすう》している自分に気づいて、あわてて頭の中を切り替えなくちゃならなかった。夕飯の席で、マサトとむかいあいながら、無意識に目をそらしてしまっている自分がいた。

——だって、まさか、真面目《まじめ》な平野先生が、あんなことをいいだすなんて思わないじゃない……。

「もう一回、昨日のあれ、やってください」

あれって、あれ、あれ？　本当にあれ？　おっぱい見せる、あれのこと？

マジで!?

びっくりして、真っ赤になって、大声をあげてうろたえてしまったけど、なんでもやるって申し出た直後だったし、そもそもあれ自体、自分から進んでやったことだったわけで。

それに、それなりに勇気を出していったらしい、赤い顔をしている平野先生を見たら、拒否して恥をかかせるのは可哀想《かわいそう》かも、っていう気持ちになってしまったアタシは、

「わ、わかったー……」

という他に言葉を見つけられなかった。

最初のときは、事故後まもないヘンなテンションと、警察呼ばれたらどうしようってテンパったいきおいでやっちゃったから、たいして恥ずかしくもなかったけど、今回はちがう。

まるで初体験にのぞむ女の子みたいに、

「あの……目……つぶっててくれません……？」

もぞもぞとニットワンピの前ボタンに手をかけていたアタシは、顔をあげてぎょっとした。

「ちょ、めっちゃ見てっし！」

メガネ越しに平野先生が、じーっとアタシの胸元を凝視している。

「すみません……せっかくなので、目に焼きつけておかないともったいないので」

「も、もったいないって」

そんなたいそうなモノじゃないよ。そんなことをいわれるとますます恥ずかしくなる。

アタシは一番上のボタンをはずし、ニットワンピの胸元をぐいっと下げた。

体の線を拾うニットワンピは胸が大きく見えやすいから、今日は寄せ上げ機能のない、カップ付きのキャミソールを着ている。それをワンピの胸元と一緒に下げた。

カップの囲いから外れ、ぷるん、と白い胸が飛び出す。

普通に服を着たまま、おっぱいだけをむき出しにした格好で立ってるのって、ヤバくない？

しかも、ここ、個室とはいえ、病室だし……。

アタシはますます恥ずかしくなり、腕をさすったり、髪をいじったりして、もじもじした。

「うっそ……。超～はずいんですけど……」

「すみません」

喉《のど》にかかったような、かすれた声で平野先生がいった。

「もっと近くに来てくれませんか？」

「え……近くって……」

「よく見えるようにもう少しこっちに……」

「こう……？」

アタシは数歩前に進み、ベッドに身を乗り出すようにした。

「うーん……そこも見づらい」

「だって、これ以上近づけないし」

「じゃあ……ここにまたがってください」

平野先生は自分のお腹のあたりを指していった。

——じゃあ、じゃないっしょ、先生。アタシも、何、素直にいうこと聞いてんだよ～。

回想の中の自分に、思わず自分でツッコんだ。でも、あのときは、もう胸を見せている状況で、今さらそれ以上のことを拒否るのもヘンかな、みたいな雰囲気《ふんいき》だったんだよな……。

アタシはヒールを脱ぎ、ベッドにあがった。

ギプスの左足に体重をかけないよう、そろそろと先生の上にまたがる。

腿上《ももうえ》のミニワンピにニーソだから、そういう体勢でも支障はなかった。息がかかるほどの距離で、紅潮した顔の先生がアタシのむき出しの胸をみつめる。アタシはどういう顔をしていればわからなくて、どきどきしながら、ずっと病院服を着た先生の首元あたりを見ていた。洗髪したばかりの先生の髪からは、ハッカみたいなシャンプーの匂いがした。

「触ってもいいですか？」

「えっ！」

アタシはぎょっとした。

「あ……いや……嫌ならいいですよ!」

「べ、別にっ。触るくらい……いいけど……」

いや、よくない。全然よくない。そう思っているのに、どうしてそういってしまったのか、自分でもわからない。混乱しているあいだに、ギプスをはめていない、自由になる先生の右手が、アタシの胸を下からそっとすくうようにして触れた。

先生の手のひらの上で、たぷたぷと揺れるアタシの胸。

先生の手は熱かった。汗ばんでいた。最初は触れるだけだったその手にだんだん力がこめられていき、乳房をつかんで揉《も》みしだくように動かし始める。片手しか使えないのがもどかしそうに、先生の手が左右の胸を順番に愛撫《あいぶ》する。

もしかして、先生って左利《き》き? 利き手じゃないとは思えない、細やかな指の動きで先端をこねられ、アタシはぴくん、ぴくん、と先生の上でお尻をはねた。

「んっ……」

——これ……ヤバいかも。

背中に這《は》いあがってくるゾクゾクした感触。お腹の下がジンジンする。いつのまにかアタシの胸もうっすらと汗ばみ始めている。はあ、はあ、と荒い息遣いが交じり合う。

「はあぁ……あ、んっ……!」

乳首を舐《な》められ、思わず喘《あえ》いだ。ちゅぷちゅぷと音をたてて先端を吸われる。ねっとりした舌の動き。乱暴に胸をもまれながら強く乳首を吸われると、超感じてしまう。

平野先生、真面目な顔して、こんなにいやらしいエッチする人だったんだ……。

「あの……何か、当たってるんですけど……」

お尻のうしろあたりで主張しているモノをふり返りながら、アタシはいった。

「すみません……」

はあ、はあ、と呼吸を乱しながら平野先生が小さな声でいった。

「もう……何日も抜いてないから……」

困ったような、恥ずかしがってるようなその表情を見て、心臓が大きくはねた。

──あ～、マズい、マズい、これ。

これ、いきおいでやっちゃう感じの流れだ……。

目に見えない熱いうねりに身体《からだ》がさらわれていく感じ。理性で必死に抗《あらが》おうとしても身体がもっていかれちゃう。アタシと先生は息を荒げながら、二人して足元のグラグラしている崖《がけ》っぷちに立っているみたいにみつめあった。どうしよう、どうしよう、このままじゃ落ちちゃいそう──でも、今ならまだまにあうかも。ここで、断る？　断っちゃう？

断っても、先生、いい人だから怒らないよね……？

ここまできて引き返しても、怒らないよね……？

アタシは先生に顔を近づけ、赤く染まったその耳にささやいた。

「先生……」

「お母さん……」

「誰にもいわない？」

——あ～、ちがうちがうバカバカバカ！

自分で自分を罵倒《ばとう》しながらも、アタシは自分から脚をひらき、下着に手をかけると、むき出しにした先生のそれを、ズブズブと自分の中へと沈めた。

「あ……あ、あ……！」

頭のてっぺんまでつきぬけるような、すごい快感がアタシを貫いた。

こんなに簡単に不倫《ふりん》しちゃうなんて……。

肉体の誘惑に、アタシはあっさり負けてしまった。

「いいっ、先、生……すごい……ああ……」

「んっ……！」

「あっ、だめ、動いちゃっ……！　はあ、はああっ、んんんっ……！」

動くたび、ギシ、ギシ、とベッドがきしむ。

ドアの一枚むこうは病院の日常。カラカラとワゴンを押す音、看護師さんたちの会話、挨拶《あいさつ》を交わす明るい声。

深くくちづけながらたがいの声をふさぎ、ぴったりと抱きあって、アタシは先生の上で激しく腰を上下させた。いけないことをしてる、と思えば思うほど気持ちいい。先生のアレは痛いほど固くなってて、抜き差しするたびにどんどん大きくなっていく。つなげたその部分は恥ずかしくなるほど濡れて、ぐちゅ、ぐちゅ、といやらしい音が個室じゅうに響いている。


「──先、生……胸、触って……もっと……強く揉んで……」

「は、はい……」

「舐めてほしいの、あ、ん……だめぇ……下も動かすのやめちゃ、だめっ……！」

「すみません……あ……」

いつのまにか、先生とアタシの立場が逆転してる。

知らなかった──主導権を握ったエッチって、こんなにきもちがいいものなんだ……。

先生の唇に激しく自分からくちづけて、抱きついて、アタシは先生の身体から快感を搾《しぼ》りとるように無我夢中で腰をふった。たちまち、クライマックスがやってくる。駆けあがるような、転がり落ちるような、めちゃくちゃな感覚がアタシをさらう。襲ってきた快感を抱きしめるように、ぎゅうっと体の芯を引き締めると、先生がアタシの下で耐えきれないようにうめいた。

「あっ、あっ、もうだめ……」

「真冬さん……！」

「あっ、イく……先生、イくの……イくイくイくイく……！」

意識がとぶ。悲鳴は先生の喉の奥へ吸いこまれていく。やがて訪れた先生の限界を身体の奥で受け止め、ビクビクと震えながら、アタシは薄れる意識の片隅で誓うように思った。

――たかひろ、たかひろ、ごめん……。

ママ……絶対、みんなに迷惑かけないから……。


「おい、真冬」

心臓がとまるほど驚いた。

マサトの声。暗闇の中に浮かびあがるシルエット。一瞬、今がいつで、自分がどこにいるのか、わからなくなった。平野先生の上で腰を動かしていたアタシ。アタシの中に入っていた先生の感触。反芻していた絶頂の感覚をひきずり、身体はまだ火照《ほて》っている。記憶と現在《いま》がごっちゃになる。

「あ……何……？」

アタシの隣ですやすや眠るたかひろを見て、ようやく我に返ったアタシは起きあがった。

「事故の件、おまえ、なんも報告してこないけど、どうなってんだよ」

リビングの光を背にして立つマサトの顔は逆光でよく見えなかった。

「たかひろの担任に……金、渡したのか？」

「あ……」

平野先生の顔を思い出し、アタシの心臓が、再びドクン、とはねる。

「あ……の、先生……お金……いらないって」

「は？　なんで？」

「えーと……保険でだいたいカバーできるから、って……」

「後々、面倒なことになんねぇだろうな？」

「あ～……うん……平気だと思う……たぶん……」

「たぶん……？」

——あ。ヤバい。

地雷を踏んだのがわかったけど、もう遅かった。

「ちょっと来い」

拒《こば》めば確実にキレられる。たかひろを起こさないよう、そっと寝室を出たアタシは、いつもの席に座らされ、そこからマサトの説教をしこたま食らうことになった。

さっきまではそうでもなかったのに、マサトの機嫌はまた悪くなっている。そういえば、ずっと携帯、いじっていたっけ。仕事のことで、また会社の人と揉めたのかな……。

「オレはきっちり始末つけとけっていったよな。迷惑かけんな、って釘、さしただろ」

「うん……」

「それの答えが、〝たぶん平気〟とか、おまえ、なめてんの？」

「ごめん……反省してる……」

「口ばっかなんだよな、おまえ。昔っから。いっとくけど、おまえがテキトーなことやって、尻ぬぐいすんのはこっちなんだぞ。あ？　わかってんのかよ」

謝っても、反省しても、マサトの怒りはおさまらない。何をいっても揚《あ》げ足をとられるだけだから、アタシは黙って下をむき、マサトの罵倒を大人しく浴び続ける。

「能天気にケラケラ笑ってねーで、少しは頭使って生きろよな。だから、おまえはばかだっていわれんだよ！」

不思議だな、と思った。

今日はどんなにひどいことをいわれても、全然平気だ。

心ここにあらず、ってこういうことをいうんだろうか。マサトの言葉が右の耳から左の耳に抜けていくみたい。身体から魂が抜け出したみたいに、マサトに怒鳴られているアタシをみつめているもうひとりのアタシがいる。もうひとりのアタシはマサトに傷つけられない。自由に、平野先生のことだけを考えている。

平野先生。平野先生。

先生に会いたいな。

次に会えるのはいつだろう。明日？　でも、そうだ、明日からは、もう大部屋に移っちゃうんだっけ。そうしたら、今日みたいなことはもうできなくなっちゃうのかな。

足が治って、退院できるのはいつになるのかな。

退院したあとも、アタシ、先生に会えるのかな。

「おまえはいいよな。気楽に息抜き気分でパートして、後はのんびり家で子供の相手してりゃいいんだからよ。少しは、朝から晩まで働いてる俺の苦労も察しろよ」

先生、実家が遠いから、退院しても誰も来てくれないっていっていた。アタシが手伝いにいきたいけど、あんまり会ってたら、怪しまれるかな。でも、先生の家、学校からけっこう離れているし、大丈夫かも。奥さん、産後もしばらくは帰ってこないっていってたし……マサトも来月から出張だし……。時々、お母さんにたかひろ預かってもらおうかな……そうだ、パートのシフトが増えたっていおう。先生もアタシに来てほしい、っていってるし……アタシも先生に会いたいし……今日のセックス、死ぬほど気持ちよかったし……。

「おい、聞いてんのかよ、真冬!!」

「うん……聞いてるから……」

あ……そうだ……明日、ピルもらいにいかなくちゃ。

みんなの目を盗んで、先生と抱きあっている自分を想像する。笑いながら、ふざけながら、何もかも忘れて先生と抱きあいたい。何かを変えるつもりも、壊すつもりもなかった。ただ、いっときだけ、背負ってるものをおろして、休みたいだけ。誰かに思いきり甘えたい――そう思って、ああ、なんだ、と気づいた。

肩にかかる重荷。絆《きずな》という名の枷《かせ》。

すべてをふり捨ててしまいたくなる衝動。

マサトじゃない。

自由になりたかったのは、アタシのほうだったんだ……。

「おい……真冬?」

マサトがぎくっとした顔でアタシを見る。

「な、何、泣いてんだよ」

知らないあいだに両目から涙がこぼれていた。

アタシは両目を拭《ぬぐ》った。

結婚して、母親になって八年め。強くなった、と思っていた。背負うものの重さにも慣れたと思っていた。

でも、アタシ、きっと、無理してたんだな。つらい、しんどい、って本音から目をそむけて、そういう気持ち、ないことにしていた。時々は〝嫁〟でも〝お母さん〟でもない、ひとりのアタシになりたい、っていう気持ちを封じこめてた。そんなことを考えてしまいそうな自分に、罪悪感をもっていた。

きっと、それはマサトも同じだったんだろう。

ううん、早くから家族の生活を背負っていたぶん、マサトのほうが、その重荷やプレッシャーはずっとしんどいものだったのかもしれない。

ひたすらアタシにぶつけてきたマサトの苛立《いらだ》ち、怒り。

あれは、マサトからアタシへのSOSだったのかもしれない。

「ありがとね……マサト。今まで……ずっと我慢してきたんだよね」

戸惑うマサトにむかって、アタシはいった。

「これからは、マサトの好きに生きていいんだよ」

「……？　真冬……」

まるで知らない女を見るように、マサトがまじまじとアタシをみつめる。

微笑《ほほえ》みながら、アタシは思う。

これから、アタシは今までよりもっとマサトにやさしくできるだろう。裏切りが、秘密が、アタシをやさしく、寛容にさせる。今まで、全てを共有して生きていくのが家族だと思っていた。愛しあって、傷つけあって、さらけ出して、お互いを自分の一部みたいにして生きていくのが。でも、きっとそんなことは無理なんだ。

家族の器《うつわ》って、思うほど頑丈でも、万能なものでもないんだよね、きっと。アタシにはアタシの、マサトにはマサトのかなしみとか孤独とかがあって、それはどうやっても肩代わりできないものだから、それぞれが自分ひとりで抱えていくしかないんだろう。解消できないならそのままに。秘密と一緒に、心の隠しポケットにそっとしまって。

ねえ、平野先生。

大人になるって、つまりはそういうことなのかな？


——平野先生とアタシが、それからどうなったか。

どうもなっていないといえば、なっていない。アタシはマサトと別れていないし、先生も遠距離状態ながら、その後も奥さんと続いている。

先生のケガの回復は予想よりも早く、一月半ほどでギプスがとれて、めでたく退院。

自宅休養中に、先生は一児のパパになり、まもなく、学校にも復帰した。

平野先生の復活に続いて山内先生結婚のニュース、二年生はおめでた続きで、退院祝いやら結婚祝いやら、回ってくる色紙や折り紙のノルマを、たかひろもせっせとこなしている。

アタシの生活も相変わらずだった。育児と家事とパートで、毎日目が回るほど忙しい。

そして、色々あったけど、結局、マサトは会社を辞めた。

後になってわかったけど、マサトの転職した会社は、パワハラ、セクハラ、マタハラその他の各種ハラハラをコンプリートした、労働法とかガン無視のマジでヤバめの所だったらしい。辞職を決めてからも、お金の問題とか、契約の話とかで、相当な悶着《もんちゃく》があったけど、弁護士の先生とかの手を借りて、マサトはなんとか職を離れることができた。

そして、会社を辞めて以来、マサトはすとーんと憑《つ》き物が落ちたみたいに穏やかになった。

もうアタシを無視したり、ひどい言葉を投げつけてきたりすることもなくなった。

やさしくて子供想いの、アタシの大好きだったマサトに戻った。

仕事を辞めて、家でゆっくり家族との時間を過ごすようになったマサトは、転職してからの半年間をふり返って、自分がどれだけ異常な精神状態に置かれていたかに気づいたんだろう、アタシに一生ぶんくらいの「ごめん」をいってくれた。

冷酷非道《れいこくひどう》なブラック企業《モンスター》が、マサトをあれだけ追いつめちゃってたんだな……。

今は求職中だけど、当面は貯金があるから、あせらず、今度こそ自分にあった仕事を探してほしい、とアタシは心から思っている。最近は、家にいるマサトに家事のフォローをしてもらえるから、アタシとしても大助かりだ。

「悪い、真冬。おまえにばっかり負担かけて」

「平気、平気。アタシ、心も身体《からだ》も丈夫だから」

「……ありがとな」

そっと後ろから抱きしめてくるマサトの腕を、アタシはポンポンと叩く。

男だから稼《かせ》がなきゃ、とか、女だから家事をして、とかじゃなく、弱っているとき、困っているとき、こんなふうに支えあって、譲《ゆず》りあって、助けあえる家族はいいな、って思う。今のやさしいマサトのためなら、アタシも自分の役目をいくらでも頑張れる、って思う。

おまけに、今はもう一つ、重要な仕事が増えたし……。

「ママー、ただいまー！」

学童から帰ってきたたかひろが、嬉しそうにリビングダイニングに飛びこんできた。

「おかえり、たかひろ」

「あのさー、オレ、今日、学校で平野先生からお礼いわれたんだー！」

「えっ、なんて？」

「入院中、色々お世話になったから、お母さんによくお礼をいっておいてくれ、って。ありがとうございました、お母さんのおかげで、ケガの回復も早くなった、って！」

「そっかー。平野先生、元気だった？」

「うん、元気元気。赤ちゃん誕生おめでとう、ってみんなでいったら、よろこんでくれた」

たかひろはランドセルをおろしながらいった。

「あとさー、オレ、友達から、心配されちったぜー。〝たかひろー、おまえんち、リコンするとかなんとかいってたけど、大丈夫なん？〟って」

アタシは苦笑した。

そんなこと、いってたんだ。たかひろも相当不安だったんだろうな。

「ママたち、リコンなんてしないからね！」

「うん、わかってる。父ちゃん、転職した会社のせいでイライラしてたんだもんな。それに、今、ママと父ちゃん、ふつーに仲いいから、安心だし」

たかひろは乳歯の抜けた前歯を見せて笑い、

「だって父ちゃん、このごろ、ママにくっそやさしいもんな！」

アタシのお腹に抱きついた。

「ホントはまだナイショだけど、母ちゃんのお腹に赤ちゃんがいるんだ、っていったら、〝すげー！〟ってみんなに驚かれた。オレ、兄ちゃんになるんだもんなー。赤ちゃん、弟かなー。妹かなー」

「どうだろうねー」

アタシはたかひろの頭をガシガシなでた。

「――おう、たかひろ、おかえり」

「父ちゃん！」

お腹の大きいアタシに代わって、風呂掃除《そうじ》をしてくれていたマサトが部屋に入ってきた。マサトにもちあげられて、飛行機みたいにグルグル回されているたかひろを見ながら、アタシは笑った。笑いながら、男でも女でもどっちでもいいけど、とりあえず赤ん坊はアタシ似でありますように――とこっそり願ったりしている。

一応、予定日から妊娠《にんしん》した日を逆算してみたけど、アタリがどっちかは最後までハッキリしなかった。そのうち、二日酔いと船酔いのコラボみたいなつわりが始まって、水飲んで息してるだけでも死にそうになったので、悩むのをやめた。教科書の計算も人生の計算も苦手だし、授かったからには選択肢《し》は〝産む〟一本だけだし、そうなったらもう、後ろをふり返ってどうこう考えるより、前に進むしかない。開き直って腹を据えたら、毎日がマーライオン状態だったつわりの日々は終わった。

今のところマサトと別れることは考えていない。でも、一年後、二年後、同じように思っているかはわからない。平野先生と奥さんがどうなるかも予測不可能だし、もめごと全部を糧《かて》にして、いろいろ寄り道したけどマサトとの生活に落ち着くかもしれないし、さやかたちみたいにシンママになってて、子供二人を抱えて生きていくことになるかもしれない。産む以上、その覚悟はできている。

赤ん坊抱えての仕事はしんどいだろうなー、マサトが仕事を始めたら、一応そのときのことも想定して、こっそりへそくりを貯めとかなくちゃなー……とか考えつつ、でも、まあ、たぶんなんとかなるっしょ、と楽観的なアタシがささやく。

だって、昔から案ずるよりもナントカっていうし。

人生はいつだってぶっつけ本番。最後にしあわせなら、オールオッケー。

そしてアタシはしあわせになることに割と貪欲《どんよく》な女だ。

「さー、二人ともごはんにしよ。今日はカレーだよ」

泣いたり笑ったり転んだりして、人生は続いていく。

とりあえず、家族は元気で、毎日は順調。

アタシはふくらみ始めた下腹部をそっとなでた。

何もない、何もない――っつーことで！

※この作品はフィクションです。実在の人物・団体・事件などにはいっさい関係ありません。

集英社オレンジ文庫をお買い上げいただき、ありがとうございます。
ご意見・ご感想をお待ちしております。

● あて先
〒101-8050　東京都千代田区一ツ橋2-5-10
集英社オレンジ文庫編集部 気付
夏目　陶先生／黒澤R先生

小説
金魚妻

集英社
オレンジ文庫

2018年8月26日　第1刷発行

著　者　夏目　陶
原　作　黒澤R
発行者　北畠輝幸
発行所　株式会社集英社
〒101-8050東京都千代田区一ツ橋2-5-10
電話【編集部】03-3230-6352
【読者係】03-3230-6080
【販売部】03-3230-6393（書店専用）
印刷所　凸版印刷株式会社

※定価はカバーに表示してあります

ISBN 978-4-08-680209-3 C0193

集英社オレンジ文庫

長谷川 夕

七不思議のつくりかた

幽霊に会える噂のある高校へ進学した
『僕』は、同じ部の先輩に恋をした。
彼女には同級生の恋人がいたが、
彼は不慮の事故で亡くなり…?
七不思議を巡る、切ない青春物語。